June Herald

INVOLVED

Befreiende Leidenschaft

JH

June Herald

INVOLVED

Befreiende Leidenschaft

Sinnlicher Liebesroman

June Herald
c/o
Papyrus Autoren-Club
R.O.M. Logicware GmbH
Pettenkoferstr. 16-18
10247 Berlin

Korrektorat: Schreib- und Korrekturservice Heinen

E-Mail: June.Herald@t-online.de
www.juneherald.com

Titelbild: Fotolia
#109655195 sumire8
94174732 Belkin & Co

Vorwort

Auch wenn dieser Roman unter einem Pseudonym veröffentlicht ist, bitte ich als Autorin folgende Hinweise zu beachten:

ALLE Personen, die im Roman vorkommen, sind fiktive Charaktere.
Orte oder Szenen können minimal von persönlichen Erlebnissen beeinflusst sein.
Charakterzüge der Protagonisten und weiteren Charakteren sind zum Teil von verschiedenen Personen aus meiner Familie und meinem Freundeskreis inspiriert, jedoch stark abstrahiert.

Der Roman ist keineswegs autobiografisch zu sehen, dann hätte ich offensichtlich schon einiges erlebt. Ich hoffe, dass ihr euch mit den Charakteren identifizieren und mitfiebern könnt. Natürlich freue ich mich über eure Rezensionen und (konstruktive) Kritik.

Viel Spaß beim Lesen!

Eure June

Prolog

Einige Wochen zuvor …

Ich langweilte mich. Wie konnte es sein, dass in der Histologie-Vorlesung, die ich für mein Medizinstudium besuchen musste, Menschen saßen, die offenbar niemals Biologieunterricht gehabt hatten? Schon länger befand ich mich an dem Punkt, an dem ich mich fragte, wie diese Leute als Ärzte das Leben anderer retten sollten. War das wirklich das, was ich wollte? Die Antwort kannte ich bereits. Nein, ich wollte das nicht, aber meine Eltern waren sich einig, dass die Arztdynastie, die meine Großeltern gegründet hatten, fortbestehen musste. Alle in meiner Familie waren Ärzte. Zwar in unterschiedlichen Fachgebieten, aber immerhin waren sie Mediziner.

Gerade stellte ein Kommilitone wieder die alles entscheidende Frage: »Ist das klausurrelevant?« Ich stöhnte auf und schlug die Hände vor das Gesicht. Nein, natürlich musst du als angehender Chirurg nicht wissen, wie das Bindegewebe der Leber aufgebaut ist. Wozu auch?

»Frau Kipp, ich bin froh, dass Sie so eifrig sind und die meisten Fragen beantworten können, doch diese sollte ich als Dozent wohl eher selbst beantworten.«

Fuck! Hatte ich das laut gesagt? Der Dozent bedachte mich mit einem vielsagenden Blick. Das hatte ich mal wieder völlig verbockt.

Reek fuhr fort, er klang amüsiert: »Herr Lang, danke für diese äußerst wichtige Frage. Nehmen Sie sie demnächst doch mit Ihrer iPhone-App auf, dann können Sie sie immer wieder abspielen. Ja, das ist klausurrelevant. Sie sind hier, um etwas über die Gewebestruktur innerer Organe zu lernen, und deshalb müssen Sie in der Klausur natürlich beantworten, wie feingewebliche Untersuchungen in der Leber durchgeführt werden.«

Die hundert anderen Kommilitonen im Mikroskopiersaal lachten verhalten. Hatte er im Ernst diese Antwort gegeben? Ich lehnte mich zurück und schmunzelte über Dr. Reek. Er war noch recht jung, vielleicht Mitte 30, laut Gerüchten verdammt gut in seinem Fachgebiet und auch noch ganz nett anzusehen. Das war ein positiver Faktor in der Histo-Vorlesung.

Dr. Reek erklärte weiter die unterschiedlich eingefärbten Gewebearten, die ich schon kannte, weil das Mikroskopieren eines der Hobbys meines Vaters war. Und der teilte seine Hobbys gerne mit seinen Kindern. Ich beobachtete den Dozenten, wie er auch den Studierenden mit der geringsten Erfahrung erklärte, was die entsprechenden Komponenten des Bindegewebes waren, und war ehrlich beeindruckt. Er ging mit einer faszinierenden Geduld vor, wohingegen ich schon längst vor Verzweiflung ob der Dummheit schreiend aus dem Saal gelaufen wäre.

Bis die Vorlesung vorbei war, lernte ich nichts Neues. Alle packten schon ihre Sachen, während Reek noch sprach. »Frau Kipp, bitte kommen Sie gleich noch mit in mein Büro.« Ich schloss kurz die Augen, um mich darauf zu konzentrieren, meine Gedanken zu ordnen. Wie kam ich aus der Situation wieder heraus? Offenbar hatte ich ihn wirklich verärgert. Langsam packte ich mein Notebook zusammen –

die anderen brachten brav immer ihre Hefte und Bücher mit, während ich mit digitalen Inhalten besser zurechtkam.

Ich sah mich in Reeks Büro um. Es war groß, bestimmt 20 Quadratmeter, und penibel ordentlich. Kein Blatt lag herum, die Stifte ordentlich aufgereiht auf der Schreibtischunterlage.

»Setzen Sie sich, Frau Kipp.« Ich setzte mich ihm gegenüber, wollte ihn nicht noch mehr ärgern. Er atmete tief durch und schlug einen Ordner auf. »Frau Kipp, ich habe mir – schon vor Ihrer netten Einlage heute – Ihre Akte besorgen lassen. Ihre Ergebnisse in sämtlichen Klausuren und Tests sind hervorragend. Sie sind in den Vorlesungen fast immer anwesend. Doch Sie geben mir das Gefühl, nicht hier sein zu wollen. Erklären Sie mir doch, was der Grund für Ihre Einstellung ist.«

Oookay, das hatte ich jetzt nicht erwartet. »Dr. Reek, ich gebe mir alle Mühe in den Vorlesungen und wie Sie sagen, sind meine Ergebnisse ganz ordentlich.« Er schnaubte. »Ist das nicht ausreichend, um den Histologie-Kurs zu bestehen?«

»Dass Sie den Kurs nicht bestehen, ist keine Option, Frau Kipp. Mir geht es vornehmlich darum, herauszufinden, was Sie wirklich wollen.«

Kapitel 1

Lara

Zwei Dinge erhoffte ich mir von diesem Abend: Erstens, dass die Newcomer-Band, von der alle schwärmten, live genauso gut war wie bei Studioaufnahmen. Zweitens, dass ich noch einen Kerl fand, den ich heute mit nach Hause nehmen konnte.

Die Vorband coverte gerade »The Vengeful One« von Disturbed. Gar nicht mal so schlecht. Wenn der Hauptact besser war als die Supporter, konnte fast nichts mehr schiefgehen. Ich sah mich in der kleinen Halle um. Die meisten hier waren wohl Studenten wie ich, aber ein paar andere Menschen waren auch noch hier.

Im Slalom ging ich durch die Grüppchen von Zuschauern nach draußen, um zu rauchen. Angefangen hatte ich eigentlich nur, um meine Eltern zu ärgern, die als Ärzte auf einen gesunden Lebensstil Wert legten. Als Teenager tat ich natürlich alles, um dagegen zu rebellieren. Das Konsumieren von legalen Drogen war da ein hilfreiches Mittel.

Am Ende hatte mich meine gesamte Verwandtschaft, die fast nur aus Ärzten in den unterschiedlichsten Fachrichtungen bestand, doch noch dazu gebracht, ein Medizinstudium zu beginnen. Nach einem Auslandsjahr in Australien, bei dem ich ungefähr jeden Job gemacht hatte, den meine Eltern als »unwürdig« betrachteten, und einigen Monaten, in denen ich einfach nichts tat, außer zu feiern, schrieb ich mich dann letztendlich ein.

Das Konzert heute war der glorreiche Abschluss der Semesterferien, nachdem ich das dritte Studiensemester abgeschlossen hatte. Wie immer waren die neun Wochen der vorlesungsfreien Zeit viel zu schnell verflogen. Ab kommenden Montag musste ich mich also wieder mit meinen Kommilitonen und langweiligen Vorlesungen herumschlagen. Da kam das Konzert der aufstrebenden Alternative-Rockstars gerade recht, um mich von diesen bedrückenden Gedanken abzulenken.

Wieder in der Halle nahm ich meinen Platz am hinteren Ende ein und lehnte mich gegen die Wand. Mit einem stolzen Alter von 25 Jahren fühlte ich mich zu alt, um noch in der ersten Reihe mitzumischen. Außerdem war hier auch die Bar. Am liebsten ging ich alleine zu Konzerten, weil ich mich dann nicht an andere Leute anpassen musste. Meine Freundin Alina wollte zwar ursprünglich mitkommen, hatte sich dann aber spontan dagegen entschieden. Sie war vor einigen Wochen Tante geworden. Die Freundin ihres Bruders hatte entzückende Zwillinge geboren, nach denen meine Freundin ganz verrückt war. Jede freie Minute verbrachte sie mit den beiden. Aaron, ihren Bruder, und seine Freundin Louisa kannte ich flüchtig und konnte Alina fast verstehen, da beide sehr nett und die Zwillinge einfach putzig waren. Ich selbst hatte für Kinder nicht wirklich viel übrig. In der Regel war ich froh, wenn ich sie nach ein paar Minuten einfach wieder abgeben konnte. Die mangelnde Artikulationsfähigkeit von Säuglingen und Kleinkindern machte mich einfach verrückt.

Ständig hatten sie irgendetwas, das sie nur mit Heulen ausdrücken konnten, und ich wusste nie, was es war.

Die Newcomer aus New York City stürmten die Bühne. »The Strange« begannen mit einem Song, der nicht auf ihrem ersten Album veröffentlicht war. Mutig. Und schon das dritte Stück war ihr aktueller Hit. Meines Erachtens nicht die beste Setlist, die Performance war jedoch so gut wie erhofft. In den ersten Reihen ging es gewohnt wild zu. Ich war froh, nicht dort vorne zu stehen. Bei einem etwas ruhigeren Stück kamen einige Leute nach hinten, um sich etwas zu trinken zu holen.

Mir fiel ein Kerl auf, der ausgesprochen gut in mein Beuteschema passte. Groß, offensichtlich trainiert und dunkle lange Haare, die bis auf die Schultern fielen. Beide Arme waren bis etwa zur Mitte der Unterarme bunt tätowiert. Die Motive konnte ich aus der Entfernung von einigen Metern leider nicht erkennen. Seine Gesichtszüge waren markant, der Unterkiefer trotz Dreitagebart extrem prägnant. Er erinnerte mich an jemanden, doch ich konnte nicht genau erfassen an wen.

Ich beobachtete, wie er einen Becher Bier entgegennahm und sich seitlich an die Wand stellte, um weiter die Band anzusehen. Außer der Band zuzusehen, tat er nichts weiter. Kein Wippen mit den Füßen oder sonst irgendein Anzeichen, dass hier gerade ziemlich laut Alternative-Rock gespielt wurde. Genauso gut hätte er sich irgendeinen Film ansehen können. Ich verstand solche Menschen nicht. Selbst ich sang mit, sobald ich einen Song kannte, und bewegte mich leicht im Takt der Musik. Und ich war weiß Gott nicht mit einem Gesangstalent oder Rhythmusgefühl gesegnet.

Immer wieder sah ich zu ihm herüber, bis sich irgendwann unsere Blicke trafen. Ein leichtes Lächeln umspielte seine vollen Lippen, als er mir zuzwinkerte. Er war wirklich ein Prachtexemplar von einem Mann. Vielleicht schaffte ich es ja, ihn heute mit in mein Bett zu nehmen.

Während der nächsten halben Stunde bemerkte ich, wie er immer wieder zu mir herübersah. Ein guter Anfang. Beim nächsten Blickkontakt stieß er sich von der Wand ab und kam in meine Richtung. Er ging zur Theke und sprach kurz mit dem Studenten, der die Konzertbesucher bediente. Mit zwei Bechern Bier kam er in meine Richtung. Er war wirklich heiß. Mit einem Schmunzeln drückte er mir einen der Becher in die Hand, woraufhin ich mich höflich bedankte. Er lehnte sich neben mir gegen die Wand und sah mich unverwandt an.

»Frau Kipp, ich hätte nicht gedacht, Sie hier anzutreffen. In den Vorlesungen wirken Sie nicht so, als ob Sie solche Musik hören.« Verdammt. Dr. Reek war der heiße Typ, den ich mir schon in meinem Bett vorgestellt hatte.

»Tja, Herr Dr. Reek, dasselbe könnte ich von Ihnen behaupten.«

»Mein Bruder ist der Gitarrist.« Er nickte kurz zur Bühne. »Wir haben uns länger nicht gesehen, weil er mit der Band auf Tour war.«

»Dann sehen Sie ihn jetzt wenigstens in Aktion.« Ich musste mich nah zu ihm herüberbeugen, da sein Bruder und dessen Bandkollegen gerade zum Finale aufdrehten.

»Ja, zum ersten Mal in der Formation.« Seine Lippen waren fast an meinem Ohr, ich konnte seinen Atem spüren. Lara, er ist dein Dozent, rief ich mich selbst zur Ordnung. »Aber über die Setlist sollten sie noch einmal nachdenken.«

Ich lachte leise. »Das dachte ich am Anfang auch schon.« Wieder zwinkerte er mir kurz zu.

»The Strange« spielten das Konzert zu Ende, ohne dass wir uns weiter unterhielten. Er stand einfach neben mir und trank sein Bier. Obwohl wir nicht miteinander sprachen, war ich mir seiner Anwesenheit merkwürdig bewusst.

Nach der zweiten Zugabe holte er eine Packung Lucky Strikes aus seiner Hosentasche und sah mich auffordernd an. Ich nickte, wühlte in meiner Tasche nach der identischen Packung. Als ich sie gefunden hatte, grinste ich ihn an.

Seinen Blick spürte ich in meinem Rücken, als wir nach draußen gingen. Wir stellten uns etwas abseits, um nicht im Gedränge der Konzertbesucher, die sich auf den Weg nach Hause machten, zu enden. Er musterte mich von oben bis unten, während er den Rauch seiner Zigarette inhalierte.

»Sie überraschen mich wirklich«, merkte er an.

»Inwiefern?« Es interessierte mich tatsächlich. Er konnte wohl kaum überrascht darüber sein, dass ich als Studentin ein Konzert besuchte.

»In meinen Vorlesungen wirken Sie immer so … unnahbar. Als ob Sie quasi als Medizinerin geboren wurden. Und jetzt stehen Sie hier und sehen wie eine normale Studentin aus.« Zweifelhaftes Kompliment. Doch er hatte recht. In der Uni sah ich wirklich anders aus, meine Eltern mussten mich lange beknien, damit ich nicht in Chucks und zerrissenen Jeans in Veranstaltungen ging, bei denen ich viele Kinder ihrer Arztfreunde sah.

»Das ist für Sie überraschend? Also mich irritiert Folgendes: Da gehe ich als normale Studentin zu einem Konzert und da steht mein Dozent ohne Laborkittel und gibt mir ein Bier aus. Das ist eine echt seltsame Situation.« Ich schmunzelte ihn an. Dass ich ihn als verdammt heiß einstufte, wenn er seinen Kittel nicht trug, behielt ich lieber für mich.

»Wie gut, dass das ein Konzert von ›The Strange‹ war.« Er lachte leise über das Wortspiel. »Im Übrigen, ich denke, ich muss jetzt Backstage, um meinen kleinen Bruder zu treffen. Möchten Sie die Band kennenlernen?« Unter anderen Umständen wäre ich begeistert. Doch die Situation würde mir dann doch etwas zu vertraut werden.

»Danke für das Angebot, ein anderes Mal vielleicht. Ich hab heute noch etwas vor«, log ich und betrachtete meine Schuhe.

»Okay, dann noch einen schönen Abend. Wir sehen uns nächste Woche!« Und zack – drehte er sich um und ging, ohne dass ich noch etwas erwidern konnte. Bestimmt war er erleichtert, dass ich sein Angebot ausgeschlagen hatte.

Travis

»Wer war die Kleine, mit der du draußen gesprochen hast?«, fragte mein kleiner Bruder Josh, nachdem ich ihm zum gelungenen Auftritt gratuliert hatte.

»Die Kleine ist eine meiner Studentinnen, die ich zufällig getroffen habe«, antwortete ich ihm gereizt. Ich hatte gehofft, dass die meisten Studenten noch weg waren, bis das neue Semester in ein paar Tagen begann. Denn ich war wirklich nicht scharf darauf, jemanden aus meinen Kursen privat zu treffen. Unter anderem aus diesem Grund verbrachte ich die vorlesungsfreie Zeit in der Regel komplett bei meiner Familie in den USA.

»Hot!«, kommentierte Josh, während er sich das verschwitzte Gesicht mit einem Handtuch trocknete.

Natürlich war mir das auch schon aufgefallen. Lara war die Beste in meinem Kurs und auch in anderen, wie mich meine Kollegen vor einer Weile informiert hatten. Und natürlich war sie schön – die langen Haare glänzten wie flüssiger Honig. Sie hatte eine ausgesprochen attraktive Figur. Und ihre sinnlichen Lippen … Ja, ich hatte schon einige Tagträume von ihr gehabt. Doch in der Uni trat sie ganz anders auf als heute beim Konzert. So … konservativ.

»Hey Travis! Bist du noch da?« Wie immer musste mein Bruder meine Gedankengänge unterbrechen.

»Ja …«, knurrte ich ihn an.

»Hast du was mit ihr? Du hast grade so einen Gesichtsausdruck …« Josh grinste mich wissend an.

»Ich fange nichts mit Studentinnen an, Josh. Außerdem hatte ich bis heute den Eindruck, dass sie so eine überbehütete Arzttochter ist.« Die anderen Bandmitglieder kamen in Joshs Backstagebereich. Er grinste nur spöttisch.

Wir alberten noch eine Weile herum und tranken das Bier, das der Veranstalter der Band gratis zur Verfügung gestellt hatte. Die Jungs fragten mich nach meiner Meinung zu ihrem Gig. Die Bandmitglieder kannte ich schon ewig, weil sie Freunde meines Bruders waren. Sie wussten, dass ich Ahnung von Musik hatte und selbst in diversen Bands gespielt hatte. Ich gab ihnen meine ehrliche Einschätzung und diskutierte mit Ben, dem Sänger, verschiedene Verbesserungsvorschläge. Die anderen schalteten sich nach und nach in die Diskussion ein, während ich mich daraus zurückzog. Meine Gedanken wanderten immer mal wieder zu Lara, die heute so anders gewirkt hatte als sonst. Unter anderen Umständen würde sie ausgesprochen gut in das Bild meiner bisherigen Eroberungen passen. Außer zu Julia. Julia war mein Versuch gewesen, eine Beziehung zu führen, die standesgemäß war. Sie war als Model in den USA und Europa erfolgreich. Wir hatten versucht, unsere Aufenthalte auf verschiedenen Kontinenten so zu koordinieren, dass wir Zeit miteinander verbringen konnten. Das hatte aber nach einiger Zeit immer weniger geklappt. Julia hatte ihre Zeit dann mit anderen Männern verbracht.

Seit drei Jahren hatte ich also immer wechselnde Affären, weil mir bisher noch keine Frau begegnet war, die nachhaltig mein Interesse geweckt hatte. Weder in New York, obwohl ich mich dort als Sohn reicher Eltern vor Dates nicht retten konnte, noch in Deutschland. Hier verbrachte ich meine Freizeit in der Regel im Fitnessstudio oder mit meinen Kollegen. Obwohl ich schon seit knapp 15 Jahren in Deutschland lebte, hatte ich mir keinen festen Freundeskreis aufgebaut, weil ich die Universitäten in der Regel ungefähr alle drei Jahre wechselte. Meinen Grundsatz, keine Affären mit Studentinnen zu beginnen, hatte ich bisher immer eingehalten. Aber bei Lara … Sie faszinierte mich. Ihre Verwandlung von einer mustergültigen Medizinstudentin zu der Frau, die ich heute getroffen hatte, war wirklich überraschend. Als Rock-Chic gefiel sie mir noch deutlich besser als in ihrer üblichen Arzt-Tochter-Aufmachung mit züchtigen Kleidern und hochgeschlossenen Blusen.

Ben stieß mich von der Seite an. »Travis, von welcher Frau träumst du gerade? Du bist ja völlig abwesend!« Die anderen lachten, nur Josh bedachte mich mit einem wissenden Blick.

Lara

Kaum in meiner Wohnung angekommen, kramte ich mein Smartphone aus meiner Tasche und rief Alina an. Die Begegnung mit Dr. Travis Reek wollte ich nicht im Taxi erläutern. Es war zwar schon spät, aber ich wusste, dass Alina mir trotzdem zuhören würde. Wir waren seit Ewigkeiten befreundet, denn unsere Eltern kannten sich gut und wir trafen uns auch immer wieder bei verschiedenen Wohltätigkeitsevents und anderen öffentlichen Veranstaltungen der gehobenen Gesellschaft. Nach dem dritten Klingeln nahm sie meinen Anruf an.

»Es. Ist. Unfassbar.« Wie immer ohne Begrüßung fing ich einfach an zu reden.

»Was. Ist. Unfassbar?«, fragte meine Freundin im gleichen Tonfall.

Ich erläuterte ihr, wie ich meinen Dozenten auf dem Konzert getroffen hatte. Und auch, dass ich mir anfangs vorgestellt hatte, mit ihm ins Bett zu gehen.

»Du willst mit deinem Histo-Prof schlafen?« Alina war ernsthaft irritiert. Kein Wunder, denn sie kannte ihn nicht, da sie Jura studierte und nicht Medizin.

»Alina, ernsthaft. Er ist heiß. Ohne seine Laborkleidung habe ich ihn erst nicht erkannt. Ich konnte ja nicht ahnen, dass er so aussieht.« Sie kannte meinen Männergeschmack ziemlich gut. Kein Wunder, denn wir gingen oft miteinander aus. Manchmal nahm ich auch einen Kerl mit nach Hause. Für feste Beziehungen war ich nicht geeignet. Zudem wären meine Eltern sicherlich mit keinem Mann einverstanden, den ich mir aussuchen würde.

»Ach, er sieht also so aus? Wo ist das Problem? Du siehst ihn doch nächste Woche in der Uni, mach ihn dir klar!«

»Süße, du redest wieder wie ein Kerl!« Ich musste zwangsläufig lachen. Denn wer Alina bei gesellschaftlichen Anlässen sah, würde nicht erwarten, wie die Tochter eines Herzogs wirklich war.

»Na und? Scheiß drauf, schnapp dir den heißen Dozenten!«

»Ich werde nicht mit ihm schlafen. Das geht einfach nicht.«

Am Ende des Gesprächs konnte Alina immer noch nicht verstehen, warum ich diese Ansicht vertrat. Es war absolut ausgeschlossen, dass ich einen One-Night-Stand mit ihm hatte, nur um ihn dann ständig in der Uni zu sehen. Ich würde mich in Grund und Boden schämen, obwohl das normalerweise nicht meine Art war.

Ich konnte nicht verhindern, dass meine Gedanken weiter um ihn kreisten, als ich im Bett lag. Unter normalen Umständen würde ich jetzt hier mit einem Mann Spaß haben, aber dass ich ihn so getroffen hatte, irritierte mich nachhaltig. Ich selbst war gut darin, mich in der Uni anders darzustellen, als ich in Wirklichkeit war. Kaum ein Kommilitone hatte mich bisher in meiner Freizeit gesehen, weil ich mich in der Regel von ihnen distanzierte. Meinen Freundeskreis hatte ich mir lange vor meinem Studium aufgebaut. Und ich ging sicherlich nicht studieren, um neue Freunde zu finden.

Aber dass Travis (ja, in Gedanken nannte ich ihn beim Vornamen) dermaßen attraktiv war, wenn er nicht grade dozierte … Was für ein Zufall, ihn beim Konzert seines Bruders zu treffen. Ich grübelte noch eine Weile, ob es ein guter oder schlechter Zufall war, bevor ich endlich einschlief.

Kapitel 2

Lara

Montagmorgen. Und ich hatte schon um neun das erste Seminar. Glücklicherweise dauerte es noch zwei Tage, bis ich meinen Histologie-Kurs bei Travis hatte. Ich war zu dem Entschluss gekommen, dass ich Travis' Auftreten beim Konzert einfach verdrängen würde, um mich voll und ganz auf seinen Kurs zu konzentrieren. Genauso wie ich es vorher auch getan hatte.

Der erste Studienabschnitt meines Medizinstudiums war wirklich die Hölle. Ich war froh, wenn ich diese vier Semester hinter mir hatte. Während ich in meinem Seminar in Biochemie saß, fragte ich mich einmal mehr, welche Holzköpfe für diesen Studiengang zugelassen wurden. Gefühlte 90 Prozent kannten noch nicht einmal den Unterschied zwischen Glukose und Glykogen. Biochemie hatte mich schon immer interessiert, allerdings weniger auf dem medizinischen Sektor als in der Forschung. Würden meine Eltern nicht von mir erwarten, dass ich Ärztin wurde, würde ich mir wohl ein Forschungsgebiet in dieser Richtung suchen, um Menschen mit Medikamenten zu helfen.

Seit mir Travis am Ende des letzten Semesters die Frage gestellt hatte, was ich wirklich wollte, reifte in meinem Kopf ein Plan. Ohne die finanzielle Unterstützung meiner Eltern würde ich jedoch nicht einfach das Studienfach wechseln und weiter studieren können. Wahrscheinlich konnte ich mir dann meine Wohnung in der Stadt und mein Auto abschminken, aber ich würde mit hundertprozentiger Sicherheit nicht wieder bei meinen Eltern einziehen.

Dementsprechend war es wohl nur ein nettes Gedankenspiel, in die Forschung zu gehen und den Ansprüchen meiner Familie nicht gerecht zu werden. Ich fragte mich, wie Tim das aushielt. Mein Bruder war wie ich schon früh mit allem, was mit Medizin zu tun hat, in Berührung gekommen und war gerade mit seiner Facharztausbildung zum Zahnmediziner fertig geworden. Er musste sich doch ähnlich gelangweilt haben wie ich. Vielleicht sollte ich ihn mal anrufen und fragen, wie ich mein Studium abschließen konnte, ohne Amok zu laufen.

Der Dozent, der sicher schon ungefähr hundert Jahre alt war, sprach immer noch. Er hatte das System der modernen Lehre leider noch nicht verstanden, sondern plädierte auf frontale Monologe. Zum Glück konnte ich wenigstens Solitär auf meinem Notebook spielen.

Die anderen Vorlesungen waren ähnlich spannend, sodass mir nichts anderes blieb, als mich auf Histologie zu freuen. Thematisch gesehen war das zwar auch recht easy für mich, doch Travis hatte eine andere Art, mit den Studenten umzugehen. Außerdem kam ich nicht umhin, mich zu fragen, wie er nach unserer Begegnung auf mich reagierte. Wahrscheinlich war das für ihn alles nur eine Lappalie und er dachte überhaupt nicht darüber nach.

Alina chattete mich über Skype an. Das Beste an den Vorlesungen war, dass uns beiden langweilig war, obwohl wir völlig unterschiedliche Studienfächer hatten.

Alina: Hey Süße! Schon deinen süßen Prof gesehen?
Lara: Ha ha. Nein. Erst heut Nachmittag.
Alina: Gib zu, dass du dich auf ihn freust. ;)
Lara: Nein, tu ich nicht.
Alina: Vergiss nicht, dass ich dich kenne …
Lara: Also gut, ich freu mich. Aber ich werde trotzdem nicht mit ihm ins Bett gehen.
Alina: Du willst ihn also nur aus der Ferne anschmachten?
Lara: Quatsch! Ich sitze bei ihm in der ersten Reihe. :P
Alina: Streber!

Travis reagierte nicht anders auf mich als im vorigen Semester. Ich saß immer noch vorne, beantwortete Fragen und war genervt von meinen Kommilitonen. Er zeigte nicht die geringste Regung, wenn wir miteinander diskutierten. Weder bevorzugte er mich, noch strafte er mich mit Missachtung. Wie mich das fuchste! Hatte er wirklich keinen Gedanken an unsere Begegnung verschwendet? Und warum war ich eigentlich so fixiert auf ihn? Ich hatte mir selbst geschworen, den Abend zu verdrängen (außer die Band, die war wirklich nicht schlecht), und jetzt tat ich genau das Gegenteil. Ich untersuchte jeden Unterschied, den ich an ihm feststellen konnte, genau. Er musste doch merken, dass ich ihm ständig mit meinem Blick folgte, wenn er sich im Raum bewegte. So aufmerksam war ich sonst nie!

Sein Verhalten änderte sich auch in den nächsten drei Wochen nicht. Ich machte mich selbst verrückt, bis ich beschloss, die Angelegenheit auf sich beruhen zu lassen. Offenbar war es für ihn völlig normal, seine Studenten abends zufällig zu treffen. Außerdem schien er wohl die Spannung zwischen uns nicht gespürt zu haben. Vielleicht bildete ich mir die aber auch nur im Nachhinein ein.

Um mich abzulenken, ging ich wieder öfter mit Alina aus, denn in der letzten Zeit hatte ich ihre Angebote immer häufiger abgelehnt. Anders als sonst hatte ich aber keine Lust, Männer zu erobern, wenn wir unterwegs waren. Meine Gedanken kreisten zwar nicht mehr ständig um ihn, aber wenn ich nicht aufpasste, schweiften sie von ganz alleine in diese verbotene Region. Meiner besten Freundin fiel die Veränderung meines Verhaltens natürlich auf. Sie nahm das zum Anlass, mich mit »Dr. Hot« – wie sie ihn inzwischen nannte – aufzuziehen. Wohlweislich ging ich nicht auf ihre Spielchen ein, denn ich wusste, dass ich bei ihrer scharfen Zunge nur verlieren konnte.

Seitdem ich den festen Entschluss gefasst hatte, ihn nicht mehr heimlich anzuhimmeln, veränderte sich sein Verhalten mir gegenüber merklich. Da ich sonst nichts Besseres zu tun hatte, chattete ich Alina während seiner Vorlesung an.

Lara: Er ignoriert mich. Im Ernst.
Alina: Wie das? Ich dachte, es wäre alles beim Alten.
Lara: War es ja auch! Aber seit 2 Wochen tut er so, als wäre ich nicht da!
Alina: Es macht dich kirre, oder? ;)
Lara: Natürlich!

Alina: Tu was dagegen!
Alina: Sorry, muss los, wir telefonieren später! :*

Na super! Der Rat war ja sehr informativ. Innerlich schäumte ich vor Wut, als ich nach der Vorlesung den Mikroskopiersaal verließ. Erst Travis, der mich ignorierte, und dann auch noch Alina mit ihren schlauen Ratschlägen. Tu was dagegen. Wenn ich wüsste, was ich tun sollte, hätte ich schon längst etwas unternommen! Ich wünschte mir das letzte Semester zurück, als meine größten Probleme meine Mit-Studenten waren. Mit Sicherheit würde ich mich nicht bis Ende des Semesters in Histologie wie Luft behandeln lassen.

Wenn meine Laune nicht schon am Tiefpunkt angelangt wäre, dann wäre sie dorthin gefallen, als ich auf meinem Handy einen Anruf meiner Mutter angezeigt bekam. Sie teilte mir mit, dass ich am Wochenende zum Essen kommen sollte, da meine Eltern hören wollten, wie das Semester lief. Ganz toll lief es. Wirklich grandios!

Mein Bruder war mein Lichtblick. Tim nahm erfreulicherweise auch am sonntäglichen Mittagessen teil, sodass ich nicht alleine den Fragen meiner Eltern ausgesetzt war. Ich erzählte ihnen das Gleiche wie immer: dass ich an den Vorlesungen teilnahm, im letzten Semester alle Klausuren gut bestanden hatte und immer noch nicht wusste, welches Fachgebiet ich anstrebte.

Nach dem Essen bat ich Tim, mit mir im Garten spazieren zu gehen. Er zog verwundert eine Augenbraue hoch, denn das war nicht mein normales Verhalten.

»Was ist los, Schwesterchen?«, fragte er mich, als wir draußen waren.

Ich hatte keine Lust darauf, um den heißen Brei herumzureden. »Hast du jemals überlegt, dein Studienfach zu wechseln?«

»Eigentlich nicht, nein. Wieso, bist du dir unsicher, ob du Ärztin werden willst?«

»Ich bin mir ziemlich sicher, dass ich das nicht werden will. Außerdem langweilt mich mein Studium.« Tim blieb völlig ruhig, als ich die Bombe platzen ließ. In unserer Familie hatte man sich nicht zu langweilen. Schon gar nicht, wenn es um das Arztwerden ging.

»Ich kann verstehen, dass du dich langweilst. War bei mir auch so. Was wäre denn deine Alternative?«

»Du bist gar nicht überrascht?«, fragte ich perplex nach. Nur zur Sicherheit.

»Nein, du warst schon immer anders«, grinste er. »Spaß beiseite. Ich kann dich verstehen. Die Erwartungen, die unsere Familie hat, sind nicht immer einfach zu erfüllen. Warum sprichst du nicht mit Mom und Dad darüber?«

»Spinnst du?!« Als ob das so einfach wäre. »Seit 25 Jahren bereiten sie mich darauf vor, Ärztin zu werden. Ich kann doch nicht einfach sagen: Nein, werde ich nicht!«

»Das vielleicht nicht. Aber wenn du es ausreichend begründest und eine sinnvolle Alternative hast, verstehen sie dich eventuell.« Da musste ich drüber nachdenken. Immerhin hatte ich schon einen Plan im Kopf. Er war zwar noch nicht ganz ausgereift, aber das konnte ja noch werden. In diesem Semester war ein Wechsel so oder so nicht mehr möglich, aber wenn ich mich schnell entschied, dann vielleicht zum nächsten.

Schnell verabschiedete ich mich von Tim und meinen Eltern und fuhr in meine Wohnung. Ich stellte alles zusammen, was ich als Diskussionsgrundlage brauchte. Informationen zu Einsatzmöglichkeiten, Aufstiegschancen und so weiter gab es im Internet zuhauf.

Die nächsten Tage brachte ich damit zu, in der Uni weiter an meinem Plan zu arbeiten. Die Vorlesungen und Seminare hatten für mich ihre Bedeutung verloren. Auch Travis' Missachtung konnte mich nicht aus dem Konzept bringen. Ich saß einfach in seiner Veranstaltung und beachtete ihn auch nicht, sondern tippte wie wild auf meinem Notebook herum. Meine zuvor noch wirren Gedanken nahmen deutlich an Form an. Ich hoffte nur, dass meine Eltern das ähnlich sahen.

In der Pause saß ich auf einer der Bänke im Garten des Fakultätsgebäudes und hörte meine aktuelle Lieblingsband »The Strange«. Es war zwar kein wirklich warmer Maitag und drinnen wäre es bestimmt angenehmer gewesen, aber draußen konnte ich wenigstens rauchen. Ich scrollte auf meinem Smartphone durch Facebook auf der Suche nach etwas Weltbewegendem (was ich nicht fand), als sich plötzlich die Sonne verdunkelte. So fühlte es sich zumindest an. Als ich aufblickte, sah ich Travis, der die Lippen bewegte. Die Musik aus meinen Kopfhörern war zu laut, als dass ich ihn hätte verstehen können. Ich nahm die Ohrstöpsel heraus und sah ihn fragend an.

»Wie bitte?«, fragte ich nach, als er mich einfach nur anstarrte.

Er atmete kurz durch. »Darf ich mich setzen?«

»Ähm, klar.« Schnell räumte ich meine Tasche ein und stellte sie unter die Bank.

»Ich wollte nur nachfragen, ob Sie mal über unser Gespräch nachgedacht haben.« Gespräch? Welches Gespräch?

»Schon …«, meinte ich vorsichtig.

»Und zu welchem Schluss sind Sie gekommen?« Was zur Hölle meinte er bloß? Bei dem Konzert hatte er mir doch gar nicht gesagt, dass ich einen Schluss zu irgendwas finden sollte.

»Ich … keine Ahnung.«

»Sie wissen also immer noch nicht, was Sie anstelle von Medizin studieren möchten?« Er klang etwas ärgerlich, aber glücklicherweise wusste ich jetzt wenigstens, was er meinte.

»Also, eigentlich habe ich einen Plan, der ist aber noch nicht ganz fertig.«

»Okay, das ist ein Anfang. Kann ich Ihnen dabei helfen?« Etwas blitzte in seinen dunkelblauen Augen. Die Farbe war wirklich faszinierend. Sie erinnerte mich an Saphire oder an den Nachthimmel bei Vollmond. Ich konnte mich von diesem Blick einfach nicht losreißen.

»Frau Kipp?« Verdammt. Schnell wandte ich meinen Blick auf den Boden vor mir. Ich hatte ihn angestarrt. Mist. Mist. Mist. Er hatte es gemerkt, das bewies sein belustigtes Lächeln.

»Ähm … ich weiß nicht«, stotterte ich.

»Vielleicht erzählen Sie mir einfach von Ihrem Plan, dann sehen wir weiter. Eventuell habe ich ja noch ein paar Ideen, die ich beisteuern kann«, bot er an. Mein Herz raste, doch glücklicherweise war ich nach außen hin ganz ruhig. Ich sammelte mich kurz und erzählte ihm, was ich mir in den letzten Tagen überlegt hatte.

Travis

Hier mit Lara zu sitzen, war genau das, was ich mir seit Wochen vorgestellt hatte. Ich wollte ihr näher kommen. Seit Joshs Konzert waren meine Gedanken ständig bei ihr. In meiner Vorlesung hatte ich sie zu Beginn behandelt wie sonst auch. Es fiel mir verdammt schwer, sie nicht ständig anzustarren. Natürlich bemerkte ich ihre Blicke, die mir folgten. Aber ich hatte meinen Grundsatz und daran würde ich mich halten. Ständig musste ich mich zusammennehmen, nicht in ihre Augen zu sehen, die mich an flüssiges Karamell erinnerten. Ihr Verhalten mir gegenüber kühlte nach einigen Vorlesungen spürbar ab. Ich wusste, dass es falsch war, aber ich wollte, dass sie mich weiterhin beachtete, also ignorierte ich sie. In der Hoffnung, dass Lara mir wieder ihre Aufmerksamkeit schenkte. Es war verrückt. Einerseits wusste ich, dass es nicht relevant war. Anderseits wollte ich aber ihr Interesse an mir sehen. Als sie mich heute vollends ignorierte und nur auf ihrem Notebook herumtippte, verließ mich die Geduld. Nach der Vorlesung sah ich, dass sie nach draußen ging, und folgte ihr einfach. Mit wohldurchdachten Worten entschuldigte ich mich bei ihr und bot ein klärendes Gespräch an. Und sie? Sie hatte mich nicht mal gehört. Das vermutete ich zumindest, da sie nicht darauf einging.

Sie zündete sich die zweite Zigarette innerhalb einer Viertelstunde an, als sie mir erzählte, was sie tun wollte. Ihr Plan war gut, sie hatte viel Arbeit hineingesteckt. Die Forschung wäre genau das Richtige für sie. Ich hatte schon bei unserem letzten Gespräch vorschlagen wollen, in diese Richtung zu gehen, überlegte es mir aber anders. Sie sollte selbst darauf kommen. Ich sah ihr an, wie nervös sie war, und hätte am liebsten gewusst, ob es an mir oder an dem Gesprächsthema lag.

Als sie geendet hatte, blickte sie nur fragend in meine Richtung.

»Ich finde den Plan gut, doch was haben Ihre Eltern damit zu tun?« Lara hatte sie einige Male erwähnt.

»Na ja, alle in meiner Familie sind Ärzte und das erwarten sie von mir auch.« Sie klang zerknirscht.

»Sie sind volljährig und können selbst über Ihre Zukunft bestimmen, oder?« Ihre Eltern konnten ihr ja nicht vorschreiben, welchen Beruf sie ausüben sollte. Nicht mehr in diesem Jahrhundert.

Lara stützte den Kopf auf ihre Hände und schloss kurz die Augen. Was war bloß los mit ihr? »Sie finanzieren mir alles. Das Studium, meine Wohnung, mein Auto … einfach alles. Wenn ich nicht mehr Medizin studiere, muss ich das alles selbst übernehmen.« Das war das Problem?

»Es gibt doch noch andere Möglichkeiten. BAföG zum Beispiel oder einen Job.«

Ihre Augen blitzten mich an. »Ja, daran habe ich auch schon gedacht. Danke, Captain Obvious!«, zischte sie. Ihre Empörung und der Titel, den sie mir gerade verliehen hatte, waren einfach zu komisch. Ihre Augen sprühten geradezu Funken, als ich in lautes Gelächter ausbrach. Einige vorbeilaufende Studenten sahen uns irritiert an.

»Penner …«, murmelte sie.

»Das hab ich gehört!«, beschwerte ich mich.
»Sollten Sie auch!«

Lara

Hatte ich gerade wirklich meinen Dozenten beleidigt? Ich sollte echt lernen, die Klappe zu halten. Prinzipiell hatte er es verdient, weil er mich ausgelacht hatte. Mir war bewusst, dass es noch mehr Menschen gab, die sich ihr Studium selbst finanzierten. Für mich war es jedoch alles andere als einfach, irgendeinen Job anzunehmen. Neben der Studiererei betreute ich zusätzlich noch ehrenamtlich Menschen mit körperlichen Behinderungen. Hierbei war es wichtig, so flexibel wie möglich zu sein. Wenn sie bei alltäglichen Dingen Hilfe benötigten, riefen sie mich einfach an. Es machte mir Freude, zu helfen, wo ich konnte. Die Idee dazu hatte eine Freundin meiner Mutter, sie hatte mich vor rund drei Jahren angesprochen, ob ich in meiner freien Zeit helfen wollte. In der Zwischenzeit hatte ich schon einige »Patienten« ins Herz geschlossen. Ich wollte das jedoch nicht an die große Glocke hängen.

Als Travis sich endlich wieder von seinem Lachflash erholt hatte, meinte er: »Wie wäre es, wenn Sie erst mal mit Ihren Eltern sprechen. Sollten sie die Finanzierung Ihres Studiums wirklich ablehnen, können Sie immer noch schauen, wie Sie das stemmen.« Ich nickte langsam. Welche Wahl hatte ich denn? Entweder ich studierte weiter etwas, was ich nicht studieren wollte, oder ich führte ein klärendes Gespräch mit meiner Familie.

»Ihnen ist aber schon klar, dass Sie dafür weiter in die Histologie-Kurse gehen müssen, oder?« Was war das denn für eine Frage? Er musste doch bemerkt haben, dass ich mir den Lehrplan ausführlich angesehen hatte.

»Ja, sicher. Wieso?«, fragte ich deshalb. Travis schien kurz zu zögern.

»Also entweder Sie wechseln den Dozenten oder wir müssen aufhören, uns gegenseitig zu ignorieren.« Ich war kurz davor, kindisch zu werden und zu sagen: Du hast aber angefangen. An meinen Vorsatz denkend, die Klappe zu halten, erwiderte ich: »Ich bin gerne in Ihrem Kurs.« Das war diplomatisch – oder? Mein Dozent stieß hörbar die Luft aus.

»Ich hatte mir eine andere Antwort erhofft.« Geht's noch?

»Wie meinen Sie das?« Ich war verwirrt. Ehrlich. Was hatte ich denn jetzt schon wieder getan, dass er mich loswerden wollte?

»Lara. Ganz ehrlich, du machst mich verrückt.« Ach – so war das jetzt?! Ich starrte ihn skeptisch an. »Seit wir uns bei Joshs Konzert getroffen haben und du so … anders warst, gehst du mir nicht mehr aus dem Kopf. In den letzten Wochen habe ich wirklich versucht, es auf sich beruhen zu lassen. Meine letzte Chance, um meine Regeln nicht zu brechen, war, dass du nicht mehr in meinem Kurs bist.« Ich starrte ihn immer noch an. Er hatte mich so behandelt, als wäre das nie passiert, dann ignorierte er mich, lachte mich aus und jetzt das?

»Du verarschst mich, oder? Und seit wann duzen wir uns eigentlich?« Ich war wirklich fassungslos.

»Das ist deine ernst gemeinte Frage zu dem, was ich gerade gesagt habe?«, fragte er ungläubig.

»Ich könnte hundert Fragen zu deinen vier Sätzen

fragen, aber ich dachte, ich fange mal klein an.« Er sah mir in die Augen, unsere Blicke verhakten sich ineinander. Wie schon zuvor konnte ich mich nicht von seinen faszinierenden Augen abwenden. Sein Blick sprach Bände und was er erzählte, sagten meine Augen auch: Freude, Begehren, Zärtlichkeit.

Am Ende war es Travis, der sich löste. Er räusperte sich. »Ich sollte wieder reingehen.«

»Ähm, ja klar.« Ich sollte dringend an meinen rhetorischen Fähigkeiten arbeiten, wenn ich nur zu so einer lahmen Erwiderung fähig war.

»Er hat WAS gesagt???«, quietschte Alina in mein Ohr. Ich hielt mein Handy schon weit weg, dennoch war sie unfassbar laut. Zum dritten Mal wiederholte ich die Sätze, die meinen Bauch kribbeln ließen. Ich ging ihm nicht aus dem Kopf …

»Und dann ist er einfach gegangen?«

»Jap. Ist er. Alina – sag mir, was ich damit anfangen soll!«, bat ich sie, denn ich wusste es wirklich nicht.

»Keine Ahnung. Ehrlich. Wenn ich es wüsste, würde ich es dir mitteilen.« Tolle Hilfe, beste Freundin.

»Aber, was mach ich denn jetzt?«, jammerte ich. So weit war es schon gekommen.

»Süße. Du machst das Gleiche wie sonst auch. Sei einfach unwiderstehlich!«

»Und dann?«

»Wartest du, bis er nicht mehr dein Dozent ist. Denn wenn das seine Regel ist, wird er sie vermutlich nicht brechen, nur um ein ONS mit dir zu haben.« Juristische Logik war einfach anstrengend. Ständig mussten die irgendwas auslegen und recht damit haben.

Abends auf meiner Couch sah ich einiges klarer. Vielleicht war es auch der Wein, der es einleuchtender machte. Ich hatte genau drei Möglichkeiten zu agieren. Erstens: Ich wechselte den Dozenten, was mitten im Semester und ohne sinnvolle Begründung schwierig sein würde. Zweitens: Ich wartete bis zum Semesterende, um ihn zu verführen, was noch unfassbar lang dauerte. Und ich musste ihn jede Woche sehen. Drittens: Ich war unwiderstehlich verführerisch, schlief mit ihm und musste ihn jede Woche bis Semesterende sehen, was noch unfassbar lang dauerte.

Im Prinzip lief es darauf hinaus, abzuwarten, was er tun würde. Er war es, der Regeln aufstellte, nicht ich. Ursprünglich lag mein Standpunkt ähnlich wie seiner – ich wollte nichts mit meinem Dozenten anfangen. Doch über die Wochen war es mir ein Bedürfnis geworden. Wer wusste schon, was sich daraus entwickelte? Vielleicht war es auch für uns beide okay, wenn wir eine Affäre hatten. War das eigentlich legal? Dozent und Studentin? Gerüchte gab es ja viele auf dem Campus, was das betraf. Aber ob das so stimmte? Ich textete schnell meiner Juristen-Freundin.

Lara: Ist das eigentlich legal?
Alina: JAHA!

Sie hatte nicht einmal zehn Sekunden gebraucht. Das hieß nur eins: Sie hatte sich vorher schon schlaugemacht.

Kapitel 3

Lara

Drei Wochen später war ich einer Lösung des Problems kein Stück näher. Travis behandelte mich während der Vorlesung wieder wie gewohnt, hatte sonst aber keine Anstalten gemacht, irgendetwas zu unternehmen. Normalerweise war ich oft diejenige, die den ersten Schritt machte, wenn mich ein Mann interessierte. Doch bei diesem speziellen Exemplar war das etwas anders.

Am Ende seiner Vorlesungen trödelte ich immer absichtlich, um ihn alleine zu erwischen. Leider scharten sich dann aber meist Kommilitonen um ihn, die etwas nicht verstanden hatten. Da es unglaubwürdig war, wenn ich mich hinten anstellte, um auch Fragen zu stellen, bummelte ich vor dem Raum herum, bis er herauskam. Aber dann hingen immer noch andere an ihm dran. Er warf mir entschuldigende Blicke zu – als ob er genau wüsste, was ich vorhatte.

Auch auf dem Campus sah ich ihn so gut wie nie. Das war aber auch schon früher so gewesen.

Wieder einmal widmete ich mich meinem anderen Problem: meinen Eltern. Am Wochenende würden sie aus dem Urlaub zurückkommen. Sie hatten Tim und mich bereits zum Sonntagsessen eingeladen. Da ich das Gespräch nicht ewig aufschieben wollte, würde ich es genau dann beginnen. Ich hoffte, dass die beiden noch so relaxt vom Urlaub sein würden, dass sie auch meinen Plan entspannt hinnehmen würden. Tim hatte ich um Unterstützung gebeten, die er mir gerne geben würde. Schützenhilfe nannte er es. Treffende Bezeichnung. Da Travis für mich nicht erreichbar war, bereitete ich mich also gründlich auf das Gefecht vor.

Samstagabend ging ich mit Alina aus – auch sie hatte ich vernachlässigt. Im Moment hatte ich einfach viel zu tun. Meine Patienten vereinnahmten mich, dazu die Vorlesungen und die Recherche für den Wechsel meiner Fachrichtung. Ich brauchte eine Pause von allem und meine beste Freundin war eine gute Ablenkung. Wir gingen in unser Lieblingspub und bestellten dunkles Bier. Alina fragte mich natürlich aus, was an der Travis-Front los war. Leider konnte ich nur sagen: im Westen nichts Neues.

Sie sprach mir allerdings Mut zu, was meine Eltern betraf. Sie kannte die beiden auch und wusste, dass sie zwar voreingenommen, mit guten Argumenten, aber zu überzeugen waren.

Mitten im Gespräch tippte mir jemand auf die Schulter. Wie unhöflich.

»Hey! You're Lara, right?«, sprach der Kerl mich auf Englisch an. Ich sah ihn nur fassungslos an. Es war Josh – Travis' Bruder.

»Oh, sorry. Ich wollte dich nicht erschrecken. Ich bin Travis' Bruder«, fließend wechselte er die Sprache. Er sprach gut Deutsch, zwar mit hörbarem Akzent, aber verständlich.

»Ähm, ja, ich bin Lara. Freut mich!« Lächelnd schüttelte ich die dargebotene Hand.

»I'm Josh, nice to meet you." Er grinste immer noch breit.

»Ähm ja … ich dachte, ihr seid auf Tour?«, fragte ich nach, weil mir gerade nichts Besseres einfiel.

»Bin auf der Durchreise, ich wollte meinen Bruder noch einmal besuchen.«

»Oookay …« Und was wollte er jetzt von mir? Alina wusste es scheinbar auch nicht, denn sie schaute nur abwechselnd zu mir und zu Josh wie bei einem Tennismatch. Josh beugte sich zu mir rüber und sagte leise: »Er ist ganz schön … confused … wegen dir.« Er zwinkerte mir zu. Leider konnte ich nichts erwidern, denn er drehte sich einfach um und ging. Verrückter Kerl.

»Was war das denn?«, fragte Alina mit großen Augen.

»Das war Josh.« Ich grinste wie das berühmte Honigkuchenpferd.

»Er ist heiß!«

»Genau wie sein Bruder!«

»Meinst du, ich könnte …«

»Oh nein, du machst ihn dir nicht klar!« Das konnte sie nicht tun. Er war Travis' Bruder und … und … keine Ahnung. Alina lachte nur.

»Keine Angst, Süße, ich funke dir nicht mit so was dazwischen.«

Wir ließen den Abend gemütlich ausklingen. Außer Josh war nichts Verrücktes passiert. Ich wollte für das Gespräch mit meinen Eltern fit und klar im Kopf sein, deshalb ging ich früh ins Bett.

Wie nicht anders zu erwarten, schwärmten meine Eltern erst einmal stundenlang von ihrem Urlaub. Ich gönnte es ihnen, schließlich waren sie das erste Mal seit Jahren so lange weg gewesen. Nach dem Essen sammelte ich mich und sprach sie direkt an.

»Mom, Dad, ich würde gerne was mit euch besprechen.« Beide sahen mich irritiert an, denn normalerweise war ich nicht so förmlich.

»Ist alles in Ordnung bei dir, Kind?«, fragte meine Mutter alarmiert.

»Ja, Mom, alles gut. Es ist wegen des Studiums.«

»Was ist mit deinem Studium? Weißt du endlich, wie du dich spezialisieren möchtest?« Mein Vater war ganz aufgeregt.

»Also eigentlich … Ich möchte etwas anderes studieren.« Jetzt war es raus. Ich schloss kurz die Augen, um mich auf den Sturm vorzubereiten.

»Und was?« Mein Kopf schnellte nach oben. Dad war nicht ausgerastet. Er fragte ganz nüchtern nach.

»Also ich möchte gerne in die Forschung. Mich interessiert Stammzellenforschung und synthetische Biochemie. Vielleicht auch etwas mit Biomarkern. Das Feld ist so groß, ich könnte so viel erreichen. Die Pharmabranche …« Meine Mutter unterbrach mich, indem sie die Hand hob.

»Hört sich gut an!«, sagte sie dann.

»Ich meine …«, wollte ich meine Rede fortsetzen. »Was?« Hatte sie gesagt Hört sich gut an?

»Kind, ich weiß, dass wir lange darauf gepocht haben, dass du wie alle in der Familie Ärztin wirst. Das macht aber keinen Sinn, wenn du nicht Ärztin sein willst. Verstehst du?« Ich nickte lahm, fassungslos, dass sie so schnell einverstanden war. Mein Vater nickte bestätigend. Tim und ich sahen uns perplex an.

»Wirklich?«, fragte ich unsicher nach. Meine Eltern lachten.

»Lara, wie lange hast du dieses Gespräch vorbereitet?« Mein Vater kannte mich einfach zu gut.

»So ungefähr vier Wochen.«

»Also hast du dich damit kritisch auseinandergesetzt und möchtest es immer noch?« Ich nickte nur, weil mir das Verständnis der beiden gerade die Sprache verschlug.

»Dann solltest du es tun.«

Dann solltest du es tun. Dieser Satz drehte sich während der Fahrt von meinen Eltern zu meiner Wohnung in meinen Gedanken. Sie hatten Verständnis, hatten mir bestätigt, dass es keine Auswirkungen auf unsere familiäre Beziehung hatte. Für mich hatte es Konsequenzen. Ich sah meine Eltern in einem neuen Licht. Ich hatte sie jahrelang dafür verantwortlich gemacht, dass ich etwas tat, was ich nicht tun wollte. Dabei war es so einfach gewesen. Zum Abschied hatte meine Mutter gesagt: »Wir wollen, dass du glücklich bist, Lara.«

Noch während der Fahrt rief ich Alina an (natürlich mit Freisprecheinrichtung) und erzählte ihr von dem Gespräch. Sie freute sich genauso sehr für mich wie Tim auch. Am liebsten würde ich sofort Travis davon erzählen, konnte ihn aber leider nicht erreichen, weil ich nicht mal seine Nummer hatte.

Zu Hause wusste ich nichts, mit mir anzufangen. Wohin sollte ich bloß mit meiner Freude? Ich könnte es auf Facebook posten. Nein, nie im Leben. Ich scrollte trotzdem durch und hatte nur eine neue Freundschaftsanfrage und eine Nachricht.

»Josh Reek« stand da. Josh? Ich hatte ihn nur einmal aus der Nähe gesehen. Ich bestätigte die Anfrage und öffnete die Nachricht. Sie enthielt nur eine Zahlenfolge und die Worte »Call him« sowie einen Zwinkersmiley.

Aus reinem Reflex wählte ich die Nummer. Nach dem ersten Klingeln meldete er sich mit seiner tiefen Stimme: »Reek?«

»Ähm … Travis?«, fragte ich zittrig.

»Ja, wer ist da?« Etwas raschelte in der Leitung.

»Lara.«

»Lara?«

»Ja, das sagte ich doch gerade, Captain Obvious.« Sein tiefes, melodisches Lachen dröhnte durch das Telefon.

»Woher hast du meine Nummer?«

»Also ich hab gestern zufällig Josh getroffen …«

»Zufällig, ja?« Ich hasste es, so etwas am Telefon zu besprechen. Würde ich sein Gesicht sehen, wüsste ich wenigstens, ob er so verärgert war, wie er sich anhörte.

»Ähm, ja wirklich. Er hat mir über Facebook deine Nummer geschickt, mit dem Hinweis, dass ich dich anrufen soll.«

»Ich kill ihn irgendwann, echt.« Das hörte sich nicht gut an.

»Also, wenn ich störe, dann …«

»Du störst mich nicht. Nur mein Bruder, der immer zu voreilig ist.«

»Also … Ich wollte dir nur sagen, dass ich mit meinen Eltern gesprochen habe.« Wieder raschelte es laut. Was machte er bloß?

»Und, wie haben sie reagiert?«

»Sie wollen, dass ich das mache, was mich glücklich macht.«

»Das ist toll, Honey, wirklich! Lass uns das feiern!«

»Feiern?« Meinte er …

»Ja, mit Champagner und so.« Ah, okay. Ich dachte an Sex.

»Jetzt?«

»Lara, ich habe dich immer für eine intelligente Person gehalten, aber gerade wirkst du etwas schwer von Begriff.« Er amüsierte sich über mich, das hörte ich.

»Blödmann«, brummte ich. »Wann und wo?«

»Schick mir deine Adresse, ich komm in einer Stunde vorbei.«

»Alles klar!«, meinte ich, ohne nachzudenken. Er verabschiedete sich schnell und ich schickte ihm meine Adresse per SMS. Dann sah ich mich um.

Kapitel 4

Lara

Verdammt! Meine Wohnung sah aus, als ob eine Bombe eingeschlagen hätte. Wie immer also. Was meine eigenen vier Wände betraf, war ich die reinste Chaotin. Als Kind musste zu Hause immer alles ordentlich sein, deshalb lebte ich mein kreatives Chaos jetzt erst recht aus. Eilig zog ich mir normale Klamotten an und begann, wenigstens grob aufzuräumen.

Gerade als ich die Küche in Ordnung bringen wollte, klingelte es. Ich drückte den Knopf an der Sprechanlage und nutzte die Zeit, bis er im dritten Stock angekommen war, um alles Greifbare in die Spülmaschine zu räumen. Erst danach öffnete ich meine Wohnungstür.

Travis sah so gut aus, wie ich ihn in Erinnerung hatte. Er trug Jeans und T-Shirt, sodass ich seine Tattoos sehen konnte. In der Hand hielt er eine Flasche Champagner, die von der Kälte noch beschlagen war. Zusätzlich hatte er noch Blumen dabei, einen kleinen, aber bunten Strauß.

Er musterte mich genauso wie ich ihn. In der Eile hatte ich meine Lieblingsjeans angezogen, die an den Knien und am Hintern bereits Risse aufwies. Auf dem T-Shirt-Stapel hatten sich heute obenauf die Ramones eingefunden. Ich war praktisch veranlagt, was das anging, und wühlte nicht noch ewig nach Shirts.

Offenbar gefiel ihm, was er sah, denn er lächelte

mich breit an. Ich bat ihn herein und als er Blumen und Schampus losgeworden war, zog er mich in seine Arme.

»Ich freue mich für dich!«, ließ er mich wissen, wobei er mich fest an sich drückte.

»Danke!«, hauchte ich, überrumpelt von der Umarmung und benebelt von seinem würzigen Duft, der mich umhüllte. Ich lehnte mich gegen ihn, für mich wäre es okay gewesen, für immer so in meinem Wohnzimmer zu stehen. Seine Brust war warm und hart – trotzdem bequem für mich. Er war so groß, dass er mich locker um 30 Zentimeter überragte.

Irgendwann küsste er mich auf den Scheitel und ließ mich los, was mir ein enttäuschtes Seufzen entlockte. Er strahlte über das ganze Gesicht.

Travis

Lara in meinen Armen zu halten, war genauso, wie ich es mir vorgestellt hatte. Sie war klein wie eine Elfe, ihr Haar kitzelte in meiner Nase, weil es so zerzaust war. Sie roch nach Frühling und Vanille und schmiegte sich an mich, als ob sie mich nie wieder loslassen wollte.

Ich wollte meinem Bruder einen gehörigen Arschtritt verpassen, dass er sich immer wieder in meine Angelegenheiten einmischte, aber die Aktion war hilfreich gewesen. Ich sollte mir eine Notiz im Kalender machen, um ihm zu danken.

Die Frau in meinen Armen fühlte sich verdammt angenehm an. So gut, dass langsam meine Hose zu eng für meinen Schwanz wurde, der auf sie reagierte. Ich sah mich gezwungen, kurz ihr honigfarbenes Haar zu küssen und mich von ihr zu lösen. Sie seufzte leise, offenbar wollte sie nicht, dass ich sie losließ. Leider war das unvermeidlich. Wenn ich sie noch länger im Arm hielt, müsste ich meine Prinzipien über Bord werfen. Ich hatte mir fest vorgenommen, nichts mit ihr anzufangen, solange sie in meinem Kurs war.

»Wo hast du Gläser?« In Gedanken klopfte ich mir für das Ablenkungsmanöver selbst auf die Schulter.

»Ich hol welche. Sorry für das Chaos, setz dich einfach irgendwo hin.« Chaos war gut. In Laras Wohnzimmer sah es aus, als hätte sie keinen Kleiderschrank. Überall lagen Klamotten herum, als ob sie sich pro Tag zehnmal umzog. Auf dem kleinen Sofa war die Wahrscheinlichkeit groß, dass sie sich neben mich setzte, deshalb ließ ich mich darauf nieder. Lara kam mit zwei Champagnerflöten wieder und reichte mir auffordernd die Flasche. Nachdem ich sie geöffnet hatte, goss ich das prickelnde Getränk in die Gläser.

»Erzähl mir von dem Gespräch mit deinen Eltern«, forderte ich sie auf. Schließlich war das der Grund, weshalb ich hier war.

Sie berichtete kurz und schmerzlos, dass sie sich auf das Schlimmste vorbereitet hatte und ihre Eltern dann schneller eingelenkt hatten als erwartet. Ich freute mich ehrlich für sie, denn sie war clever – so richtig clever – und sollte das auch einsetzen. Wir diskutierten die Optionen, die sie jetzt hatte. Sie würde das Semester noch fertig machen und dann umschwenken. In der Zwischenzeit würde sie sehen, dass sie in den Biochemie-Studiengang kam. Gerne auch mit meiner Hilfe.

»Ich denke, dass ich dann …« Sie war kurz abgelenkt, weil ihr Handy vibrierte. Sie antwortete irgendetwas Kurzes und wandte sich wieder mir zu. »Sorry, ich denke, dass ich mich Richtung Biomarkern orientiere, wenn das im Studium schon geht.« Jetzt klingelte das verdammte Smartphone auch noch. Ich wollte doch nur Zeit mit ihr verbringen! War es so schwer, sie jetzt in Ruhe zu lassen?

Sie nahm den Anruf an, ich hörte natürlich nur ihre Seite des Gesprächs.

»Ja … nein, alles gut … Klar, ich bin in zehn Minuten bei dir … Geht es dir sonst so weit gut?«

Ihr Gesicht war ausdruckslos, als sie sich wieder umwandte. »Travis, es tut mir leid. Ich muss leider los. Eine Freundin ist … gestürzt, ich muss ihr helfen …«

Ja klar, die älteste Ausrede ever! Diese Frauen hatten doch diesen Code: Ruf mich an, dass es dir nicht gut geht, wenn mein Date scheiße ist. Ich atmete kurz durch.

»Ja, klar. Kann ich irgendetwas tun?«, fragte ich auch noch hilfsbereit wie immer.

»Danke, aber nein, das geht schon. Ich muss nur sofort los. Wirklich, das war so nicht geplant.« Lara hatte auch noch den Schneid, mich hilflos anzusehen.

»Gut. Alles klar. Wir sehen uns dann.« Ich stapfte wütend aus ihrer Wohnung. Vor einer halben Stunde hatte ich sie noch im Arm gehalten und jetzt ließ sie mich eiskalt abblitzen. Na, danke.

Kapitel 5

Lara

So schnell wie möglich eilte ich zu Jane. Sie war eine meiner Patientinnen, für die ich verantwortlich war. Nach einem tragischen Autounfall, bei dem sie ihr Kind verloren hatte, war sie querschnittsgelähmt. Am Telefon sagte sie nur, dass sie aus dem Rollstuhl gefallen war und sich den Arm verletzt hatte. Ich wusste, dass sie zu stolz war, einen Krankenwagen anzurufen, und ich wohnte nur ein paar Blocks entfernt von ihr.

Eigentlich wollte ich Travis nicht derartig abkanzeln, aber Jane ging leider vor. Sie konnte ja nicht stundenlang auf dem Boden liegen, ohne dass ihr jemand half! Als ich bei ihr ankam, sah ich schon das Problem. Ein Päckchen lag neben ihrem Briefkasten, wahrscheinlich hatte sie es wieder alleine holen wollen. Das Haus hatte zwar einen Aufzug, der war aber nicht barrierefrei. Damit war die Fahrt mit dem Fahrstuhl immer ein Glücksspiel, weil der Absatz in die Kabine einfach zu hoch war.

Ich rannte die Treppe hinauf – das war schneller, als besagten Aufzug zu benutzen – und da lag sie auch schon im Flur. Ihr linker Arm lag in einem seltsamen Winkel unter ihrem Oberkörper.

»Jane!«, keuchte ich, weil ich so schnell gerannt war. Jane war grade 38 geworden und wollte immer noch alles alleine machen. »Du musst sofort ins Krankenhaus, dein Arm sieht … komisch aus.«

Ob er gebrochen war, konnte ich nicht genau sagen.

»Lara, danke, dass du gekommen bist. Alle anderen sind unterwegs, ich wusste nicht, wen …«

»Schon gut, Liebes. Komm, ich helfe dir in den Rollstuhl, dann rufen wir den Notruf an.« Um sie nicht noch mehr aufzuregen, versuchte ich, ruhig zu sprechen.

»Lara, bitte. Das geht schon.«

»Nein, das geht nicht. Du musst in die Notaufnahme!«, erwiderte ich bestimmt. Bei anderen Leuten kam sie mit ihrer Masche durch, bei mir jedoch nicht. Schon als sie mir die SMS geschrieben hatte, ob ich gerade Zeit habe, wusste ich, dass etwas nicht stimmte.

Ich schob sie zurück in ihre Wohnung, dann rief ich den Notruf. Sie würde stundenlang im Wartezimmer sitzen, wenn ich sie mit dem Auto ins Krankenhaus fuhr. Wenn sie mit dem Rettungswagen eingeliefert wurde, ging das viel schneller.

Danach versuchte ich, Travis zu erreichen, um mich noch einmal zu entschuldigen, dass ich so spontan wegmusste, aber es ging nur die Mailbox dran. Ich hasste es, mit Maschinen zu sprechen, darum hinterließ ich keine Nachricht. Nur zehn Minuten später kam der Krankenwagen und nahm uns mit.

Meine »Diagnose« war richtig gewesen. Janes Arm war gebrochen, mehrfach, und wurde entsprechend eingegipst. Die rechte Hand konnte sie jetzt also quasi gar nicht bewegen. Ich merkte ihr an, dass sie Schuldgefühle hatte. Wir würden jetzt viel Zeit miteinander verbringen, weil sie so ziemlich gar nichts alleine konnte. Mein Studium konnte ich jetzt nicht mehr vorschieben, da ich ja in ein paar Monaten ein anderes Fach wählen würde.

Wir fuhren mit der Bahn nach Hause. Jane war sehr schweigsam, daher beschloss ich, Travis noch einmal anzurufen.

Diesmal nahm er das Gespräch an.

»Wie geht es deiner Freundin?«, fragte er mich.

»Na ja, es geht. Ich werde leider die nächsten Wochen nicht zu deinen Vorlesungen kommen können …«, teilte ich ihm bedauernd mit. Bisher war es ein Lichtblick gewesen, ihn in der Uni zu sehen.

»Ja, ich verstehe.«

»Ich sage dem Dekan Bescheid, dass ich wechseln werde …«

»Okay.« Warum war er so abweisend? »Lara, ich muss los. Wir sehen uns dann.« Und er hatte einfach aufgelegt. Ich starrte verwundert mein Handy an. Was war denn in ihn gefahren?

Nachdem ich Jane nach Hause gebracht hatte, erledigte ich noch ein paar Dinge im Haushalt und verabschiedete mich dann von ihr.

»Jane, wenn du noch irgendetwas brauchst, sag Bescheid. Du kannst mich immer anrufen, ich bin nur ein paar Minuten entfernt.«

»Danke, Lara. Du warst wirklich meine Rettung.« Sie lächelte mich müde an. Der Tag war wohl einfach zu viel für sie gewesen.

Es war schon längst dunkel geworden, als ich zurück in meine Wohnung kam. Ich trank noch ein Glas des Champagners, den Travis mitgebracht hatte. Seine

Blumen, die ich schon vorher ins Wasser gestellt hatte, platzierte ich in einer Vase auf den Beistelltisch im Wohnzimmer. Bei dem Gedanken, dass er sie nur für mich gekauft hatte, lächelte ich dümmlich vor mich hin. Trotz allem fragte ich mich, warum er so schlecht drauf war, als wir telefoniert hatten. Vielleicht war ja auch etwas bei ihm vorgefallen? Danach hatte ich gar nicht gefragt. Schnell schrieb ich ihm noch eine SMS, bevor ich ins Bad ging, um mich bettfertig zu machen.

Lara: Alles okay bei dir? L.
Zurück kam nur ein schlichtes »Ja«.

In den nächsten vier Wochen versuchte ich immer wieder, Travis zu erreichen, doch er nahm weder einen der zahlreichen Anrufe an, noch antwortete er auf meine Nachrichten. In die Uni ging ich so gut wie gar nicht, weil Jane meine Hilfe brauchte. Sie konnte weder alleine essen noch duschen oder sich anziehen. Ich war froh, dass mich die Arbeit mit ihr ablenkte, denn sonst hätte ich pausenlos an ihn gedacht und mich gefragt, warum er sich nicht meldete. Okay, das fragte ich mich so oder so, aber ich hatte einfach keine Zeit, mich darum zu kümmern. Janes Arzt sagte, dass sie den Gips noch zwei Wochen tragen musste, da sie den Arm sonst zu viel belasten würde. Sie benötigte im Alltag einfach beide Hände, um sich rollend fortzubewegen.

Erledigt von der Hausarbeit bei Jane und generell von den letzten Wochen schlurfte ich nach Hause. Der Juli hatte mir dafür auch noch den heißesten Tag beschert. Sonst genoss ich den Sommer, doch heute wollte sich keine Freude über das schöne

Wetter bei mir einstellen. Ich freute mich nur noch auf eine lauwarme Dusche und ein kaltes Bier. Im Hausflur war es angenehm kühl. Umständlich öffnete ich meinen Briefkasten, um nachzusehen, ob ich irgendetwas verpasst hatte. Es gab schließlich noch Menschen, die Briefe schrieben.

»Lara«, sagte jemand hinter mir. Ich erschrak so sehr, dass ich alles fallen ließ, inklusive der Einkäufe, die ich von Jane mitgebracht hatte, und wirbelte herum.

»Travis«, brachte ich atemlos hervor. Vier Wochen hatte ich ihn nicht gesehen, doch er war genauso heiß wie bei seinem letzten Besuch in meiner Wohnung. Wieder trug er ein verwaschenes Shirt, Jeans und Chucks. Die dunklen, langen Haare hatte er wie in der Uni ordentlich zurückgebunden.

»Was machst du hier?«, fragte ich ihn, um meine Überraschung zu verbergen.

»Ich wollte dich sehen. Seit Wochen haben wir nicht miteinander gesprochen …«

»Du hättest meine Anrufe beantworten können! In den letzten 30 Tagen habe ich bestimmt 20 Mal versucht, dich zu erreichen!« Er schlug wirklich hier auf, um mir zu sagen, dass wir uns seit Wochen nicht gesprochen hatten? Die Dreistigkeit hätte ich auch gerne besessen.

Während ich mich noch stumm aufregte, sammelte er meine Lebensmittel und die Post vom Boden auf.

»Was hast du gemacht, während du eigentlich in der Uni sein solltest?«, fragte er.

»Ich habe einer Freundin geholfen, die an dem Abend …«

»Im Ernst? Die Ausrede gebrauchst du immer

noch, um mir aus dem Weg zu gehen?«, rief er erbost aus.

»Was? Warum sollte ich dir aus dem Weg gehen?«, fragte ich irritiert zurück.

»Na ja, erst ist alles gut zwischen uns und dann musst du spontan weg. Mit einer fadenscheinigen Ausrede …« Ach, so sah er das also? An seinem Arm zog ich ihn aus dem Haus.

»Lara, was machst du?«

»Ich zeig dir meine fadenscheinige Ausrede!« Ich war wütend. Und zwar so richtig. Wenn wir in einem Comic gewesen wären, würde Rauch aus meinen Nasenlöchern und den Ohren aufsteigen.

Ein paar Minuten später, die Travis zu seinem Glück schweigend hinter mir her gelaufen war, schloss ich Janes Wohnung auf.

»Hey Janey, hier will dich jemand kennenlernen!«, rief ich, um uns anzukündigen.

»Klar, für Besuch bin ich immer zu haben«, brüllte sie zurück.

Ich zog Travis zu ihr ins Zimmer und beobachtete, wie sein Blick vom Rollstuhl über Janes Gesicht bis zu ihrem Gipsarm und wieder zurück glitt. Nach drei Malen hatte ich es satt.

»Travis. Verstehst du es?« Das war eigentlich keine Frage. Der Angesprochene nickte langsam. Ich sah ihn nur von hinten, konnte aber durch Janes Grinsen erahnen, wie fassungslos sein Gesichtsausdruck sein musste.

Jane scheuchte uns wieder aus ihrer Wohnung, mit der Warnung, dass ich ihr haarklein erzählen musste, warum ich einen riesigen Sexgott in ihr Schlafzimmer gestoßen hatte, der nicht ein Wort gesagt hatte.

Schweigend schlenderten wir zurück zu meinem Haus, Travis trug immer noch meine Taschen. In meiner Wohnung angekommen, ließ ich ihn einfach stehen und sprang dann unter die Dusche.

Zehn Minuten später hatte er ein kaltes Bier in der Hand. Er sagte immer noch nichts. Ich hoffte, dass Jane ihn nicht so sehr schockiert hatte, dass er bleibende Schäden davon behielt.

»Travis. Ich betreue Jane ehrenamtlich wegen ihrer Lähmung. Als du vor ein paar Wochen hier warst, hat sie mich angerufen, weil sie aus ihrem Rollstuhl gefallen war. Ihr Arm ist gebrochen. Deshalb kann sie nichts alleine machen und ich kümmere mich um sie.« Hoffentlich brachte ihn meine Erklärung dazu, mit mir zu sprechen.

Statt zu reden, überbrückte er die zwei Schritte zwischen uns. Er nahm mein Gesicht in beide Hände und küsste mich. Zuerst ganz sanft, dann teilte er meine Lippen mit seiner Zunge. Zärtlich umspielte seine Zunge meine und eroberte meinen Mund. Erst nach einigen Minuten löste er sich von mir. Wir beide atmeten stoßweise, was nach diesem Kuss auch mehr als angebracht war.

Er ließ mich nicht los, sondern sah mir weiterhin stumm in die Augen. Seine Blicke löschten die letzten vier Wochen, die wir ohne einander verbracht hatten, aus.

»Ich habe dir unrecht getan, Lara. Bitte verzeih mir.« Seine Worte und sein Blick waren so ernst, obwohl ich nicht einmal wusste, was er meinte.

»Es gibt nichts zu verzeihen«, antwortete ich daher schlicht. Er drückte mich an sich, ich hätte keine

Chance gehabt, mich gegen ihn zu wehren – was ich auch absolut nicht wollte.

Seine Stimme war leise und rau, als er begann, mir zu erklären, was mit ihm los war.

»Als du mich angerufen hast, war ich komplett überrumpelt. Und froh. Ich hätte noch Monate gebraucht, um dich einfach so anzurufen. Normalerweise ist das nicht meine Art, aber du bist so besonders. Dann war ich endlich hier, bei dir. Ich hielt dich im Arm und du hast dich an mich geschmiegt, als ob du mich nie wieder gehen lassen wolltest.« Er machte eine kurze Pause. Mein Herz schmolz, so ergriffen war ich von seinen Worten. »Als du sagtest, du müsstest ungeplant sofort weg, weil jemand deine Hilfe brauchte, da hat es sich angehört, als ob du mich loswerden wolltest. Wie ein Blind Date, das dir nicht gefällt.« Ich machte Anstalten, ihn zu unterbrechen, doch er ließ mich nicht. »Wenn ich gewusst hätte, dass … Jane … wirklich da war und sich verletzt hatte … keine Ahnung, aber es hat mich einfach schockiert. In meinen Gedanken hattest du dich schon so oft gewandelt, dass ich auch das für möglich hielt. Heute ist es genau einen Monat her, dass ich dich besucht habe. Ich musste einfach zu dir fahren.«

Wieder sagten wir lange Zeit gar nichts. Ich konnte nicht fassen, dass dieser große, unnahbare Mann, der für mich absolut sexy war, sich seiner selbst so unsicher fühlte, dass er einfach nur das offensichtlich glaubte, obwohl er selbst so hilfsbereit war.

»Travis. Ich hätte dir vielleicht vorher davon erzählen sollen. Das ist der Grund, warum ich nicht einfach irgendeinen Job annehmen kann, um mein Studium zu finanzieren. Ich helfe so vielen Menschen mit Kleinigkeiten, die für mich leicht, aber für sie unendlich schwer sind.«

»Du bist ein noch tollerer Mensch, als ich dachte.« Er hielt mich eine Armlänge von sich entfernt. Sein Blick war für mich nicht zu deuten. Er war weich und doch lag etwas Trauriges darin.

Als Antwort zuckte ich nur mit den Schultern. Für mich war es mit der Zeit selbstverständlich geworden. Er lachte, und es war verdammt gut, dieses Geräusch zu hören. Zu lange hatte ich darauf verzichtet. Ich lehnte mich wieder an seine Brust, die trotz der Hitze draußen eine angenehme Wärme ausstrahlte. Für ein paar Minuten standen wir einfach so da. Meine Hände in seinem Nacken verschränkt, seine Fingerspitzen strichen federleicht meinen Rücken auf und ab. Ich genoss seine Nähe so sehr, dass ich ihn am liebsten nie wieder losgelassen hätte. Meine Wange lag an seiner Brust, ich hörte seinen schnellen Herzschlag und begriff, dass es ihm ebenso ging wie mir.

»Lara, Honey, es ändert nichts«, sagte er leise und ich wusste sofort, was er meinte. Er war immer noch Dozent und ich immer noch Studentin.

»Ich weiß«, murmelte ich an seine Brust, machte aber keine Anstalten, ihn loszulassen.

»Es sind nur noch zwei Wochen, bis das Semester zu Ende ist, und dann noch zwei Wochen Klausuren.« Wenn er es so sagte, war das gar nicht mal so lang.

»Ich kann Jane die nächsten beiden Wochen noch nicht alleine lassen.« Sie würde sich übernehmen und vielleicht wieder verletzen.

»Okay, Honey, lass uns einen Plan machen, welche Scheine du für Biochemie brauchst. Wir kriegen das hin.« Widerwillig löste ich mich aus seiner Umarmung und konnte ihm ansehen, dass es ihm auch nicht sonderlich gefiel. Wie wenn ich einen schönen Traum hatte und dann wieder in die Realität zurückkehrte, sah ich mich im Raum um.

Ich gestikulierte ihm, sich zu setzen. Meine Wohnung war noch chaotischer als bei seinem letzten Besuch, weil ich keinen Vorsprung zum Aufräumen gehabt hatte. Aus meinem Schlafzimmer holte ich den Ordner, in dem ich alles zusammengesammelt hatte, was ich für den Masterabschluss in Biochemie brauchte. Zurück im Wohnzimmer setzte ich mich einfach auf meinen großen, bunten Teppich und breitete alles aus.

»Also, wenn ich als zweites Hauptfach Zellbiologie nehme, könnten mir deine Histo-Vorlesungen angerechnet werden. Anatomie und der Psychoquatsch bringen mir fast gar nichts. Biochemie bei Heller ist wenigstens ein Anfang …« Travis starrte mich verdutzt an. »Was?«, fragte ich ihn.

»Du bist ganz schön gut vorbereitet.«

»Klar bin ich das. Was hast du erwartet? Dass ich einfach sage: Ich mach das jetzt, das wird schon?«

»Die meisten anderen würden das tun …«

Ich erwiderte darauf mal nichts, sonst hätte das Gespräch wohl in einer Grundsatzdiskussion über Medizinstudenten geendet.

Wir erstellten einen Zeitplan, wann ich mich einschreiben musste. Da ich bereits immatrikuliert war, dauerte es nicht so lange, die Fakultät zu wechseln. Einige Kurse, die ich in den letzten Semestern belegt hatte, waren auch für das

Grundstudium geeignet. Zusätzlich benötigte ich aber auch noch Module in Mathe, Physik und anorganischer Chemie. Das sollte aber nicht wirklich ein Problem werden. Ich hatte mich seit meiner Kindheit mit Naturwissenschaften befasst und immer Spaß daran gehabt.

Travis hatte offenbar auch seine Freude daran, mein neues Studium zu planen. »Wir müssen dann nur noch eine Aufstellung deiner fehlenden Module fertigstellen und die Noten der relevanten Klausuren abgeben. Einschreiben musst du dich am ersten August, das heißt, ich kann dir dabei noch helfen, bevor ich für die Semesterferien nach New York fliege.«

»Du … was?« Er war in den Ferien nicht hier?

»Lara, ich verbringe meine freie Zeit immer bei meiner Familie. Zusätzlich ist dieses Jahr noch die Hochzeit meiner Schwester, ich kann also gar nicht hierbleiben.« Travis sah mich zerknirscht an. Wenigstens informierte er mich jetzt schon, dass ich mein Ziel, ihn nach der Klausurenphase zu verführen, aufgeben konnte.

»Okay!«, piepste ich also.

»Alles klar. Du solltest versuchen, bis zum Ende dieses Semesters wenigstens die relevanten Veranstaltungen zu besuchen und dich auf die Klausuren vorzubereiten. Konkret wären das dann Histologie und Biochemie, das Basiswissen aus Anatomie hast du schon aus dem letzten Semester. Packst du das mit Jane?«

Immer noch perplex nickte ich einfach. Er überging einfach, dass wir uns bald zehn Wochen nicht sehen würden. Travis sprach einfach weiter, als ob nichts gewesen wäre, aber ich hörte ihm nicht mehr zu. Die letzten Wochen, ach was, die letzten Monate waren also in jeder Hinsicht reine Zeitverschwendung gewesen. Die Uni, weil ich jetzt sowieso wechselte. Die Auseinandersetzungen mit Travis, weil er sowieso nicht da war.

Die nächsten vier Wochen hatte ich allerhand zu tun, weil ich mich auch noch um Jane kümmerte. Das hieße also, dass ich ungefähr die nächsten drei Monate auf jeder Ebene nichts erreichen konnte. Außer bei Jane, aber Pflegerin zu spielen, brachte mich auch nicht wirklich weiter. Ich freute mich zwar über ihre Fortschritte und half ihr gern, doch war es nicht die Erfüllung für mich. Vielleicht sollte ich Greta bitten, mir für die Ferien weitere Schützlinge zuzuteilen.

»Lara, hörst du mir zu?« Travis riss mich aus meinen verworrenen Gedankengängen.

»Ähm … nicht so richtig«, gab ich ehrlicherweise zu. Er lachte sein schönes, dunkles Lachen.

»Ich bin Ende Juli bei einem Workshop in London. Ein Konsortium für Tissue Engineering hat mich eingeladen. Begleitest du mich? Das ist für dich bestimmt auch interessant.«

»Du … Was?« Er lachte wieder über meine Verwirrung. Irgendwie ging mir das gerade alles ganz schön schnell.

»Ich schick dir den Link zu der Veranstaltung. Denk drüber nach und gib mir Bescheid.«

»Oh … Okay«, stotterte ich. Seit wann konnte ich mich eigentlich nicht mehr eloquent ausdrücken?

Travis schenkte mir ein Lächeln und sah auf seine Uhr. »Ich muss leider los, ich hab gleich noch einen Termin. Wir sehen uns Mittwoch in der Vorlesung?«

Ich nickte, das hatten wir ja besprochen. Heute war Montag, ich konnte also morgen noch jemanden finden, der in meiner Abwesenheit für Jane da war.

Travis

Diese Frau war einfach unglaublich. Sie hatte mich wochenlang denken lassen, dass ich einen Korb kassiert hatte, dabei kümmerte sie sich ehrenamtlich um Menschen mit Behinderungen. Gut, vielleicht hätte ich sie auch einfach anrufen können und sie hätte es mir erklärt.

Im Prinzip war das jetzt auch egal. Ich wusste, dass sie mich genauso wollte wie ich sie, dennoch verstand ich ihr Zögern wegen des Workshops in London nicht. Mein Plan war, zu sehen, wie wir drei Tage miteinander klarkamen, um sie dann zu bitten, wenigstens einen Teil meines Urlaubs mit mir in den Staaten zu verbringen. Wenn sie alle Klausuren geschrieben hatte, war sie nicht mehr meine Studentin. Sie war sogar in einer anderen Fakultät! Damit standen uns alle Wege offen.

Ich versuchte, meine Enttäuschung über ihre Unschlüssigkeit mit einem Lachen zu überspielen, nur um dann zu gehen. Natürlich hatte ich keinen Termin mehr. Doch wenn ich weiter mit ihr auf dem Boden ihres Wohnzimmers gesessen hätte, wären mir ganz andere Themen eingefallen als ihr Studium. Die letzten Wochen, bis wir beide frei von Verpflichtungen waren, wollte ich nicht aufs Spiel setzen. Auch wenn es mir verdammt schwerfiel, hielt ich mich an meine selbst aufgestellten Regeln. Außerdem war sie nicht einfach irgendeine dahergelaufene Frau, die ich ins Bett bekommen wollte. Sie war es wert, umworben zu werden – auch wenn ich mir damit vorkam wie in einem kitschigen Film, wollte ich sie nicht einfach nur ficken. Ich wollte Zeit mit ihr verbringen, ihr die nötige Aufmerksamkeit schenken, die sie verdiente.

Zu Hause schickte ich ihr schnell die Informationen zu der Veranstaltung und hoffte, dass sie mir ebenso schnell antwortete.

Noch nie war ich so nervös wegen einer Frau gewesen. Normalerweise nahm ich mir, was ich wollte. Natürlich kam die gerade aktuelle Partnerin auch auf ihre Kosten, dennoch war ich der offensive Part. Lara entsprach zwar optisch in ihrer Freizeit dem Typ Frau, den ich bevorzugte, ihre Persönlichkeit war jedoch völlig anders. Sie wirkte zerbrechlich, konnte aber richtig wütend werden. In den Vorlesungen war sie selbstbewusst, in manchen Situationen mir gegenüber auch schüchtern. Das Bild, das ich anfangs von ihr hatte – die überbehütete Tochter aus gutem Hause –, zerbrach heute gänzlich, als sie mir Jane vorstellte und erklärte, was sie auf freiwilliger Basis tat. Sie war intelligent, gebildet, motiviert und wunderschön. Wenn unsere Situation eine andere wäre, hätte ich keine Sekunde gezögert. Doch ich wollte das, was aus uns werden konnte, nicht auf wacklige Füße stellen.

Mein Bruder Josh hätte mich höchstwahrscheinlich ausgelacht, wenn er mich so sehen würde. Ich tigerte in meiner Wohnung auf und ab, das Handy in der Hand, um bloß nicht ihre Reaktion zu verpassen. Ruhelos nahm ich mir ein Bier aus dem Kühlschrank und ging auf den Balkon, um zu rauchen. Das Telefon legte ich auf den Beistelltisch neben mir.

Zwei Biere und etliche Zigaretten später hatte ich fast aufgegeben zu hoffen, dass sie sich heute noch meldet. Ich trank gerade den letzten Schluck aus der Flasche, als der Bildschirm aufleuchtete. Eine Nachricht von Lara.

Lara: Bin dabei. L.

Lara

Schnell rief ich noch Alina an. Es war schon elf Uhr am Abend, als ich Travis antwortete. Stundenlang hatte ich gerätselt, was er mir mit dieser Einladung mitteilen wollte, obwohl er danach erst einmal in die Staaten flog. Ich kam zu dem Schluss, dass es eigentlich egal war. Drei Tage gemeinsam verbringen oder nicht. Im selben Hotel schlafen, nebeneinander im Workshop sitzen und abends gemeinsam auszugehen, sollten genügend Gründe sein. Zudem war das Thema natürlich spannend und viele renommierte Naturwissenschaftler würden anwesend sein oder Vorträge halten.

Im Grunde waren bei diesem Termin auch schon alle Klausuren geschrieben, was hieß, dass Travis und ich praktisch kein Abhängigkeitsverhältnis mehr hatten.

Zuverlässig wie immer ging Alina an ihr Telefon.

»Ich fliege mit Travis nach London.«

»Du tust was? Wann? Wieso?«

»Ich fliege mit Travis nach London. Ende Juli. Zu einem Workshop.«

»Ein Workshop? Schon klar …« Ich konnte ihr anzügliches Grinsen vor mir sehen, obwohl ich sie nur hörte.

»Nein, in echt.«

»Wie kommst du wieder an Travis? Vorgestern meintest du, er melde sich seit Wochen nicht.«

»Er stand plötzlich vor meiner Tür. Ich habe ihm demonstriert, warum ich nicht in der Uni war, und dann war wieder alles beim Alten.« Das war zwar nur die Kurzfassung, aber zu mehr war ich nach dem anstrengenden Tag nicht mehr imstande. Ich umriss noch kurz den Nachmittag und ließ nur die Stelle aus, an der er mich geküsst hatte.

»Und was passiert jetzt?« Tja – genau das war die Frage.

»Ich beende das Semester, wechsele die Fakultät und wir können endlich vögeln.« Alina lachte glockenhell am anderen Ende der Leitung.

»Ich liebe dich für deinen Pragmatismus. Aber bist du dir sicher, dass er nicht mehr will als vögeln?«

»Was meinst du mit mehr?«, fragte ich irritiert nach.

»Erwachsene Menschen nennen das Beziehung!« Ich schwieg, bevor ich etwas Falsches sagte. Ich war eben kein Beziehungsmensch. Dafür hatte ich zu viel um die Ohren. Und ich wollte keinem darüber Rechenschaft schuldig sein, was ich wann und warum tat.

Alina fuhr fort: »Süße, ich weiß, was dein Problem ist. Aber betrachte es mal objektiv: Es ist klar, dass ihr euch gegenseitig wollt. Ihr versteht euch gut. Er hält sich an seine Regeln, die besagen, nichts mit dir anzufangen, solange du seine Studentin bist. Er unterstützt dich bei deinem Wechsel. Würde er das alles tun, wenn er nur auf einen One-Night-Stand aus wäre?« Seufzend ließ ich mich auf meine Couch fallen und zündete mir eine Zigarette an. Normalerweise rauchte ich nicht in der Wohnung, doch heute war eine Ausnahme.

»Alina, ich weiß nicht, ob ich das kann.« Das war die ehrlichste Antwort, die ich ihr geben konnte.

»Lara, du musst jetzt gar nichts entscheiden. Lass es auf dich zukommen.«

Es gab mehrere gute Gründe, weshalb Alina meine beste Freundin war. Einer davon war, dass sie sich nicht scheute, mir die Wahrheit zu sagen. Sie war ehrlich und direkt, beschönigte nicht die Tatsachen. Manchmal war das nervig, weil sie in der Regel recht hatte.

Kapitel 6

Lara

Die nächsten beiden Wochen wechselte ich zwischen Janes und meiner Wohnung, den verbliebenen Vorlesungen und der Uni-Bibliothek. Ich verstand zwar, was in den Vorlesungen drankam, dennoch musste ich mich vorbereiten. Der Fachbereichsleiter für Chemie hatte mir quasi grünes Licht gegeben, dass meine Scheine anerkannt wurden, wenn ich die medizinische Fakultät verließ.

Travis sah ich nur in der Histo-Veranstaltung, in der er mich immer noch behandelte, als wäre nichts weiter zwischen uns. Ich spürte jedes Mal ein nervöses Kribbeln im Bauch, wenn ich den Saal betrat. Oder wenn ich ihn auf dem Campus sah. Und natürlich auch, wenn er mir Nachrichten schrieb. Diese waren zwar sachlich, aber immerhin waren sie von ihm.

Zum Glück musste ich nur zwei Klausuren schreiben, und die lagen auch noch montags und mittwochs in der ersten Woche. So hatte ich eine Woche komplett frei, bis ich mit meinem Noch-Dozenten nach London flog. Er kümmerte sich um Flug, Hotel und die Anmeldung für den Event, damit ich mich auf mein Studium konzentrieren konnte.

Montags schrieb ich neunzig Minuten Biochemie. Ich war vorbereitet und hatte danach ein gutes Gefühl. Jane grinste mich an, als ich danach in ihre Wohnung kam.

»Und wie war's?«, fragte sie aufgeregt. In den letzten Wochen hatte sie mich mental so unterstützt, wie ich ihr körperlich half.

»War super, keine Komplikationen.« Ich drückte sie fest. »Bist du bereit, deinen Arm wieder in die Freiheit zu entlassen?« Heute war der große Tag, an dem sie den Gips loswurde.

»Aber sicher! Schade, dass wir uns danach nicht mehr so viel sehen.« Ein Hauch Bedauern schwang in ihrer Stimme mit. Jane war mir mit ihrer unbeschwerten Art in den letzten Wochen noch mehr ans Herz gewachsen. Auch ich war bedrückt, weil wir uns nicht mehr so oft treffen würden, dennoch war ich auch froh, wieder mehr Freizeit zu haben.

Wir fuhren mit meinem Auto ins Krankenhaus, wo der Arzt Janes Gips entfernte. Die Muskeln des Arms hatten sich natürlich abgebaut und er führte ein paar Übungen vor. Dadurch, dass Jane ständig ihre Arme zum Schieben des Rollstuhls nutzte, würde der Muskelaufbau aber schneller als normal gehen.

Gut gelaunt brachte ich sie zurück, wo sie mir nochmals überschwänglich für meine Hilfe dankte. Sie lud mich für das kommende Wochenende zum Essen ein, wenn ich alle Prüfungen hinter mir hatte.

In meiner Wohnung warf ich mich auf das Sofa und schaute eine Sitcom. Den heutigen Abend würde ich mal nicht mit lernen verbringen. Morgen hatte ich den ganzen Tag Zeit, mich auf Histologie vorzubereiten. Mein Handy vibrierte in meiner Hosentasche. Travis erkundigte sich nach Jane. Auch wenn er wie immer sehr geradlinig war, freute ich mich über seine Nachrichten. Ich antwortete, dass es ihr gut ging und sie ab sofort wieder alleine zurechtkam. Ich legte mein Handy wieder weg, denn ich wusste, dass er in der Regel nichts mehr hinzuzufügen hatte. Überraschenderweise vibrierte es noch einmal.

Travis: Und wie geht es dir?
Lara: Wenn ich deine bescheuerte Klausur geschrieben habe, besser.
Travis: Die ist nicht bescheuert.
Lara: Es ist eine Klausur, die sind von Natur aus bescheuert.

Ich wartete fünf Minuten, doch es kam keine Antwort mehr. Hatte ich ihn mit meinem blöden Kommentar verärgert?

Gerade als ich mich entschuldigen wollte, traf eine neue Nachricht ein.

Travis: Habe nach einer guten Überleitung gesucht, aber keine gefunden.
Lara: Überleitung zu was?
Travis: Meiner Frage, ob du am Wochenende mit mir ausgehst, weil du wieder mehr Zeit hast.

Jetzt war es an mir, eine Antwort zu suchen. Er wollte ein Date, aber ich hatte nie Dates. Ich ging in eine Bar, lernte Männer kennen und hatte Sex mit ihnen. So einfach war das. Ein Date mit Travis wäre eine absolute Premiere für mich.

Lara: Jane hat mich für das Wochenende zum Essen eingeladen.
Travis: Und ihr wollt das ganze Wochenende essen??

Lara: Nein, ich meinte damit: Welchen Abend soll ich für dich reservieren?
Travis: Passt es dir am Samstag?
Lara: Ja, das passt.
Travis: Das freut mich! Schlaf gut. :)
Lara: Du auch. :)

Smileys? Auch eine Premiere. Während unserer Konversation breitete sich das Kribbeln von meinen Bauch in meinen ganzen Körper aus. Mit diesem wohligen Gefühl ging ich schlafen. Das Lächeln wich bis zum nächsten Morgen nicht aus meinem Gesicht.

Den ganzen Dienstag musste ich zwangsläufig an Travis denken, denn ich bereitete mich auf meinen letzten Test als Medizinstudentin vor. Irgendwie war ich etwas wehmütig, andererseits war ich danach frei zu tun, was ich wollte. In jeglicher Hinsicht.

Nach ausgiebigem Lernen fühlte ich mich am Abend sicher. Ich würde auf jeden Fall bestehen und müsste die Klausur nicht nachholen. Zum Feiern hatte ich mich für abends mit Alina verabredet. Sie musste zwar mehr Klausuren schreiben als ich, aber erst in der kommenden Woche. Ich konnte es kaum erwarten, in ein paar Monaten endlich etwas zu lernen, was mich in meinem Leben weiterbrachte und mir Spaß machte.

Travis zauberte mir spät am Abend noch ein Grinsen ins Gesicht.

Travis: Bist du vorbereitet auf meine bescheuerte Klausur?
Lara: Sicher! Hast du etwas anderes von deiner

Musterstudentin erwartet?
Travis: Nein, Honey, habe ich nicht.
Travis: Und jetzt geh ins Bett, damit du morgen fit bist und ich keinen Grund habe, dich schlecht zu bewerten.
Lara: Ich lieg schon längst im Bett …
Travis: Meine Selbstbeherrschung hat Grenzen. Gute Nacht. ;)
Lara: :)

Mein Bald-Ex-Dozent hatte die Wahrheit gesagt. Seine Klausur war nicht bescheuert, sondern super einfach. Weit vor dem Ablaufen der Zeit gab ich meine Ausführungen ab, schenkte ihm ein Grinsen und fuhr fröhlich zu mir nach Hause.

Es war bereits Nachmittag, als ich endlich unter die Dusche sprang. Alina würde mich um sechs abholen, damit wir noch etwas essen gehen konnten. Zur Feier des Tages steckte ich meine blonden Haare hoch und zog Jeans ohne Risse oder Löcher an. Das Shirt, das ich diesmal mit Bedacht auswählte, glitzerte sogar. Gut, trotz allem war es ein Merchandising-Shirt von Muse, das ich bei der Undisclosed-Tour gekauft hatte.

Meine beste Freundin klingelte in dem Rhythmus, den wir uns schon als Kinder für Klopfzeichen ausgewählt hatten. Das war zwar schon 15 Jahre her, aber wir behielten so etwas bei.

Ich hüpfte schnell die Treppen herunter und umarmte sie fröhlich.

»Endlich frei!«, jubelten wir im Chor. Das Ritual hatten wir schon nach dem bestandenen Abitur abgezogen und ich freute mich, dass sie sich derart für mich freute, obwohl sie noch gar nicht fertig war.

Aufgrund ihrer juristischen Neugier wollte sie natürlich alles hören, was in den letzten Tagen mit Travis gewesen war. Ich erzählte ihr von unseren Chats und natürlich von der Einladung zu einem Date.

Alina machte große Augen und rief schrill: »Ein Date! Ein Date!«, sodass uns die Passanten musterten, als wären wir verrückt. Vielleicht verhielten wir uns auch so, aber das war uns völlig egal.

Wir aßen bei unserem Lieblingsitaliener und zogen dann in unser Lieblingspub um. Beides war zum Glück nur ein paar Minuten von meiner Wohnung entfernt, sodass wir problemlos dorthin laufen und nach dem Feiern auch wieder zurück – was noch wichtiger war. Mittwochabends war nicht wirklich viel los, dennoch unterhielten Alina und ich den halben Pub mit unseren Geschichten. Wir nannten keine Namen und übertrieben maßlos. Gegen zehn Uhr klingelte mein Handy.

»Es ist Travis!«, rief ich durch die Bar, denn Alina holte gerade neue Getränke.

Ich nahm das Gespräch an und meldete mich formvollendet mit meinem vollständigen Namen.

»Lara Maria Kipp?«

»Hey Honey, wo bist du?«

»Ich bin mit Alina meine Freiheit feiern. Wieso?«

»Ich stehe vor deiner Wohnung und wollte mit dir deine Freiheit feiern.« Er klang enttäuscht. Der Arme.

»Komm vorbei, der Pub ist nur zwei Straßen weiter!« Das würde ein denkwürdiger Abend werden, wenn jetzt auch noch der Mann dazukam, in den ich verschossen war. Huch, wo kam das denn jetzt her? Mein betrunkenes Gehirn spielte mir Streiche.

»Ich möchte nicht stören …«

»Du störst nicht. Komm vorbei, du musst unbedingt meine BFF kennenlernen.«

Travis lachte leise. »Ein bisschen Alkohol lässt dich zu einer Zwölfjährigen mutieren?« Ganz offensichtlich machte er sich über mich lustig. Ich nannte ihm den Namen der Bar und gab ihm eine kurze Wegbeschreibung.

Nachdem ich das Handy wieder auf den Tisch gelegt hatte, rief Alina von der Theke aus herüber: »Was sagt Travis?«

»Er kommt vorbei!« Ich hüpfte fröhlich auf und ab. Vielleicht hatte er doch recht, was die Mutation anging.

Wir stießen mit unseren Cuba Libres an, die Alina mitgebracht hatte.

Fünf Minuten später stand Travis in der Tür. Grinsend kam er zu uns herüber und küsste mich kurz auf die Wange.

»Hey Honey!«, begrüßte er mich.

»Hey Travis«, hauchte ich zurück. Ich hörte mich tatsächlich an wie ein verknalltes Schulmädchen.

»HEY TRAVIS!«, erscholl es von den anderen fünfzehn Besuchern der Bar.

Lachend stellte ich ihm Alina vor, die ihn breit grinsend musterte.

»Muss ich mich den anderen jetzt auch noch allen vorstellen?«, fragte er lachend.

»Ähm … wir haben vielleicht ein bisschen über dich geredet …«, gab ich zu.

»Viel Spaß bei eurem Date!«, brüllte der Barmann und zwinkerte mir zu. Travis lachte noch lauter.

Der Abend wurde tatsächlich denkwürdig. Wir hatten zu dritt viel Spaß, vor allem, nachdem mein Ab-Sofort-Ex-Dozent mir mitteilte, dass ich in der Klausur Hundert Prozent der Punkte erreicht hatte. Ich hüpfte wieder herum, was er mit einem Schmunzeln bedachte. Alina fragte Travis über seinen Bruder und den Rest der Band aus – wir würden Freikarten bekommen, wenn sie wieder im Lande waren, weil sie das letzte Konzert verpasst hatte.

Es war spät geworden, der Barmann warf uns raus und Travis brachte uns zu meiner Wohnung. Alina würde bei mir schlafen, denn sie wohnte außerhalb der Stadt auf dem Anwesen ihrer herzoglichen Familie. Wir erzählten ihm die Geschichte, wie Alina einen Monat lang ständig ein Krönchen getragen hatte und jedem erzählte, dass sie eine Prinzessin sei – da war sie zwölf gewesen.

Der Weg war viel zu kurz, denn als wir vor meinem Haus waren, wollte Travis sich verabschieden und nicht mit uns nach oben kommen. Er küsste mich wieder auf die Wange und wünschte mir eine gute Nacht.

»Dir auch, Prinzessin!«, rief er Alina hinterher, die schon halb im ersten Stock war. Besagte Prinzessin lachte laut und es polterte kurz.

»Nichts passiert!«, brüllte sie und Travis und ich prusteten vor Lachen. Er ging wirklich, aber nicht, ohne mir noch ein strahlendes Lächeln zu schenken.

Ich hatte einen Kater. Einen monströsen Kater. Immerhin konnte ich mich noch einwandfrei an den letzten Abend erinnern. Es war süß von Travis gewesen, dass er extra vorbeigekommen war, um mit uns zu feiern. Und ich war erleichtert, dass er es uns nicht übel nahm, dass die ganze Bar ihn kannte. Jedes Mal, wenn Alina und ich etwas zu feiern hatten, wurden wir laut und kindisch. Man sollte meinen, dass wir mit 25 Jahren aus dem Alter heraus waren, dass man hüpft und lacht und Unsinn macht. Es erinnerte uns aber an unsere Jugend und ich hoffte, dass wir das niemals ablegen würden. Meine Kindheit war nicht so anstrengend wie Außenstehende vielleicht denken. Ich bin in einer wohlhabenden Familie aufgewachsen, meine Eltern haben uns zwar streng erzogen, uns zu öffentlichen Auftritten genötigt und hohe Erwartungen gehabt. Dennoch waren sie immer liebevoll. Ich verstand mich gut mit Tim und mit Alina verband mich eine enge Freundschaft. Wir sprachen uns gegenseitig Mut zu, konnten uns alles erzählen und verbrachten auf den langweiligsten Partys trotz allem lustige Abende.

Mein alkoholgeschädigtes Hirn fragte sich, wie Travis da hineinpasste. Klar, er war intelligent und gebildet, sonst wäre er jetzt nicht Dozent an einer renommierten Hochschule. Privat hatte er mir seine Hilfsbereitschaft, seinen Humor und sein Einfühlungsvermögen gezeigt. Wir teilten den gleichen Musikgeschmack und besuchten gerne Konzerte. Doch das alles würden meine Eltern nicht sehen. Nach dem letzten Gespräch hatte ich etwas Hoffnung, dass sie ihn vielleicht kurzfristig als meinen Freund akzeptieren würden, aber sicher war ich mir nicht. Er wirkte eben nicht wie der perfekte Heiratskandidat.

Nach einer ausgiebigen Dusche und einem Kaffee teilte ich meine Gedanken mit Alina. Als Adelsspross musste sie das schließlich nachvollziehen können, sie kannte die Gesellschaft, mit der sich meine Eltern umgaben.

Erst zog sie nur die Stirn kraus, dann hob sie eine Augenbraue und den Zeigefinger. »Lass mich mal zusammenfassen. Vor rund drei Monaten sprachen wir über deinen heißen Dozenten. Du wolltest nicht mit ihm schlafen, da ihr, bis gestern, ein Abhängigkeitsverhältnis hattet. Du freust dich, ihn zu sehen, wenn er dir schreibt, und dass er dich zu einem Date eingeladen hat – obwohl du nie Dates hast. Und jetzt sitzt du hier vor mir und denkst, dass deine Eltern niemals akzeptieren würden, dass du ihn heiratest? Was hab ich da verpasst?«

»Na ja … keine Ahnung. Travis ist einfach …« Ich fand nicht die richtigen Worte, um das zu beschreiben, was ich fühlte.

»Super heiß und süß und lustig? Ja, das ist er. Und ich hab dir schon vor Monaten gesagt, dass du ihn klarmachen sollst!«

»Normal fällt mir das ja leicht, aber bei ihm ist das eben ganz … anders. Weil … keine Ahnung!«

»Süße, er bedeutet dir etwas, deswegen fällst du nicht über ihn her wie über die anderen Männer.« Sie sah mich wissend an. Ich streckte ihr die Zunge heraus.

So gingen unsere Gespräche oft aus. Mal für sie und mal für mich.

Den restlichen Tag, der mein erster in Freiheit war, verbrachte ich damit, meinen Kater auszukurieren und über Alinas Worte nachzudenken. Meine beste Freundin war nach dem Frühstück nach Hause gefahren, um sich auf ihre Prüfungen vorzubereiten. Während des letzten Semesters hatte ich mehr Zeit ohne als mit Travis verbracht. Unsere punktuellen Treffen hier und da – zwischendurch die Funkstille – konnten doch nicht bezwecken, dass ich mir zum ersten Mal eine Beziehung mit einem Mann vorstellen konnte! Zumal wir uns ja auch in der nächsten Zeit kaum sehen würden, weil er die Ferien bei seiner Familie verbrachte, die rund sechstausend Kilometer entfernt lebte. Sicher könnten wir uns schreiben oder uns per Videochat sehen, das war aber nicht das Gleiche.

Und wenn er wieder in Deutschland sein würde, hätten wir trotzdem immer noch komplett andere Lebenskonzepte. Ich studierte, er lehrte, und irgendwann würde er wieder die Uni wechseln. Er war inzwischen seit zwei Jahren hier, also würde das nicht mehr lange auf sich warten lassen.

Selbst mit einem Kater waren das Gedanken, die ich mir noch nie gemacht hatte. In meinem Kopf hörte es sich gerade an, als wollte ich ihn umgehend heiraten und eine Familie gründen.

Da diese seltsamen neuen Gedanken so oder so nichts bringen würden, beschloss ich, vorerst abzuwarten, was das Date bringen würde. Die Schlussfolgerung brachte mich allerdings erneut dazu, ganz unruhig zu werden. Ich redete mir ein, dass es im Grunde nichts weiter als ein harmloses Treffen war. Wir hatten uns schon öfter einfach so gesehen, ohne dass ich Gründe gehabt hätte, nervös zu sein.

Travis war heute und morgen in der Uni, deshalb würden wir uns nicht sehen, was meine Aufregung noch steigerte. So versuchte ich, mich abzulenken, in dem ich meine Wohnung etwas aufräumte und nach dem passenden Outfit für die Verabredung zu suchen. In Jeans und T-Shirt aufzutauchen, wäre wahrscheinlich nicht angemessen. Ich hatte einige Kleider, die ich bei festlichen Anlässen trug, und einige, die ich im Sommer in der Uni anzog. Aber irgendwie passten alle nicht zu der Situation. Am Ende entschied ich mich für einen schwarzen Rock und ein hellblaues Oberteil mit Wasserfallausschnitt. Ich schickte Fotos davon an Alina, um ihre Meinung zu hören.

Freitags war ich bei Jane zum Essen. Sie wollte natürlich auch alles ganz genau wissen, was Travis betraf. Schließlich waren wir in den vergangenen Wochen Freundinnen geworden und sie hatte einen Großteil unseres Missverständnisses und die folgenden Wochen miterlebt. Sie bestärkte mich darin, einfach alles auf mich zukommen zu lassen. Es werde sich schon alles finden, meinte Jane.

Wir hatten viel Spaß an diesem Abend und ich ging mit einem warmen Gefühl im Bauch nach Hause. Am kommenden Tag würde Alina mir Gesellschaft leisten, damit ich nicht vor Nervosität durchdrehte.

Ich wachte früh auf, weil ich immer noch nicht wusste, was Travis vorhatte. In seinen Nachrichten war er nicht sehr redselig, was den Ablauf unserer Verabredung anging. Er schrieb lediglich, dass er mich um sechs zu Hause abholen würde.

Alina brachte Frühstück mit, als sie um elf bei mir auftauchte. Sie versuchte alles, um mich davon abzulenken, dass ich wirklich, wirklich nicht wusste, wie ich mich bei einem Date verhalten sollte. Nachmittags war ich sogar selbst davon überzeugt, dass es gar nicht schiefgehen konnte, weil Travis und ich uns so oder so schon gut verstanden. Sie überwachte mein Beauty-Programm, wählte mit mir Accessoires und Schuhe aus. Da ich schon von meinem gewohnten Freizeitlook Abstand genommen hatte, waren wenigstens die Sneakers drin. Ich fühlte mich wohl und war natürlich eine halbe Stunde zu früh fertig. Während wir darauf warteten, dass Travis kam, um mich abzuholen, spekulierten wir über den Ausgang des Dates. Also im Prinzip, ob wir zu mir oder zu ihm gingen, denn ich wollte unbedingt die Spannung, die sich immer zwischen uns entwickelte, abbauen.

Kapitel 7

Lara

Pünktlich um sechs klingelte es an der Tür. Statt Travis hinaufzubitten, ging ich direkt nach unten. Alina würde ein paar Minuten später gehen und die Wohnungstür abschließen. Ich war zwar noch leicht hibbelig, aber nicht mehr hypernervös. Aber auch das letzte Gefühl der Anspannung verließ mich, als ich Travis sah. Er erwartete mich mit einem Lächeln. In seiner dunklen Jeans und dem Hemd sah er unglaublich gut aus. Als ich bei ihm ankam, nahm er mich kurz in den Arm und küsste mich auf die Wange.

»Hey! Du siehst toll aus, Honey«, begrüßte er mich.

»Danke, du auch!«, erwiderte ich, während ich ihn noch einmal musterte. Ich zupfte an seinem Ärmel, der bis ans Handgelenk reichte und so seine Tattoos verdeckte. »Was haben wir vor, dass du deine Körperbemalung verdecken musst?«

»Ich muss gar nichts verdecken, aber ein Hemd hat mir standesgemäß für unser erstes wirkliches Date besser gefallen.« Er grinste mich an, offenbar freute er sich auch auf den Abend. Und er hatte sich Gedanken um sein Outfit gemacht.

»Ach, macht man das so bei ersten Dates?«, fragte ich und grinste zurück, während Travis mir die Tür zu seinem Wagen aufhielt. Er fuhr tatsächlich so einen Oldtimer-Porsche. Darüber wäre mein Vater definitiv begeistert.

»Mir doch egal, was man so macht«, erwiderte er, als er eingestiegen war. »Mir ist nur wichtig, dass du heute das beste Date erlebst, das du je hattest!« Er startete den Motor und fuhr los.

»Oh. Na, da hast du es aber leicht.« Ich schmunzelte.

»Wieso? Waren alle vorherigen so schlimm?« Er sah mich nur kurz von der Seite an, weil er auf den Verkehr achten musste.

»Schlimm würde ich nicht gerade sagen. Eher nicht vorhanden.«

»Wie meinst du das?« Wieder warf er mir einen Blick zu.

»Na ja … Ich hab eigentlich nie Dates.«

»Wie, nie?«

Was meinte sie damit? Sie musste doch schon mit Männern ausgegangen sein! Sie war eine schöne Frau, jung, lebensfroh. Und sie wirkte recht erfahren, was Männer betraf.

»Es ist nicht so, dass ich nie jemanden kennenlerne, aber eben nicht so auf die … traditionelle Art.« Oookay. Das hörte sich jetzt wieder ein bisschen seltsam an. Da wir gerade an einer Ampel hielten, prüfte ich ihren Gesichtsausdruck. In meinen Vorlesungen und bei den wenigen privaten Treffen hatte ich schon viele bei ihr gesehen. Unsicherheit gehörte aber definitiv nicht dazu.

»Okay, Lara. Jetzt mal Klartext. Wie lernst du denn sonst Männer kennen?«

»Ich gehe aus. Unterhalte mich mit einigen, und je nachdem ob mir einer gefällt, nehme ich ihn mit nach Hause.« Sie versuchte, ihre Aussage durch ein Schulterzucken zu relativieren.

Die Ampel sprang auf Grün und ich fuhr los, bevor ich antwortete: »Du bist also 25 und hattest noch nie ein Date?«

»Ganz genau. Deshalb weiß ich auch nicht, wie das normalerweise so abläuft.« Jetzt hörte ich wieder ihr Lächeln.

»Dann hoffen wir mal, dass es dir gefällt, wie es heute läuft.« Ich grinste sie kurz an. Gespräche beim Autofahren waren wirklich anstrengend. Zum Glück war das Restaurant, das ich für heute ausgesucht hatte, nicht mehr weit weg.

»Ich denke, da kann fast nichts schiefgehen.« Mit ihren Worten legte sie ihre kleine, warme Hand über meine, die auf dem Schaltknauf lag, und drückte sie kurz. Wieder sah ich sie an, in ihrem Blick erkannte ich neben der normalen Fröhlichkeit auch Begehren.

Travis zu erzählen, dass ich noch unerfahren war, was diese ganzen Pärchensachen angingen, war nicht halb so schlimm, wie ich erwartet hatte. Nach ungefähr fünfzehn Minuten Fahrt parkte er den Wagen vor einem Restaurant. Er half mir beim Aussteigen, ließ aber meine Hand nicht mehr los. So betraten wir das Restaurant, das recht leer wirkte. Bei der Empfangschefin nannte Travis seinen Namen, sie nickte und führte uns auf die Terrasse. Hier ging es weitaus turbulenter zu. Ein großer Tisch war aufgebaut, mehrere kleine mit Lebensmitteln, Küchenwerkzeugen und Getränken standen am Rand. Zusätzlich waren grob geschätzt sieben verschiedene Grills aufgebaut. Irritiert sah ich zu Travis hoch.

»Es ist ein Grillworkshop, Honey.« Er grinste mich an. Männer und Fleisch – super! Ich fand es eine schöne Idee, weil ich schon Angst gehabt hatte, dass wir völlig verspannt in einem netten Restaurant essen würden und der Abend krampfig verlaufen würde.

»Du lädst mich also zu einer Verabredung ein, bei der ich mein Essen selbst kochen muss?«, fragte ich belustigt.

»Natürlich nicht. Grillen, nicht kochen. Und ein Grill ist viel cooler als ein Herd, oder?« Ich konnte nicht anders, ich musste einfach über ihn lachen. Es war unglaublich – in der Uni wirkte er immer so seriös, aber in seiner Freizeit war er doch irgendwie ziemlich locker. Er zog mich an der Hand zu dem großen Tisch, schob mir den Stuhl zurecht und holte uns Getränke. Kurze Zeit später begrüßte uns der Koch (hieß das eigentlich Koch, wenn man grillte?) und stellte sein Team sowie das Equipment vor. Ich hatte leichte Schwierigkeiten, mich zu konzentrieren, denn Travis hatte seinen Arm um meine Stuhllehne gelegt und war mir ganz nah.

Nachdem der Grillmeister, wie es in Wirklichkeit hieß, uns erzählt hatte, was geplant war, wurden die rund zwanzig Teilnehmer in Gruppen eingeteilt. Travis und ich waren mit einem älteren Paar für den Fisch zuständig. Die Bezeichnung für das Gericht war so lang, dass wir sie uns zusätzlich aufgeschrieben hatten. »Schottisches Lachsfilet Loch Duart vom Zedernholzbrett, Waldbeerenglasur, Meerrettichcreme und Grillkartoffelstampf« hörte sich durchaus aufwendig an, war aber im Prinzip nur gegrillter Fisch mit Dip und Kartoffelbrei. Ich begann unter Anleitung des Grillmeisters mit den Kartoffeln, während mein Date etwas ratlos zwischen mir und den Küchengeräten hin und her schaute.

»Was ist, hilf mir doch mal!«, forderte ich ihn auf. Mehr oder weniger begeistert stellte er sich neben mich an unseren Arbeitstisch und betrachtete die Schäler.

»Die sind viel zu klein für mich«, behauptete er grinsend.

»Ja, na klar. Das sind ganz normale Kartoffelschäler.«

»Echt? Die sind ja winzig!« Travis betrachtete die Werkzeuge mit großen Augen.

»Sag mal, hast du noch nie Kartoffeln geschält?« Ich meinte die Frage rhetorisch und konnte es deshalb kaum fassen, als er tatsächlich den Kopf schüttelte.

»Ich hab's nicht so mit Kochen …«, gab er kleinlaut zurück. Ich lachte so laut, dass Beatrix, unsere Lachs-Partnerin, ihr Messer fallen ließ. Nachdem ich mir einige Minuten genommen hatte, um mich zu erholen, hielt ich mir immer noch den Bauch. Das Grinsen konnte ich nicht unterdrücken.

»Okay, ich fasse das kurz zusammen: Du lädst mich bei unserem ersten Date zu einem Grillworkshop ein, obwohl du noch nicht mal Kartoffeln schälen kannst?« Wieder musste ich lachen, weil alle anderen jetzt auch Travis anstarrten, als hätte er ein Schwerverbrechen begangen.

»Aber ich kann ein Steak grillen!« Der Mann war einfach fantastisch.

Nachdem ich mich wieder beruhigt hatte und weiter meine Kartoffeln von der Schale befreite, entspannte sich die Atmosphäre merklich. Ich zeigte Travis, was er machen sollte, und wir unterhielten uns zwischenzeitlich über alles Mögliche. Er gestand mir, dass er in der Küche nicht viel mehr als Steak, Salat und Rühreier zustande brachte, was ich belustigt aufnahm. Vielleicht sollten wir öfter zusammen kochen, wenn wir dabei so viel Spaß hatten?

Bei viel Spaß fiel mir aber noch eine ganz andere Betätigung ein. Da wir so nah beieinanderstanden, berührten wir uns ständig. Entweder streiften sich unsere Arme, oder er musste um mich herum nach weiteren Kartoffeln greifen, sodass er mich unabsichtlich umarmte. Jedes Mal kribbelte die Stelle, die mit Travis in Verbindung kam. Ich war fast froh, als wir fertig mit Kochen waren und uns zum Essen wieder an die lange Tafel setzten.

Schon nach dem Burger, das zweite Gericht des Abends, hielt ich mir den Bauch, weil ich so satt war.

Travis grinste mich an und flüsterte mir ins Ohr: »Ich finde es toll, dass du nicht wie ein Spatz isst, aber gleich kommt noch das Steak. Wehe, du isst das nicht!«

»Du spekulierst doch nur auf meine Reste!«, warf ich ihm lachend vor. Offenbar hatte ich seinen Plan enttarnt, denn er strahlte mich an.

Die Frittata, die es zum Steak gab, war so umwerfend, dass ich gar nicht merkte, wie Travis mir nach und nach mein Fleisch vom Teller stahl. Die Kombination der Zutaten war so unfassbar lecker. Die vier Jungs, die den Gang gekocht hatten, wurden bei meinem ausschweifenden Lob ganz rot. So hatte mein Date die Möglichkeit, alles bis auf ein kleines Stück einfach aufzuessen. Das störte mich nicht wirklich, als ich mich schließlich wieder meinem Teller widmete, denn ich war so pappsatt, dass ich nur noch einen Happen probieren konnte und dann streikte.

Travis nahm das wieder belustigt zur Kenntnis.

»Du bist so ein kleiner Mensch und hast trotzdem so viel gegessen. Wo steckst du das denn alles hin?«, fragte er schmunzelnd.

»Wenn du dich weiterhin so gut machst, wirst du das schon noch herausfinden.« Ich zwinkerte ihm zu, versuchte aber, meine Unsicherheit zu verbergen.

Nachdem die anderen Teilnehmer des Workshops auch noch ein Dessert verdrückt hatten, lobten wir uns alle gegenseitig. Auch unser Gang fand große Fans. Zum Glück hatte der Kochanfänger noch drei routinierte Teammitglieder gehabt. Wir saßen noch beisammen, redeten und lachten. Travis hatte seinen Arm wieder auf meine Stuhllehne gelegt und strich leicht über meine Schulter. Eine Gänsehaut überzog bei dieser Berührung meinen Rücken.

Es war schon längst dunkel und recht spät geworden, als wir aufbrachen. Da wir beide einige Gläser Wein getrunken hatten, fuhren wir mit einem Taxi. Travis gab dem Fahrer meine Adresse, was mich schmunzeln ließ. Jetzt war ich wieder ein bisschen hibbelig vor Vorfreude über den Ausgang meines ersten Dates.

»Und, wie hat dir dein erstes Date gefallen?«, fragte Travis, der auch auf dem Rücksitz wieder den Arm um mich legte. Ich schmiegte mich ein bisschen an ihn heran und hoffte, nicht zu aufdringlich zu sein.

»Es hat wirklich Spaß gemacht, vielleicht sollte ich das öfter machen«, antwortete ich ihm neckend.

»Tja, also mindestens zwei wirst du noch haben.« Was? Wie war das denn gemeint?

»Ähm … wieso?«

»Du kennst doch die Drei-Dates-Regel, Honey!« Die aus den Filmen, die besagte, dass man erst nach drei Dates …

»Das ist jetzt nicht dein Ernst, oder?« Ich drehte mich zu ihm, um ihm ins Gesicht zu sehen. Seine Mimik war weder belustigt noch wies sonst irgendetwas darauf hin, dass er mich nur ärgern wollte.

»Klar ist das mein Ernst, was dachtest du denn?«

»Also ich dachte …« Ich biss mir auf die Unterlippe, um nicht weiterzureden. Auf keinen Fall würde ich ihm sagen, dass ich zu hundert Prozent davon ausgegangen war, dass wir in ein paar Minuten miteinander schlafen würden.

Travis hob mit einer Hand mein Kinn an und sah mir in die Augen. In der Dunkelheit konnte ich ein kleines Glitzern erkennen. »Lara, was auch immer du dir vorgestellt hast, daraus wird heute Abend nichts. Glaub mir, es fällt mir auch nicht leicht, mich zu beherrschen.« Er küsste mich leicht auf die Lippen.

Den ganzen Abend hatte er mich im Glauben gelassen, dass wir Sex haben würden, und jetzt ließ er mich einfach so hängen. Na ja, wir hatten natürlich nicht direkt darüber gesprochen, aber wie hätte ich ahnen sollen, dass er auf so seltsame Ideen kam?

Travis

Ich konnte ihr ansehen, dass sie enttäuscht war. Und das war nicht das, was ich erreichen wollte. Klar, hatte sie bisher immer nur jemanden kennengelernt und hatte dann mit ihm geschlafen, was mich insgeheim ein bisschen fuchste.

Im Geiste versuchte ich auf der einen Seite, meine Einstellung zu dem Thema zu verteidigen. Auf der anderen Seite definierte ich für mich selbst den Begriff »Date« und fragte mich, ob man nicht ein paar der anderen Treffen als ebensolches bezeichnen konnte.

Ich legte Lara wieder meinen Arm um die Schulter, damit sie nicht zu weit weg rückte. Überraschenderweise seufzte sie nur kurz leise und legte den Kopf an meinen Bizeps. Hoffentlich hatte ich es mir damit nicht verbockt. Wie sollte ich es bloß aushalten, wenn wir in London waren? Und galt das dann als ein großes Date, oder nur, wenn wir dort außerhalb der Konferenz etwas unternahmen? Darüber hätte ich mir echt schon früher Gedanken machen sollen. Bisher war es für mich nie ein Problem gewesen, weil ich zwischen lockeren Affären und potenziellen Beziehungen differenzierte. Lara war definitiv Letzteres. Vielleicht war es altmodisch oder unangebracht, aber innerlich sträubte ich mich gegen die Vorstellung, einfach mit ihr ins Bett zu gehen. Klar wollte ich sie. Seit Wochen konnte ich an nichts anderes denken, wie sie sich anfühlen würde. Dennoch war sie mehr als ein Flirt – und genau deswegen wollte ich ihr zeigen, wie wichtig sie mir war. Auch wenn es mir selbst schwerfiel und ich mir wegen dieser blöden Idee innerlich gegen den Hinterkopf schlug.

Wieder einmal standen mir meine Prinzipien im Weg, um Lara das zu geben, was sie erwartet hatte, und mir das zu nehmen, was ich wollte. Natürlich war der Abend eine Zerreißprobe für meine Nerven gewesen. Ständig musste sie mit ihrem kurzen Rock und den nackten Beinen an mir vorbeigehen und neben mir sitzen. Sie hätte es mir nicht schwerer machen können. Außerdem hatten die anderen Männer ihr ständig nachgeschaut. Sie hatte es nicht damit besser gemacht, ihr Essen anzuschmachten und den Jungs zu sagen, wie toll sie doch waren. Am liebsten hätte ich sie einfach geschnappt und wäre irgendwo mit ihr hingegangen, wo wir alleine waren, um sie nicht teilen zu müssen. Das hätte dann doch recht merkwürdig ausgesehen. Daher hatte ich mich zusammengerissen und jetzt saßen wir hier.

Sie war absolut verführerisch in ihrer Fröhlichkeit. Immer wenn sie lachte, war sie noch schöner als sowieso schon. Das Blitzen in den Augen und ihre Ausgelassenheit ließen mich jedes Mal verdammt hart werden.

Der Fahrer hielt vor ihrer Wohnung und ich bat ihn, kurz zu warten. Lara war schon ausgestiegen und lächelte mich an.

»Danke, Travis, das war wirklich ein tolles erstes Date.«

Ich konnte nicht anders, als kurz ihre Lippen zu küssen. »Ja, das war es. Und ich freue mich schon auf die nächsten!«

Sie schob schmollend ihre Unterlippe vor und sah mich mit einem bittenden Blick an. Das gab mir den Rest. Vorsichtig umfasste ich ihr Gesicht mit beiden Händen und küsste sie. Nicht nur ein bisschen, sondern richtig. Sie öffnete ihre Lippen für mich und schob ihre Hände in meinen Nacken. Während ich ihren Mund erforschte und sie mich genauso leidenschaftlich zurückküsste, presste ich sie mit einer Hand in ihrem Rücken an mich. Jetzt musste sie merken, dass ich genauso gerne mit ihr geschlafen hätte wie sie mit mir. Lara stöhnte kurz an meinem Mund, bis ich sie freigab. Atemlos sah sie zu mir auf.

»Das war echt gut – und auch richtig gemein!«, empörte sie sich gespielt. Noch einmal drückte ich sie kurz an mich und hauchte einen Kuss auf ihren Scheitel.

»Schlaf gut, Honey. Und träum was Schönes.«

Kapitel 8

Lara

Was packte man in einen Handgepäckkoffer, wenn man auf einen Workshop inklusive Konferenz mit Naturwissenschaftlern fuhr und gleichzeitig mit dem Mann dort sein würde, auf den man schon seit Monaten scharf war? Diese unmöglich machbare Aufgabe hatte ich seit meinem schönen, aber nicht ganz befriedigenden Date mit Travis vor mir hergeschoben. Jetzt, drei Tage später und zwei Stunden, bevor er mich abholen würde, stand ich vor meinem Kleiderschrank und zog meinen Joker.

»Hey, sexuell frustrierte BFF, was gibt's?«, fragte Alina.

»Ich weiß nicht, was ich einpacken soll … Irgendwie ist mein Koffer zu klein«, meckerte ich.

»Dein Koffer ist nicht zu klein, du musst das nur richtig strukturieren!«

Ich wusste, dass sie mir helfen konnte. In den folgenden zehn Minuten schilderte sie mir, was ich wie in meinen Koffer packen sollte. Sie kannte meine Klamotten so gut wie ich, weshalb sie sofort wusste, was ich brauchte. Nur die Wahl der Dessous überließ sie mir. Sie wünschte mir eine gute Reise und viel Sex – ja, das war auch ein Insider – und so legte ich lachend auf.

Ich machte mich fertig und zog das Outfit an, das Alina und ich zusammen ausgesucht hatten. Eine Mischung aus lässig und professionell – und ein bisschen sexy, um Travis aus der Reserve zu locken. Meine Jeans saß eng, aber nicht unanständig. Die schwarze Bluse mit kurzen Ärmeln hatte ich gerade so weit zugeknöpft, dass noch der Ansatz meiner Brüste zu sehen war. Ich nahm noch eine leichte Strickjacke mit, damit mir im Flugzeug nicht zu kalt wurde. Obwohl ich bezweifelte, dass das mit dem heißen Mann neben mir passieren würde. Statt Turnschuhe wählte ich heute schwarze Ballerinas, die ich auch bei der Konferenz tragen konnte. Es war Teil der Strategie, dass ich alle Kleidungsstücke miteinander kombinieren konnte und so nicht zu viel in den kleinen Koffer musste.

Travis klingelte pünktlich um zwei Uhr, sodass wir genug Zeit hatten, zum Flughafen zu fahren und die komplette Sicherheitsprozedur über uns ergehen lassen zu können. Ich drückte auf den Türöffner und eine Minute später stand er vor mir.

Wir hatten uns seit unserer Verabredung nicht mehr gesehen. In den letzten Tagen hatten wir lediglich Nachrichten getauscht oder telefoniert. Travis blieb dabei mehr oder weniger auf einer professionellen Ebene. Er schickte mir die Flugdaten, wir besprachen Termine und was wir alles für den Trip brauchen würden. Ich versuchte, ihn ständig mit zweideutigen Antworten aus der Reserve zu locken, in der Hoffnung, dass er sich nicht so sehr zurückhalten würde, wenn wir in London angekommen waren.

Ich bemerkte das Verlangen in seinen Augen, als er mich musterte, und verzeichnete geistig einen kleinen Sieg. Stürmisch zog er mich an sich, um mich genauso leidenschaftlich wie bei unserer Verabschiedung zu küssen.

Schon wieder wurde mir ganz heiß, als er mit seiner Zunge über meine strich und mich fest an sich presste. Ich spürte die Beule in seiner Jeans, die sich an meinen Bauch drückte. Provokant legte ich die Hand auf seinen Hintern und drückte ihn noch mehr gegen mich. Als er sich von mir löste, atmeten wir beide schwer. Mein Herz raste in meiner Brust und mein Höschen war ganz feucht. Das konnte ja noch spannend werden.

»Das … war vielleicht nicht die beste Idee«, meinte Travis mit einem schiefen Grinsen. Er küsste mich sanft auf die Lippen. »Hey Honey«, murmelte er.

»Hey Mann, der mich immer unbefriedigt stehen lässt«, neckte ich ihn.

Wir fuhren mit seinem Auto zum Flughafen. Der Kofferraum seines Porsches war gerade so groß, dass unsere Gepäckstücke hineinpassten. Travis war ein vorbildlicher Gentleman und ließ mich meinen Trolley nicht einmal irgendwohin tragen. Im Parkhaus angekommen, hob er ihn also wieder aus dem Wagen heraus und stellte ihn mit bereits ausgezogenem Griff neben mich. Er schien sich gut auszukennen, denn er führte mich routiniert durch die Halle in Richtung der Sicherheitskontrollen. Das Ticket hatten wir beide schon auf unseren Smartphones, also mussten wir nicht mehr zum Schalter.

Als er zielstrebig auf die Kontrollen für Businessclass-Reisende zuging, meinte ich: »Ähm, Travis, wir müssen uns in der anderen Schlange anstellen.«

Er sah mich irritiert an. »Wieso, wir fliegen doch Businessclass!« Meine Augen wurden größer.

»Okay … du musst mir unbedingt noch sagen, was das alles gekostet hat. Ich will dich nicht darauf sitzen lassen .« Er schmunzelte mich an und beugte sich für einen sehr kurzen Kuss zu mir hinunter.

»Schon okay, Honey, das macht mich nicht arm.«

»Aber das geht nicht!« Das musste doch mehr als doppelt so viel kosten als normale Flüge, und schon da hatte er mir nicht gesagt, wie viel Geld er von mir bekam. »Travis, im Ernst, ich habe nicht gerne Schulden bei jemandem.« Noch aussagekräftiger wäre es nur gewesen, wenn ich dazu noch mit dem Fuß aufgestampft hätte.

Er verdrehte die Augen. »Lara, belass es einfach dabei, okay?« Für den Moment gab ich mich geschlagen und nickte.

Wir waren schnell durch die Kontrollen und hatten jetzt noch über eine Stunde bis zum Boarding. Ich hatte keine Lust, durch die Duty-free-Shops zu streifen, um irgendetwas zu kaufen, was ich sowieso nicht brauchte. Außerdem hatte ich keinen Platz mehr in meinem Koffer.

Da auch das mit inbegriffen war, entschieden wir uns für die Lounge, um nicht draußen im Trubel warten zu müssen. Travis ging nicht wie erwartet in den Bereich, wo Sessel herumstanden, sondern führte mich in einen separierten Arbeitsbereich. Er zog mich auf seinen Schoß, als er sich auf den Stuhl setzte. Sofort schlang ich die Arme um seinen Hals.

»Du bist so heiß, wenn du dich aufregst«, sagte er zwischen zwei gierigen Küssen. Seine großen Hände lagen auf meinem Hintern und er drückte mich wieder gegen seinen Schwanz, der in seiner Hose immer härter wurde. Meine Beine umschlangen ihn wie von selbst. Unfähig, eine Antwort zu geben, rieb ich mich an ihm. Als er sich meinen Hals hinaufküsste und mir sanft ins Ohrläppchen biss, stöhnte ich leise auf. Meine Nippel waren längst hart und drückten sich durch den Stoff. Er nahm eine Hand von meinem Hintern und massierte meine rechte Brust. Ich kam ihm so weit wie möglich entgegen, sodass er sie fester knetete. Meine Finger krallten sich in seine Schultern und ich ließ meine Hüften kreisen, um etwas Reibung an meinem Kitzler zu erzeugen. Natürlich reichte das längst nicht aus, aber ich konnte nicht anders.

»Lara, ich glaube, ich halte keine weiteren zwei Dates durch«, raunte er in mein Ohr.

»Gott sei Dank!«, stöhnte ich leise.

Die Menschen, die sich ausgedacht hatten, dass der Sitzplatz in der Mitte der Reihe frei blieb, verfluchte ich gerade. Trotz den guten sechzig Zentimeter Raum, die zwischen uns lagen, schafften Travis und ich es, uns ständig zu berühren. Irgendwann gaben wir es auf, das wie zufällig hinstellen zu wollen, und rutschten enger zusammen. Seine Hand lag auf meinem Oberschenkel und streichelte sanft darüber. Ständig warfen wir uns, mehr oder weniger verstohlen, heiße Blicke zu. Ich legte meine Finger auf seine, als er sie wegnehmen wollte, weil die Flugbegleiterin gerade die leeren Getränke abräumen wollte. Das war ja wohl auch im Flugzeug erlaubt, oder?

Aus meinem Fenster, denn Travis hatte gnädigerweise den Platz am Gang eingenommen, konnte ich unter uns schon London erkennen. Ich liebte die Stadt, seitdem ich vor Jahren das erste Mal dort gewesen war, und hoffte, dass ich ihr eine weitere schöne Erinnerung hinzufügen konnte. Travis hatte ein Hotel direkt am Trafalgar Square gebucht, sodass wir mitten im Geschehen waren.

Die Landung am Londoner City Airport verlief problemlos, worüber ich sehr froh war. Fliegen an sich fand ich recht langweilig, aber die Landungen machten mich immer ein bisschen nervös. Ich drückte Travis' Hand, als das Flugzeug aufsetzte. Er lächelte mich an, ob er verstand, was ich ohne Worte ausdrücken wollte, wusste ich nicht. Dennoch war ich glücklich, nicht alleine zu sein.

Nachdem die britischen Kontrolleure gecheckt hatten, ob wir diejenigen waren, die unsere Ausweise zeigten, gingen wir durch den kleinen Flughafen nach draußen. Ich war ganz hibbelig, denn jetzt brauchten wir nur noch ein Taxi, das uns auf dem schnellsten Weg zum Trafalgar Square fahren würde.

Auf dem Vorplatz warteten vor allem Busse. Einige normale, aber auch die tollen roten Doppeldecker, die jedes Kind aus dem Fernsehen kannte. Travis sah sich suchend nach dem Taxistand um, bis ein Mann im Anzug ihm winkte.

»Oh man, nicht jetzt …«, murmelte er neben mir. Der Mann kam auf uns zu und begrüßte Travis so, als ob sie sich schon Jahre kannten. Er stellte mich als Studentin seines Fachbereichs und ihn als seinen Bekannten Martin vor. Dieser schüttelte mir die Hand und musterte mich. Er war schätzungsweise Mitte dreißig, hatte blonde kurze Haare und braune Augen. Insgesamt machte er einen ziemlich geschniegelten

Eindruck. Der Anzug war hochwertig, die schwarzen Schuhe dazu glänzend poliert und der Koffer, den er hinter sich herzog, war von einer teuren Marke.

Er war mir auf Anhieb unsympathisch.

Travis unterhielt sich mit ihm auf Englisch über eine Konferenz vor zwei Jahren. Ich stand daneben, wie bestellt und nicht abgeholt.

»Wir sind wohl wieder mal auf dem gleichen Workshop«, meinte Martin gerade, als ein Taxi vor uns hielt.

»Ja, offensichtlich.« Travis erschien mir recht wortkarg. War etwas mit Martin vorgefallen? Vielleicht hätte ich lieber zuhören sollen.

»Seid ihr denn auch im Hilton am Trafalgar? Das war ja die Empfehlung der Veranstalter«, fragte Martin, als wir schon unsere Koffer dem Fahrer übergaben.

»Ja, genau da«, erwiderte Travis.

»Super, dann teilen wir uns einfach das Taxi.«

Die Fahrt, die eigentlich nur eine knappe Stunde dauerte, fühlte sich wie eine Ewigkeit an. Martin quasselte und quasselte. Travis' Laune war auf dem Tiefpunkt. Meine auch, denn ich hatte mir die Fahrt irgendwie anders vorgestellt. Deshalb sah ich einfach aus dem Fenster und genoss den Anblick Londons.

Ich suchte mein Smartphone aus meiner riesigen Handtasche, weil es eine Nachricht angekündigt hatte.

Travis: Sorry – ich hatte mich darauf gefreut, endlich mit dir alleine sein zu können …

Dann eben so.

Lara: Ach ja? Was hättest du denn gemacht, wenn wir alleine wären?
Travis: Ich hätte da so ein paar Ideen nach dem Aufenthalt in der Lounge.
Lara: Die hätte ich allerdings auch. ;)

Jetzt saß ich hier in diesem Taxi und mein Kopfkino präsentierte mir einen einwandfreien Ü18-Film. Im Schnelldurchlauf. Mit Travis in der Hauptrolle.

Travis: Deine Nippel sind hart.

Verdammt. Ich verschränkte die Arme vor meinen Brüsten, damit Martin, der mir gegenüber saß, das nicht auch noch bemerkte.

Verstohlen sah ich rüber zu Travis.

Lara: Dein Schwanz auch.
Travis: Daran sind deine Nippel schuld.

War es eigentlich unhöflich, einen aufdringlichen Mitfahrer zu ignorieren? Egal.

Lara: Es wäre gelogen, wenn ich sagen würde, dass es mir leidtut. Hatte mir nur vorgestellt, was wir in diesem Taxi noch treiben könnten.

Ich setzte mich etwas anders hin, sodass ich mein Objekt der Begierde aus den Augenwinkeln beobachten konnte.

Travis

Gott, sie würde mich irgendwann noch umbringen!

Ich konnte nicht anders, als Martin zu ignorieren, der es noch nicht mal bemerkte. Er kam aus Baltimore und war auf die gleiche Uni gegangen wie ich. Daher kannte er meine Eltern und meinte, sich bei mir einschleimen zu müssen. Das war schon seit Jahren so und ich konnte ihn noch nie leiden. Seitdem wir uns gerade getroffen hatten, mochte ich ihn allerdings noch weniger, weil ich sah, wie er Lara musterte.

Sie saß neben mir und hatte ein leicht spöttisches Lächeln im Gesicht. Ich betete, dass die Fahrt bald vorbei war, sodass ich sie endlich wieder spüren konnte. Sie hatte mich in der Lounge so heißgemacht, dass ich quasi seitdem einen Dauerständer hatte. Da die Fahrt so lange dauerte, hatte ich gehofft, wenigstens einen Teil des Vorspiels ins Taxi verlagern zu können. Das war das Gute an den Londoner Taxis. Die Fenster waren oft getönt und es gab eine Trennscheibe zum Fahrer.

Ich stöhnte leise auf, als ich Laras Nachricht las. Offenbar hatte es zu Martins Monolog gepasst, denn er nahm es als Zustimmung und redete weiter. Aus den Augenwinkeln nahm ich wahr, dass Lara sich leicht zu mir drehte. Wie gern hätte ich sie jetzt auf mir, würde ihre Bluse aufknöpfen und an ihren Brustwarzen saugen. Eben hatten sie mich fast angesprungen, so hart wie sie waren.

Travis: Es hätte auf jeden Fall was mit deinen Brüsten zu tun.

Lara schlug sich die Hand vor den Mund, weil sie laut nach Luft geschnappt hatte. Martin sah sie kurz kritisch an und wandte sich dann wieder an mich, um weiter auf mich einzureden. Glücklicherweise fuhr das Taxi gerade in die Spring Gardens und hielt vor dem Hotel. Ich bezahlte den Fahrer und gab ihm ein großzügiges Trinkgeld. Wenn Lara und ich alleine gefahren wären, hätte es wahrscheinlich noch großzügiger ausfallen müssen.

Lara überließ ich den Vortritt, doch Martin versperrte ich den Blick auf ihren Hintern mit meinem Körper, sodass er nach mir aussteigen musste. Wir nahmen unsere Koffer in Empfang, wobei ich Lara ihren reichte. Sie berührte nur kurz meine Hand, aber es fühlte sich an wie ein Stromschlag. Ihre Augen blitzten, als sie mir einen Blick zuwarf, für den sie einen Waffenschein gebraucht hätte.

Mein ehemaliger Kommilitone hatte davon zum Glück nichts mitbekommen, denn er war schon auf dem Weg in die Lobby. Er checkte vor uns ein, was mir etwas Zeit gab, meinen Plan zu überdenken. Ich versuchte es zumindest, denn mein Gehirn wurde momentan nicht richtig durchblutet. Martin verabschiedete sich kurz, denn wir würden ihn ja schon am nächsten Morgen wiedersehen.

Im Schnelldurchlauf spulte ich unsere Daten bei der Rezeptionistin ab, zum Glück hatte ich schon vor unserem Abflug für beide Zimmer online eingecheckt. Wir erhielten unsere Key Cards und ein paar Informationen, die ich jetzt nicht aufnehmen konnte. Ich nahm Lara am Arm und zog sie regelrecht in Richtung der Aufzüge.

Lara

Im Aufzug kam er mir nicht zu nahe, und das war gut so, wenn wir nicht sofort in der Öffentlichkeit übereinander herfallen wollten. Als wir in unserem Stockwerk angekommen waren, gingen wir schnellen Schrittes zu einem der Zimmer. Travis' lag am nächsten, wir wollten keine Zeit verlieren. Er schloss mit der Key Card die Tür auf und zog mich sofort hinein. Wenig später fand ich mich auf einer Couch wieder, wobei ich mehr lag als saß und Travis über mir war. Er küsste mich stürmisch, voller Verlangen und ich konnte den Kuss nur genauso erwidern. Ich schob meine Hände unter sein Shirt, um seine nackte Haut unter meinen Fingern zu spüren, während unsere Zungen miteinander tanzten. Sanft fuhr ich über seine glatte Haut und die Muskeln, ich wollte ihn unbedingt ansehen. Meine Finger griffen sich wie von selbst den Saum seines Shirts und zogen ihn nach oben. Travis unterbrach unseren Kuss, um es ganz auszuziehen.

»Gott, Lara, ich will dich so sehr«, flüsterte er, als er auch mein Oberteil nach oben schob. »Du weißt gar nicht wie sehr.«

»Ich glaube, ich kann das ganz gut nachvollziehen«, schmunzelte ich. Er rutschte nach unten und platzierte kleine Küsse auf meinem nackten Bauch. Langsam und bedächtig küsste er sich bis zu meinen Brüsten.

»Der ganze Flug war eine Qual, Honey. Noch nie ist mir eine Stunde so lang vorgekommen«, raunte er mir zwischen zwei Küssen zu.

»Das ganze Semester war eine Qual.« War ja auch so. »Und jetzt will ich endlich, dass du mit mir schläfst«, quengelte ich ungeduldig. Ich hoffte, dass Travis sich nicht weiter mit Küssen aufhalten würde, das konnte er später nachholen. Anstatt mir zu antworten, stand er auf und hob mich einfach auf seine Arme, was mich zum Quietschen brachte.

»Hey, was machst du?«, fragte ich vorsichtshalber nach.

»Ich werde dich sicher nicht das erste Mal auf einer winzigen Couch nehmen. Du hast ein Bett verdient!« Männerlogik – aber irgendwie süß. Travis trug mich zum Bett und legte mich sanft darauf ab. Schnell zog ich mein Oberteil über den Kopf und begann, die Jeans aufzuknöpfen, bevor er mich aufhielt.

»Honey, lass mich das machen. Davon träume ich schon seit Monaten.« Er sah mich mit einem Blick voller Leidenschaft an. Den Wunsch konnte ich ihm nicht abschlagen.

»Okay, aber beeil dich. Bitte.«

Travis zeigte keinerlei Einsicht und reagierte auch nicht auf meine Bitte. Gemächlich öffnete er meine Hose und zog sie über meine Beine nach unten. Meine Ballerinas hatte ich schon auf dem Weg hierher verloren. Er besaß auch noch die Dreistigkeit, mich anzugrinsen, als er mir langsam das unerwünschte Kleidungsstück über die Füße zog.

Ich legte mich auf die Seite, um zu sehen, was er tat. Vor dem Bett stehend, entledigte er sich auch seiner Jeans und ließ mir Zeit, ihn zu betrachten. Er war wirklich imposant, wie er nur in Boxershorts vor mir stand. Seine Muskeln traten trainiert, aber nicht überdimensioniert hervor, die Haut spannte sich leicht darüber. Ich betrachtete fasziniert erst seinen Waschbrettbauch und dann seine Bizeps, die mit bunten Tattoos bedeckt waren. Wie er so vor mir stand, konnte er auch glatt als Model durchgehen.

»Gefällt dir, was du siehst?«, fragte er mich ganz klischeehaft mit einem anzüglichen Grinsen.

»Prinzipiell schon, aber ich hätte dich lieber hier im Bett. Auf mir, in mir – du weißt schon«, gab ich zuckersüß zurück. Seine dunkelblauen Augen blitzten, als er sich mir gegenüber auf das Bett legte. Mit der Fingerspitze fuhr er über den Rand meines BHs, bis er hinten am Verschluss angekommen war. Er schnippte ihn ganz leicht auf und schob den Träger über meinen Arm nach unten, bis ich ihn ausziehen konnte.

Meine Nippel reckten sich ihm hart entgegen, schließlich war ich schon den ganzen Tag erregt. Und nach dieser spektakulären Taxifahrt war es nicht besser geworden. Travis fuhr leicht über meine Brustspitze und zwirbelte sie dann kurz, was mir ein Keuchen entlockte. Offenbar gefiel ihm das, denn er machte bei der anderen Brust direkt weiter.

»Travis, bitte …«, flehte ich ihn an. Ich brauchte unbedingt Erlösung.

»Gleich, Honey, erst probiere ich aus, was du magst.« Mit einer Seelenruhe knetete er meine Brust mit seiner großen Hand.

»Ich verspreche dir, ich mag deinen Schwanz – in mir.« Travis lachte leise, schien aber endlich zu verstehen, was ich brauchte. Mit wenigen Handgriffen waren auch unsere letzten Kleidungsstücke verschwunden. Er kniete über mir und küsste meinen Hals, während ich spürte, wie sein Schaft an meinem Venushügel pochte.

»Honey, mit oder ohne Kondom?«

»Ich nehme die Pille und bin gesund.«

»Gott sei Dank«, stöhnte Travis und drang endlich in mich ein. Ich war froh, dass er dabei sehr bedächtig vorging, weil er wirklich groß war. Er ließ mir kurz Zeit und sah mir in die Augen. Auch deshalb konnte ich nicht anders, als mich zu ihm hochzustrecken, um ihn zu küssen, weil er so süß war. Der Kuss war nicht weniger leidenschaftlich als zuvor und währenddessen begann er, sich in mir zu bewegen. Mit einer Hand hob er mein Becken ein Stück an, um den Winkel zu ändern. Jedes Mal, wenn er in mich stieß, berührte er so meinen G-Punkt. Und bei jedem Mal entkam meinem Mund ein Keuchen. Er füllte mich unglaublich aus und das war ein wahnsinnig gutes Gefühl. Travis beschleunigte seine Stöße noch einmal, bevor er auch noch meinen Kitzler in kleinen Kreisen massierte.

»Gott, Travis!«, rief ich, als ich schon kurz vor dem Höhepunkt stand.

»Ja, Honey, komm jetzt mit mir«, gab er mit rauer Stimme zurück. Ich spürte das Feuer, das sich in mir ausbreitete und mir endlich Erlösung schenkte. Travis massierte mich weiter und verlängerte meinen Orgasmus damit ins Unermessliche. Ich spürte ihn noch immer in mir pulsieren und erst, als sich mein Körper wieder begann zu beruhigen, stieß er ein letztes Mal in mich und ergoss sich in mir.

»Verdammt, war das gut!«, stöhnte er, als er sich neben mich fallen ließ. Ich war noch ganz außer Atem, dafür aber vorerst sehr entspannt. Umständlich drehte ich mich zu ihm um und sah ihm ernst in die Augen.

»Ja, das war es. Und auch verdammt nötig!« Travis schmunzelte und zog mich an sich.

»Wir haben einiges aufzuholen, denke ich.«

»Müssen wir echt zu diesem Workshop oder können wir einfach im Bett bleiben?«, fragte ich ihn scheinheilig.

»Lara, wir sind hier, um etwas zu lernen. Und du könntest dich beim nächsten Mal ein bisschen in Geduld üben.« Er grinste mich an.

»Kommt drauf an – willst du mich wieder monatelang warten lassen, bis du noch einmal mit mir schläfst?«

»Ich dachte eher so an eine Stunde, in der Zwischenzeit können wir was beim Zimmerservice bestellen und zu Abend essen.« Jetzt war es an mir, große Augen zu machen. »Also, nur wenn dir das recht ist.«

Nach der zweiten Runde war ich schon ganz schön schläfrig, als ich halb auf Travis' Brust lag. Ich fuhr mit den Fingern über die Linien seiner Tattoos und betrachtete sie. Es war nicht ein großes Bild, sondern viele kleine, die ineinander übergingen.

»Haben sie eine Bedeutung?«, fragte ich ihn. Das wollte ich schon die ganze Zeit wissen.

»Zum Teil, ja. Andere fand ich einfach nur interessant.« Ich drehte mich leicht, um den anderen Arm zu inspizieren. In dem schummrigen Licht erkannte ich einen Strand, Wellen und Möwen. »Welcher Strand ist das?«, fragte ich wieder neugierig. Das musste doch etwas bedeuten.

»Der von Long Island.« Okay, da war er bestimmt als Kind gewesen, oder so. Darunter waren eher normale Motive: ein Kompass, ein Kreuz, ein Notenschlüssel, eine Rose …

»Honey …«

»Hmmm?«

»Wach auf, wir müssen bald los.« Erschrocken öffnete ich die Augen. Meine Wange lag noch immer auf Travis' Brust, ein Bein hatte ich um seines geschlungen und meine Hand krallte sich geradezu in seine Seite.

Im Halbschlaf hob ich den Kopf und sah in seine dunklen Augen. Er lächelte belustigt.

»Dafür, dass du so klein bist, kannst du dich ganz schön festhalten.« Irritiert entspannte ich meine Glieder, damit ich ihn nicht weiter umklammerte. Travis beugte sich zu mir und küsste mich auf die Nasenspitze. »Ich wollte schon mal aufstehen und dich noch ein bisschen schlafen lassen, aber du wolltest mich nicht loslassen«, grinste er.

Langsam rollte ich mich von ihm herunter. Offensichtlich war er morgens ein fröhlicher Mensch. Das war etwas, was ich ganz und gar nicht verstehen konnte. Jetzt sprang er auch noch förmlich aus dem Bett – ich war noch nicht einmal richtig wach!

Er ging ins angrenzende Bad und ich hörte das Wasser der Dusche rauschen. Noch einmal schloss ich die Augen. Ich brauchte morgens einfach meine Zeit. Und ich war nicht daran gewöhnt, dass jemand im gleichen Bett schlief wie ich.

»Lara, ernsthaft. Wir haben nur noch eine Stunde, du musst mal aufstehen.«

Wieder hob ich langsam meine Lider. Wenigstens

wurde ich dafür belohnt. Travis saß nur mit einem Handtuch bekleidet auf der Bettkante. Über die Brust liefen ihm einige Tropfen, seine Haare waren noch feucht. Mmmhhh … An den Anblick könnte ich mich morgens gewöhnen. Er musste meine Musterung bemerkt haben, denn er stand lachend auf, schob die Arme unter mich und hob mich einfach aus dem Bett. Ich hatte gar keine Zeit, zu protestieren.

»Travis, was machst du?«, fragte ich halb lachend und halb wütend.

»Du gehst duschen, ich bestelle Frühstück. Was isst du denn morgens?«

»Kaffee …«, bettelte ich. Er lachte leise.

»Alles klar, sollst du haben!«

Ich stieg unter die Dusche und ließ mich von warmem Wasser berieseln. Nach einer Weile wusch ich mich und meine Haare. Ich stellte das Wasser aus und suchte mir im Schlafzimmer ein Kleid für heute heraus. Es war warm und entgegen der klischeehaften Ansicht regnete es nicht. Travis saß auf dem kleinen Balkon und las eine Zeitung. Ich sah zum Glück auch Kaffee auf dem Tisch, also ging ich schnell nach draußen.

Ich schlang von hinten die Arme um seinen Hals und drückte ihm einen Kuss auf die Wange. »Guten Morgen!«, wünschte ich ihm lächelnd.

»Oh, jetzt wirst du freundlich!« Er lachte mich an. »Ich hab noch nie einen muffeligeren Menschen am Morgen gesehen.« Statt einer Antwort setzte ich mich neben ihn, goss mir Kaffee ein und machte ihn mit viel Milch und Zucker trinkbar. Travis sah mir skeptisch dabei zu, wie ich den ersten Schluck trank.

Ich steckte mir eine Zigarette an und war froh, wenigstens ein bisschen normalen Tagesablauf zu haben.

Auf dem Weg zum Workshop stornierten wir an der Rezeption noch das zweite Zimmer. Nach dieser Nacht würden wir es wohl kaum noch brauchen. Obwohl Travis mich gestern noch als »eine Studentin« bei Martin vorgestellt hatte, liefen wir jetzt Hand in Hand durch das Hotel. Als wir hinausgingen, wollte ich ihn loslassen, um keine Aufmerksamkeit zu erregen, doch er hielt sie standhaft fest und warf mir nur einen mahnenden Blick zu.

Wieder so eine Situation, die ich nicht gewohnt war. Aber es fühlte sich gar nicht mal so schlecht an. Travis war mir vertraut nach dieser Nacht und der Morgen war entspannt gewesen. Die restlichen Tage würden hoffentlich ähnlich gut verlaufen.

Der Workshop fand im Gebäude nebenan beim »National Institute for Health Care Excellence« statt. Ungefähr hundert andere Forscher aus der ganzen Welt würden teilnehmen. Wie es so üblich war, begann der Event mit einem lockeren Welcome Coffee. Wir standen in der Lobby und unterhielten uns mit zwei Finnen über ihre Arbeit. Ich hatte erwartet, dass Travis wenigstens während der Veranstaltung einen professionellen Eindruck machen würde und nicht händchenhaltend mit mir herumlief. Das hatte er irgendwann aufgegeben, dafür lag seine Hand jetzt um meine Taille. Natürlich litt ich aufgrund seiner Berührung an leichtem Konzentrationsmangel, doch es wurde einfacher.

Hinter den Finnen kam gerade Martin auf uns zu. Er hatte uns sofort gesehen, was bei Travis' Statur kein Wunder war. Martin begrüßte uns und stellte sich den Finnen vor. Sein großspuriges Getue ging mir schon nach zwei Minuten auf die Nerven.

Als unsere finnischen Gesprächspartner sich verabschiedeten, sagte Martin zu dem Mann an meiner Seite: »Eine Studentin, ja klar. Ich hätte es mir fast denken können.« In meine Richtung meinte er dann. »Schade, ich hätte dich gern besser kennengelernt.« Er zwinkerte mir übertrieben zu und ging dann weiter.

»Travis, vielleicht sollten wir nicht ganz so öffentlich zeigen, dass wir miteinander ins Bett gehen«, merkte ich nachträglich an.

»Wieso?«, fragte er mich einfach nur und sah mich eindringlich an.

»Na ja … also … es macht eventuell einen falschen Eindruck.«

»Falsch? Inwiefern falsch?« Okay, jetzt wirkte er irritiert.

»So als ob wir … ach ich weiß nicht.« … Als ob wir zusammen sind, konnte ich wohl schlecht sagen.

»Honey, es ist einfach, wie es ist. Martin war ein Auslöser dafür, dass ich nicht verheimlichen möchte, dass da mehr zwischen uns ist.«

»Martin? Wieso das denn?« Jetzt war es an mir, irritiert zu sein.

»Manchmal bist du echt blind«, lachte er. »Er hat dich gestern die ganze Zeit gescannt. Ich kenne ihn seit Jahren und weiß, was der Blick bei ihm heißt. Er soll einfach wissen, dass du zu mir gehörst.«

Okay … das hatte ich tatsächlich nicht bemerkt. Ein warmes Gefühl machte sich in meinem Bauch breit, das ich nicht ganz einordnen konnte. … *dass du zu mir gehörst.* Ich nickte langsam und sah Travis in die Augen. Wie immer faszinierten sie mich – er sah auf mich hinunter und seine Lippen verzogen sich langsam zu einem Lächeln.

»Dann sollten wir es ihm richtig zeigen«, sagte ich mit einem breiten Grinsen. Er verstand meine Aufforderung, packte mich im Nacken und zog mich an sich. Seine Lippen lagen schneller auf meinen, als ich erwartet hatte. Seine Zunge bat um Einlass, und ich ließ ihn. Er küsste mich nicht leidenschaftlich, sondern erforschte meinen Mund langsam und gefühlvoll. Ich legte meine Hände an seine Schultern, damit ich auf den Zehenspitzen mehr Halt fand, und er half mir, indem er mich im Rücken festhielt und an sich drückte. Das war ein Kuss! Ein Statement-Kuss sozusagen.

Den ganzen Vormittag schon saß ich neben Travis und wir berührten uns ständig. Entweder stießen unsere Arme wie zufällig auf den Lehnen der Stühle zusammen, oder wir streckten die Beine achtlos so aus, dass sie sich auch berührten. Kurz vor der Mittagspause legte Travis seine Hand auf mein nacktes Knie, sodass ich dem Redner nun gar nicht mehr folgen konnte. Ganz langsam schob er die Finger unter meinem Kleid nach oben, bis er innehielt.

Er beugte sich zu mir hinunter und flüsterte: »Ich will dich. Am liebsten sofort.«

Statt einer Antwort legte ich meine Hand auf seinen Schwanz und drückte ihn kurz. Glücklicherweise lag das Programmheft darüber.

Genau in diesem Moment kündigte der Moderator eine Pause an. Travis sprang auf und nahm meine

Hand. Er führte mich durch die Gänge und versuchte, verschiedene Türen zu öffnen, bis er eine offene fand. Dahinter lag ein kleiner, unbenutzter Konferenzraum. Er schloss die Tür, drückte mich an die Wand daneben und küsste mich gierig. Am Rande bekam ich mit, dass er die Schleife meines Neckholder-Kleides öffnete, während seine Zunge mit meiner spielte. Schon der Kuss war so berauschend, dass ich schon längst bereit war, von ihm genommen zu werden. Travis führte meine Hand zu seiner Hose, die bereits offen stand, und ich befreite seinen Schaft, der steinhart war. Ich strich ein paarmal auf und ab, bis Travis unseren Kuss unterbrach und meinen Hintern packte. Ruckartig hob er mich hoch, sodass sein Schwanz genau vor meinem Eingang war.

»Los, fick mich«, bettelte ich. Das ließ er sich nicht zweimal sagen. Er drang hart in mich ein und begann sofort mit tiefen Stößen. Um nicht den Halt zu verlieren, krallte ich mich an seinen Schultern fest.

»Streichle deine Brüste für mich, Honey«, sagte er gepresst. Ich sah ihn mit großen Augen an. »Ich halte dich fest, keine Angst.«

Zögernd ließ ich seine Schultern los und schob stattdessen meine BH-Träger nach unten. Als meine Brüste frei lagen, strich ich sanft über die Nippel. Travis sah fasziniert zu, während er weiter in mich pumpte. »Mehr!«, fordert er. Ich zwirbelte meine Brustwarzen, so wie er es gestern gemacht hatte. Wir keuchten synchron auf, weil es sowohl ihn als auch mich noch mehr erregte. Also bearbeitete ich weiter meine Nippel, was er beobachtete, er stieß in einem gleichmäßigen harten Rhythmus in mich.

»Trav …«, wimmerte ich, als ich kurz vor dem Höhepunkt war.

»Gleich …«, keuchte er. Er stieß noch einige Male zu, während ich versuchte, meinen Höhepunkt zurückzuhalten. Als ich meine Nippel besonders fest drückte, sagte er: »Jetzt!« Und ich ließ los. Ich biss mir auf die Lippen, um nicht zu laut zu sein, und meine Stirn sank an Travis' Brust, als die heißen Wellen mich durchströmten.

Travis trug mich zu einem Stuhl, auf den er sich fallen ließ, sodass ich auf seinem Schoß saß. Wir atmeten beide unregelmäßig und mein Herz raste genauso wie seins. Wir brauchten einige Minuten, um uns zu erholen.

»Du bist ein Brustfetischist«, stellte ich fest.

»Nein«, erwiderte er. »Ich steh drauf, wenn du dich selbst verwöhnst.« Er grinste mich anzüglich an. Okay … damit konnte ich arbeiten.

Travis

Drei Tage mit Lara. Sie war wirklich unfassbar. Ich staunte immer wieder darüber, dass ich sie in allen Dingen unterschätzt hatte. Vor unserem Zusammentreffen bei Joshs Konzert fand ich sie zwar heiß (welcher Mann würde das nicht?), hätte aber mit hundert prozentiger Sicherheit ausschließen können, dass ich mehr als einen Blowjob von ihr wollen würde.

In den letzten Tagen hatte sie mir bewiesen, dass sie viel mehr draufhatte als das. Sie war genauso klug, charmant, witzig und unglaublich interessiert, wie ich es von ihr gedacht hatte. Zusammen waren wir entspannt – nichts hatte dazu geführt, dass wir unterschiedlicher Meinung waren. Also nach unserem Kuss vor allen Teilnehmern des Workshops. Ich hatte ihre Bedenken gesehen und wollte sie vertreiben. Danach war ich mir sicher, dass wir auch mehr als drei Tage harmonisch verbringen konnten.

Lara stand, nur in meinem T-Shirt bekleidet, auf dem Balkon und rauchte. Sie war unfassbar sexy – vor allem, wenn sie sich nicht beobachtet fühlte. Die Natürlichkeit, die sie dann ausstrahlte, faszinierte mich. So hatte ich mir angewöhnt, sie so gut wie immer zu beobachten. Ich hätte das gerne noch länger getan, aber ich hatte noch eine Mission, bevor wir morgen früh wieder nach Hause flogen. Also ging ich zu ihr raus und schlang von hinten die Arme um sie. Über ihre Schulter hinweg warf sie mir einen melancholischen Blick zu, bevor sie sich wieder zu der Aussicht über das nächtliche London wandte.

»Was ist los, Honey?«, fragte ich sie, während ich sanft über ihren Bauch streichelte. Sie mochte das, wie ich in den letzten Tagen bemerkt hatte.

»Wir müssen morgen wieder nach Hause, dabei waren die letzten Tage so schön.« Sie legte ihren Hinterkopf an meine Schulter und ließ langsam Rauch aus ihrer Lunge weichen.

»Aber zu Hause ändert sich doch nicht viel. Dann sind wir eben dort und nicht hier.«

»Nein, Trav. Ich bin dort und du bist in New York.« Da kamen wir der Sache schon näher.

»Ich wollte dich sowieso fragen, ob du mich eventuell für ein paar Tage begleiten willst.« Sie drehte sich schnell in meinen Armen.

»Was? Aber da ist … deine Familie!« Sie sah etwas schockiert aus. Meine Familie war etwas gewöhnungsbedürftig, aber das war nicht weiter schlimm. Außerdem wusste sie das ja gar nicht.

»Ja. Ich würde dich ihnen gerne vorstellen.«

»Vorstellen? Warum? Als … was?«

»Na, als meine Freundin! Als was denn sonst?« Jetzt war es langsam nicht mehr komisch.

»Freundin? Aber … aber … das geht ganz schön schnell, meinst du nicht?« Ihre Augen wurden immer größer und in ihrem Gesicht war ein Hauch von Erkenntnis zu sehen.

»Zu schnell? Wir schleichen seit fast einem halben Jahr umeinander herum!« Erst konnte es ihr nicht schnell genug gehen und jetzt machte sie einen Rückzieher … Aber ich konnte ihr nicht böse sein, weil sie gerade ihre Stirn an meine Brust legte und die Arme um mich schlang.

»Ich muss darüber nachdenken, okay?«, fragte sie leise. Das war immerhin ein Anfang.

»Klar, Honey, so lange du willst.«

Kapitel 9

Lara

Die halbe Nacht und den ganzen Flug nach Hause konnte ich an nichts weiter denken, als dass Travis mich mit in die USA nehmen wollte. Er wollte mich seiner Familie vorstellen. Nach einem Date und drei Tagen, die wir miteinander verbracht hatten. Es war eine tolle Zeit in London gewesen. Wir hatten Spaß miteinander, nette Leute kennengelernt und grandiosen Sex gehabt. Also so richtig grandios. Inzwischen bereute ich es wirklich, dass ich nicht früher die Initiative ergriffen hatte.

Außerdem hatte Travis mir gezeigt, dass es schön sein konnte, mit einem Mann mehr als nur das Bett zu teilen. Für mich war es eine Premiere gewesen, als Paar durch die Stadt zu laufen, wie es Millionen anderer Menschen taten.

Jetzt saß ich neben ihm im Flugzeug und kuschelte mich an seine Schulter. Den Platz zwischen uns hatten wir nicht mehr freigelassen, sondern uns direkt nebeneinandergesetzt. Travis hatte seinen Arm um mich gelegt und sah nachdenklich aus dem Fenster. Irgendwie fühlte es sich nach Abschied an. Ich war mir sicher, dass zu Hause alles anders laufen würde als in dieser Blase, in der wir in London gewesen waren.

Gedankenverloren fuhr ich die tätowierten Gitarrensaiten auf Travis' Unterarm mit der Fingerspitze nach. Er hauchte einen Kuss auf meinen Scheitel.

»Denk nicht so viel nach, Honey. Es wird schon funktionieren«, flüsterte er. Wie konnte er sich da so sicher sein? Ich drehte mich zu ihm, sah in seine dunkelblauen Augen und erkannte keine Zweifel, sondern nur Zärtlichkeit in seinem Blick. Er hypnotisierte mich geradezu damit, sodass sich meine Zweifel langsam legten. Ich küsste ihn kurz.

»Das wäre schön …«

Als der Landeanflug begann, rutschte ich noch etwas näher an Travis heran. Kurz vor dem Aufsetzen der Maschine auf heimatlichem Boden zog er mein Gesicht am Nacken zu sich heran und küsste mich schwindelig. So bemerkte ich erst, dass wir gelandet waren, als das Flugzeug langsam zum Gate rollte.

»Besser?«, fragte er schmunzelnd.

»Du weißt schon, dass du dich damit qualifizierst, mein persönlicher Flugbegleiter zu sein, oder?« Mit ihm würde mich eine Landung wahrscheinlich nur aus einem anderen Grund hibbelig werden lassen.

»Damit kann ich leben.« Er grinste mich breit an.

Ich zog mein Handy aus der Tasche, um es wieder einzuschalten. Die ersten Geschäftsleute telefonierten schon wieder leise. Ich fragte mich schon immer, ob die nur beschäftigt aussehen wollten oder ob wirklich so wichtige Anliegen während eines so kurzen Flugs aufkamen.

Ich checkte meine Nachrichten, wie Travis neben mir auch.

Tim: Super, ich hole dich dann ab!

Was? Warum? Ich hatte ihm kurz vor dem Abflug in London geschrieben, dass ich auf dem Heimweg war.

Tim: Stehe an Ausgang 13.

Das war vor zwei Minuten gewesen. Okay … dann musste schnell ein Plan her. Ich war noch nicht wirklich dazu bereit, die traute Zweisamkeit mit Travis aufzugeben, und schon gar nicht, ihm meinen Bruder vorzustellen.

Bis wir ausgestiegen waren, hatte ich immer noch keinen Plan. Doch ich wollte weder meinen Bruder verärgern, indem ich einfach nicht auftauchte, noch Travis ins kalte Wasser werfen. Ich ließ mir absichtlich Zeit und tat so, als ob ich mir die Schaufenster der Airport-Geschäfte ansah. Hand in Hand schlenderten wir in Richtung Ausgang, bis ich Tim schon sehen konnte.

»Trav?«, fragte ich zögerlich.

Travis blieb sofort stehen und sah mich alarmiert an. »Was ist?«

»Also … aus irgendeinem Grund meint mein Bruder, er müsse mich abholen. Und … na ja, ich kann ihn nicht einfach so stehen lassen.« Ich hoffte inständig auf eine Erwiderung, die ungefähr so lauten könnte: Okay, dann fahr ich alleine. Ich ruf dich an.

»Okay, dann gehen wir eben zu ihm und klären, dass ich dich nach Hause bringe.« Verdammt.

»Mhh. Na gut.« Überzeugt, dass das gut gehen würde, war ich nicht.

Tim umarmte mich, als hätten wir uns seit Wochen nicht gesehen. Okay, das war ja auch so. Er fragte mich sofort, wie es gewesen war, und ob ich interessante

Neuigkeiten hätte. Dann sah er zu Travis, der hinter mir stand.

»Und Sie sind …?«, fragte Tim ein bisschen unhöflich.

»Travis Reek, freut mich.«

»Oh, das ist dein ehemaliger Dozent, oder?«, fragte er an mich gewandt.

»Ähm … ja.« Travis legte demonstrativ seinen Arm um mich und grinste breit. War ja klar. »Und jetzt ist er mein … Freund.«

»Dein WAS?«, rief Tim sichtlich schockiert. Hoffentlich war er schockiert darüber, dass ich überhaupt einen Freund hatte, nicht darüber, wer es war.

Tim blickte abwechselnd zwischen uns hin und her. Am Ende blieb er aber bei Travis hängen. »Wie kannst du es wagen, meine kleine Schwester zu vögeln! Sie ist deine Studentin!«, blaffte er ihn an.

»Erstens bin ich dir keine Rechenschaft darüber schuldig, mit wem ich schlafe, weil ich dich erst seit zwei Minuten kenne. Zweitens ist Lara nicht mehr meine Studentin.« Travis' Stimme klang belustigt, ich sah ihm jedoch an, dass das nicht mehr lange so bleiben würde.

Das war offensichtlich nicht das, was mein Bruder hören wollte. Er wurde vor Zorn ganz rot im Gesicht. Ich kannte ihn seit fünfundzwanzig Jahren und konnte mit absoluter Sicherheit sagen, dass das kein gutes Zeichen war.

»Lara, du lässt dich also von einem tätowierten Typen ficken, der zehn Jahre älter ist als du. Du hast ja schon viele dumme Aktionen gebracht, aber dass du so tief sinken würdest, hätte ich nie gedacht.« Er spuckte mir die Worte geradezu vor die Füße.

»Tim? Was …?« Ich war sprachlos. Hatte er das wirklich gesagt? Travis zog mich enger an sich und gab mir etwas Halt.

»Ja, Lara, du hast richtig gehört. Nie im Leben hätte ich gedacht, dass du dich als Schlampe für einen machtgeilen Hochschullehrer hergibst.« Meine Beine waren wie Wackelpudding. Das konnte doch nicht sein Ernst sein!

»Okay, das reicht. Ich bringe Lara jetzt nach Hause, und du solltest dir mal überlegen, wie du mit deiner Schwester sprichst.« Travis' Tonfall war so kalt, dass Tim eigentlich mit einer Schicht Eis bedeckt sein müsste. Er brachte es fertig, uns beide mitsamt unserer Koffer herumzudrehen und Richtung Parkhaus zu gehen. Meine Beine wollten mir nicht richtig gehorchen, weil ich so zitterte. Sobald wir außer Sichtweite waren, blieb ich stehen. Und weil mich die Kraft verließ, setzte ich mich einfach auf meinen Koffer.

Travis kniete sich vor mich und strich mir über die Wangen. Erst jetzt bemerkte ich die Tränen. »Honey, nicht weinen«, bat er mich, aber es wollte einfach nicht aufhören. Er nahm mich fest in den Arm, sodass ich sein ganzes Shirt vollheulte.

»Ich … es tut mir leid«, mehr konnte ich nicht sagen.

»Honey, es ist doch nicht deine Schuld, dass dein Bruder ein Trottel ist.« Jetzt musste ich doch ein bisschen lachen. »Kannst du jetzt bitte aufhören zu weinen? Ich kann damit echt nicht umgehen.«

Schniefend zog ich mich von ihm zurück und wischte die letzten Tränen von meinem Gesicht.

Als ich den liebevollen Blick sah, mit dem er mich bedachte, hätte ich schon wieder heulen können. Stattdessen küsste ich ihn einfach. Er war so süß, dass es schon fast nicht mehr wahr sein konnte. Langsam stand ich auf und reichte ihm meine Hand. Er tat übertrieben so, als ob er sich an mir hochziehen würde, und grinste mich an. Bis wir an seinem Wagen angekommen waren, ließ ich seine Hand nicht mehr los.

Travis

Ich hatte so gut wie nie Besuch und war etwas nervös, wie Lara auf meine Wohnung reagieren würde. Es hatte mich gefreut, dass sie meinen Vorschlag, noch mit mir zu kommen, angenommen hatte. Nachdem was ihr blöder Bruder ihr an den Kopf geworfen hatte, wollte ich sie so nah wie möglich bei mir haben. Nicht, dass sie noch auf dumme Gedanken kommen würde, wenn sie zu viel grübelte.

Nachdem ich die Tür zu meiner Altbauwohnung aufgeschlossen hatte, ließ ich Lara vor mir eintreten. Sie sah sich neugierig um – ich bemerkte genau, wo ihre Blicke hängen blieben: an der Küche, die in Schwarz und Aluminium glänzte. An der Akustikgitarre, die in einer Ecke stand. Sie sah zu den großen Fenstern und dem Balkon, der in Richtung des Hinterhofs lag. Darauf gab es nicht viel außer einem kleinen Tisch und zwei Stühlen. Und natürlich dem Profigrill, auf den ich stolz war. Durch die Flügeltüren ging sie weiter durch mein Arbeitszimmer ins Schlafzimmer. Auch das hatte ich recht minimalistisch eingerichtet, weil ich eben nicht viel brauchte.

Mit einem Lächeln auf den Lippen kam sie zu mir zurück. »Es ist schön hier. Und so … ordentlich.«

»Ich bin mir sicher, dass das nicht so bleiben wird, wenn du öfter hier bist.« Grinsend sah ich sie an, weil ich das Chaos in ihrer Wohnung kannte. Aber ich war mir nicht sicher, ob es mich störte, wenn sie hier ein bisschen mehr Leben hereinbrachte.

Sie streckte mir die Zunge heraus, wie so oft, wenn sie keine adäquate Antwort fand, schmiegte sich aber trotzdem in meine Arme, als ich sie um sie schlang.

»Danke, dass du da warst«, sagte sie leise gegen meine Brust.

»Du hast mich als deinen Freund bezeichnet. Was hätte ich da anderes tun können?«

Ich spürte, dass sie lachte, mehr als dass ich es hörte. Sie erwiderte nichts mehr und so genossen wir beide einfach die Umarmung, die wir uns gegenseitig schenkten.

Lara

Wir verbrachten den restlichen Samstag recht ruhig. Eigentlich war es nicht viel anders als in London. Bloß, dass wir eben in Travis' Wohnung waren und nicht im Hotel. Wir aßen die Steaks, die mein Freund (die Bezeichnung war noch etwas gewöhnungsbedürftig) gegrillt hatte. Das hatte er wirklich drauf.

Der kleine Balkon könnte noch etwas Liebe brauchen, so leer wie er war. Immerhin war die ruhige Lage zum Innenhof wirklich toll zum Entspannen. Es wäre schön, nach einem anstrengenden Tag in der Uni hierherzukommen, zusammen ein Glas Wein zu trinken und den Abend ausklingen zu lassen.

Moment – war das wirklich ich, die gerade diese Gedanken hatte? Ich schielte rüber zu Travis, der unsere Finger verschränkt hatte und sanft mit dem Daumen über mein Handgelenk streichelte. Er blickte abwesend in die Ferne – ich konnte nicht ahnen, an was er wohl dachte.

Ich hingegen überraschte mich selbst mit Szenen, die sich in meinem Kopf abspielten, an die ich bis vor ein paar Tagen keine Sekunde verschwendet hatte. Bislang war ich immer zu beschäftigt gewesen, oder hatte es mir jedenfalls eingeredet, um auch nur über eine Beziehung nachzudenken.

»Honey?« Erschrocken drehte ich mich in seine Richtung. »Du hast mir nicht zugehört«, stellte er fest.

»Sorry, ich war irgendwie woanders.«

»Ich hab dich gefragt, ob ich dich nach Hause fahren soll.« Jetzt?!, dachte ich irritiert. Wieso das?

»Oder ob du bei mir schlafen willst?« Das war eindeutig besser, natürlich beantwortete ich seine Frage mit einem Nicken.

Travis lachte. »Lara, Oder-Fragen kann man nicht mit Ja oder Nein beantworten.«

»Wenn es dir nichts ausmacht, würde ich gerne hierbleiben.«

»Wenn es mir etwas ausmachen würde, hätte ich dich nicht gefragt.« Er zog meine Hand zu sich und küsste meine Fingerknöchel. »Ich freue mich!« Und wieder lag dieser glühende Blick in seinen Augen, der viel für diese Nacht – und vielleicht auch mehr – versprach.

In einträchtigem Schweigen saßen wir weiter so da, bis ich mein Smartphone drinnen hörte. Ich stöhnte innerlich. Laut des Klingeltons – Family Portrait von Pink – konnte es sich nur um jemanden aus der Familie handeln. Und nach der Szene mit Tim vorhin wollte ich gar nicht wissen, wer es war.

»Willst du nicht drangehen?«, fragte Travis berechtigterweise.

»Mit Sicherheit nicht.«

»Aber vielleicht ist es wichtig?« Travis kannte meine Klingelton-Ordnung noch nicht, deshalb konnte er natürlich nicht ahnen, dass ich daran erkennen konnte, wer mich anrief. Normale Menschen hatten eben denselben Ton für alle Anrufer.

»Nein, schon gut, ich will jetzt nicht mit jemandem aus der Familie reden.«

»Du hast verschiedene Klingeltöne für deine Anrufer?« Jetzt klang er wieder belustigt.

»Klar, die stelle ich schon ein, wenn ich einen neuen Kontakt erstelle.« Wenn ich ihm gleich demonstrierte, dass ich ein bisschen verrückt war, konnte er später nicht erklären, dass er es nicht gewusst hatte.

»Und welches Lied hab ich?« Oh Fuck. Das hätte ich vermeiden sollen. Ich spürte, wie mir die Hitze in die Wangen stieg.

»Sag ich dir nicht!«

Travis grinste mich teuflisch an. Was hatte ich übersehen? Er nahm sein Smartphone vom Tisch … verdammt. Hektisch versuchte ich, meine Hand loszumachen, damit ich mein Handy lautlos stellen konnte, bevor er mich anrief. Er hielt mich unerbittlich fest. Und er war doppelt so groß und doppelt so stark wie ich. Als er aus dem Wohnzimmer laut »Sex on Fire« von den Kings of Leon hörte, lachte er sich ernsthaft kaputt. Und er hatte einen Heidenspaß. Er ließ es klingeln, bis die Mailbox ansprang. Nur um aufzulegen und gleich wieder anzurufen.

»Travis, lass das!«, beschwerte ich mich lauthals.

»Nein.«

»Nein? Doch! Das ist nicht lustig!«

»Doch, Honey, das ist es. Und gleichzeitig das schönste Kompliment, das ich je bekommen habe.« Trotzdem schmollte ich, weil ich es nicht mochte, wenn sich jemand über mich lustig machte. Damit konnte ich nicht gut umgehen.

»Hey, komm mal her!« Ich schüttelte den Kopf. Das konnte er vergessen! Doch leider vergaß ich immer, dass er sich nahm, was er wollte. Er stand auf, hob mich hoch und setzte mich auf seinen Schoß. Da ich mich immer noch standhaft weigerte, ihm in die Augen zu sehen, starrte ich lieber auf meine Hände. Auch das ließ er nicht gelten, sondern legte die Finger unter mein Kinn und hob es an.

»Du bist süß, wenn du schmollst«, behauptete er, immer noch schmunzelnd. Ich blitzte ihn nur an und widersprach nicht, denn das hatte ja doch keinen Sinn.

Travis hatte sich irgendwie einen festen Platz in meinem Tagesablauf erschlichen. Ich hatte vormittags immer ein paar Termine mit Patienten, er war trotz Semesterferien in der Uni. Er wollte alles erledigen, bevor er nach New York flog. Wohlwissend, dass ich noch keine Entscheidung getroffen hatte, fragte er nicht noch einmal, ob ich mitkommen würde. Sein Flug ging am kommenden Montag und da schon Donnerstag war, musste ich mich bald entscheiden. Einerseits wollte ich ihn nicht hergeben, andererseits war ich mental noch nicht bereit, mich seiner Familie zu stellen. Nach der Szene, die mein Bruder gemacht hatte, wollte ich gar nicht wissen, was seine oder meine Eltern sagen würden.

Nachdem Tim zum tausendsten Mal angerufen hatte, war ich irgendwann so weit, ihn zurückzurufen. Er hatte sich bei mir entschuldigt, weil seine Wortwahl unangemessen gewesen war. Aber nicht dafür, dass er meine Beziehung mit Travis verurteilte. Das tat er weiterhin und er war nicht von seinem Standpunkt abzubringen.

Jeden Abend traf ich mich mit meinem Freund, was immer noch etwas ungewohnt, aber keineswegs ungewollt war. Ich wollte ihn sehen, mit ihm Zeit verbringen. Alina, die ich dazu befragt hatte, meinte, das sei normal. Und er gab sich wirklich Mühe: Wir gingen essen, trafen uns in seiner oder meiner Wohnung, waren einfach zusammen. Er brachte mich zum Lachen, weil er in seiner Freizeit einfach ein toller Mann war und wusste, was ich brauchte. Das zeigte er auch überdeutlich, wenn wir miteinander schliefen. Es war unfassbar, weil ich immer gedacht hatte, dass ich mit anderen Männern schon guten Sex gehabt hatte – kein Vergleich.

Heute waren wir einfach nur in der Stadt unterwegs wie viele andere auch. Anfang August war es natürlich ziemlich heiß, weshalb wir uns ein Eis gönnten. Wir waren nicht die Einzigen, die auf diese grandiose Idee gekommen waren, und alle Eiscafés in der Fußgängerzone waren überfüllt. Wir bekamen gerade noch einen Platz und warteten auf die Bedienung. Travis erzählte mir gerade von den seltsamsten Antworten meiner Kommilitonen in der Klausur. Wir hatten einiges zu lachen und obwohl er keine Namen nannte, konnte ich mir durchaus vorstellen, wer diese Antworten gegeben hatte.

»Hey Lara! Schön dich zu sehen!« Eine Bedienung, die man persönlich kannte, war schon super.

»Hi Sophia! Du arbeitest hier?« Sie war eine von meinen ehemaligen Medizin-Mit-Studentinnen.

»Ja, in den Ferien. Was darf ich euch bringen? Dir und … Dr. Reek???« Verdammt … sie schaute zwischen uns hin und her, danach auf unsere Hände, die ineinander verschränkt auf dem Tisch lagen.

Wir gaben unsere Bestellungen auf – ich etwas kleinlaut, Travis tat einfach so, als wäre die Situation nicht super seltsam.

»Lara, was hast du erwartet? Wenn wir gemeinsam unterwegs sind, kann es immer passieren, dass uns jemand zusammen sieht.« Sein Blick lag eindringlich in meinem. Wieder einmal hatte ich das Gefühl, dass er mich hypnotisieren wollte.

»Ich war nicht so darauf vorbereitet …«

»Und was ist so schlimm daran?« Ja, das war eine sehr gute Frage.

»Sie wird es einfach allen erzählen. Und dann sind wir Gesprächsthema Nummer eins«, antwortete ich unsicher. Immerhin musste ich sie nicht mehr sehen, aber Travis schon.

»Ist mir egal. Wir haben jetzt erst mal Semesterferien, die nächsten Wochen sind wir sowieso nicht hier.« Ich wand mich etwas auf dem Stuhl und wollte meine Hand aus seiner nehmen, doch er ließ mich nicht. »Wenn das neue Semester beginnt, haben sie sich wieder beruhigt.«

Sophia kam mit unseren Eisbechern zurück und stellte sie recht wortkarg vor uns ab. Ich lächelte sie an, doch sie wirkte nur irritiert. Super!

»Okay, ich versuche, es einfach zu ignorieren«, meinte ich, als sie wieder weg war. Travis drückte meine Hand und lächelte mich an. »Und jetzt brauche ich meine Hand, um dieses wunderbare Eis zu essen!« Er lachte und ließ mich ein bisschen widerwillig los.

Ich versuchte tatsächlich, nicht darauf zu achten, dass Sophia immer wieder zu uns herübersah. Als dann nach einiger Zeit andere Medizinstudenten wie zufällig an dem Café vorbeigingen und uns auffallend höflich grüßten, war ich mit meiner Geduld am Ende.

»Bitte, lass uns einfach gehen. Ich komme mir vor, als wären wir Tiere im Zoo.« Wir waren sowieso fertig, also legte Travis einfach einen Geldschein unter den Aschenbecher, der locker für fünf Eisbecher gereicht hätte, und wir gingen zu ihm nach Hause. Hier fühlte ich mich deutlich wohler.

Ich hörte, wie mein Handy fröhlich vor sich hin piepste, als ich sehr zufrieden neben Travis in seinem Bett lag. Es war erst neun Uhr, also noch nicht wirklich Zeit zum Schlafen. Ich schnappte mir sein Shirt, das mir fast bis zu den Knien reichte, und setzte mich noch einmal auf den Balkon. Bevor ich den Messenger checkte, zündete ich mir eine Zigarette an. Die App zeigte acht neue Nachrichten an. Ich öffnete die erste.

Mia: Du und Dr. Travis Hot? Glückwunsch! Aber von dir hätte ich das nicht erwartet.

Als ich die Absender der anderen Nachrichten betrachtete, war mir klar, dass alle Chats ungefähr diesen Inhalt haben würden.

»Und es geht los …«, murmelte ich zu mir selbst.

»Und es wird wieder aufhören«, sagte Travis, der in der Tür stand und mich nachdenklich betrachtete. Ich warf ihm nur einen fragenden Blick zu, denn da war ich mir keineswegs so sicher wie er. Die Reaktionen meiner Bekannten reichten schon aus, um Zweifel in mir zu säen. Und die Reaktion meiner restlichen Familie wollte ich mir gar nicht erst vorstellen.

Kapitel 10

Travis

Ich versuchte, Lara zu zeigen, dass wir eine Beziehung führen konnten, wenn wir nur wollten. Doch je mehr ich versuchte, Normalität zu schaffen, desto mehr Gründe fand sie, um mit der Situation und sich selbst zu hadern. Es war offensichtlich, wie sie grübelte.

Sie hatte mir noch keine Antwort zu der Reise in die USA gegeben. Nach der Sache mit ihrem Bruder und heute mit ihren Kommilitonen war ich nicht sicher, ob sie mitkommen würde. Von ihrer Entscheidung hing für mich indirekt ab, ob sie uns eine Chance geben würde oder ob sie sich lieber den gesellschaftlichen Konventionen ergab.

Lara scrollte durch die Nachrichten, die unzweifelhaft Reaktionen auf uns waren. Sophia war eine Tratschtante und hatte wahrscheinlich schon der ganzen Fakultät verkündet, dass Lara und ich zusammen in der Öffentlichkeit gesichtet worden waren.

Ich holte zwei Flaschen Bier aus dem Kühlschrank und ging nach draußen. Sie sah nur kurz auf, als ich die Getränke auf dem Tisch abstellte, und vertiefte sich dann wieder in ihre Nachrichten. Zum Glück war Lara ein Fliegengewicht, so hatte ich sie schnell angehoben und konnte sie auf meinen Schoß setzen. Körperliche Nähe war wichtig, um das zu erreichen, was ich wollte. Anders als sonst versuchte sie, trotzdem auf Abstand zu gehen, und schmiegte sich nicht an mich.

»Honey, warum ist es dir so wichtig, was irgendwelche Leute sagen, die weder dich noch mich richtig kennen?«

»Warum es wichtig ist? Was meinst du, warum ich in der Uni als die Vorzeige-Medizinstudentin herumlaufe? Ich bin so aufgewachsen und das sind Werte, die mir schon immer vermittelt wurden. Du musst die Familie in der Gesellschaft repräsentieren.«

Ich konnte teilweise nachvollziehen, warum es ihr so ging, denn in meiner Familie lief das ähnlich. Doch für mich war das nie ein Hindernis gewesen, meinen eigenen Weg zu gehen.

»Und du meinst, mit mir an deiner Seite repräsentierst du deine Familie nicht?« Ihre Augen weiteten sich, als ihr klar wurde, was ich ihr gerade unterstellte.

»Trav, nein! So ist das nicht!« Sie kaute auf ihrer Unterlippe herum, suchte offensichtlich nach einer Erklärung. Ich ließ ihr die Zeit, die sie brauchte, um zu einer Erkenntnis zu gelangen. »Ich kann das bloß nicht einschätzen, weißt du? Das ist das erste Mal, dass ich in so einer Situation bin, früher …« Sie führte den Satz nicht zu Ende, aber ich wusste, was sie sagen wollte. Früher hatte sie One-Night-Stands gehabt, die nie auch nur ansatzweise erwarteten, dass sie ihrer Familie vorgestellt wurden. Und sie hatte eben das auch damit vermieden.

Lara

Wie konnte ich ihm nur begreiflich machen, wo mein Problem lag, ohne ihn zu verletzen? Das war das Letzte, was ich wollte. In den vergangenen Tagen war er mir sehr wichtig geworden. Wir verbrachten jede freie Minute miteinander und es fühlte sich gut an. Okay, das mit den Stalker-Kommilitonen heute war nicht gerade optimal gewesen, aber wenn wir alleine waren, war es einfach toll.

Ich legte meine Stirn an seine Schulter, während ich nach Worten suchte. »Sollten wir nicht erst einmal schauen, ob es für uns beide passt, bevor wir unsere Familien involvieren? Vielleicht ist es einfach noch ein bisschen früh nach den paar Tagen, die wir jetzt zusammen sind.«

»Die paar Tage? Lara, es war doch schon seit Wochen klar, worauf das hinauslaufen würde!«

Für ihn vielleicht, aber nicht für mich. Ich wollte mich von ihm lösen, um aufzustehen, doch er ließ es nicht zu. Stattdessen schlang er die Arme um mich und hielt mich fest.

»Ich sollte einfach nach Hause …«

»Nein, du wirst jetzt nicht nach Hause gehen und dir überlegen, dass unsere Beziehung keine gute Idee ist«, unterbrach er mich bestimmt. Ich hob den Kopf, um zu sehen, wie sauer er war. Er sah überhaupt nicht sauer aus. Warum nicht?

»Du solltest jetzt eher wütend sein und mich nicht so angrinsen«, hakte ich nach.

»Honey, ich weiß, was in deinem Kopf vorgeht, und ich will, dass du die richtigen Entscheidungen triffst, nicht die falschen. Es ist in erster Linie wichtig, dass du merkst, was für dich gut ist und nicht für deine Familie.« Da war durchaus etwas dran – schließlich hatte ich schon damit begonnen, als ich meinen Studiengang gewechselt hatte. Und es war wirklich gut für mich.

»Warum sagst du immer so schlaue Sachen?« Travis lachte leise, als ich mich endlich entspannte und an seine Brust kuschelte.

»Ganz einfach: Erstens, weil ich inzwischen weiß, wie du tickst. Zweitens, weil ich schlau bin, schließlich habe ich einen Doktortitel. Und drittens, weil ich viel älter und weiser bin als du.«

Damit brachte er auch mich zum Lachen.

»Dann hab ich also einen schlauen, alten Mann als Freund?«, fragte ich grinsend.

»Wenn du es so willst, Honey, dann ja.«

Inzwischen verbrachte ich mehr Zeit bei Travis als in meiner eigenen Wohnung. Ich nutzte den Freitagvormittag also dafür, mal ein bisschen Ordnung in meinem Chaos zu schaffen. Mein Freund war in der Uni, also hatte er mich wohl oder übel gehen lassen müssen. Jedoch erst, nachdem ich versprochen hatte, mir nicht zu viele Gedanken zu machen. Das erste Mal, seitdem wir nach London geflogen waren, also seit sage und schreibe zehn Tagen, würde ich eine Nacht alleine verbringen. Travis hatte heute Abend noch eine Verabredung, die er seit Monaten geplant hatte, und würde erst spät wiederkommen.

Während ich meine gerade gewaschenen Klamottenstapel in den Schrank sortierte, überlegte ich, was ich mit dem angebrochenen Tag anfangen sollte. Ich merkte erst gar nicht, dass ich für meine Begriffe wirklich ordentlich war. Erst als ich eine halbe Stunde später begann, meine Küche zu schrubben, fiel mir auf, dass Travis' Ordnungswahn wohl etwas auf mich abfärbte. Er sah mich jedes Mal, wenn ich meine Sachen einfach stehen und liegen ließ, mahnend an.

Um seiner Bitte Folge zu leisten und den Abend nicht alleine verbringen zu müssen, rief ich Alina an. Sie war natürlich sofort dabei, als ich vorschlug, auszugehen. Nichts Verrücktes, wir wollten nur mal wieder unserem Lieblingspub einen Besuch abstatten.

Auf dem Weg zum Pub schrieb ich Travis schnell noch, dass ich ausging. Eigentlich war das nicht nötig, weil er selbst unterwegs war, aber ich wollte ihn einfach informieren. In meinem Bauch kribbelte es irgendwie, als mir klar wurde, dass es ein gutes Gefühl war.

Alina erwartete mich schon, ich sah ihren strafenden Blick von Weitem.

»Lara, du hast mich sträflich vernachlässigt und das nur wegen eines Mannes!«, beschwerte sie sich gespielt.

»Nein, nicht nur wegen eines Mannes, sondern wegen meines Freundes!« Alina fielen bald die Augen aus dem Kopf. »Was ist?«, fragte ich, als sie nichts dazu sagte.

»Ich habe nicht erwartet, dieses Wort in diesem Zusammenhang aus deinem Mund zu hören!« Wir lachten gleichzeitig los, weil wir genau wussten, dass sie recht hatte.

Alina brachte mich über alles, was ihre Familie betraf, auf den neuesten Stand, einschließlich neuer Fotos von den Zwillingen, ihrer Nichte und ihrem Neffen. Sie war ganz vernarrt in die beiden und ich fand sie auch sehr süß. Lange hielt sie das Thema aber nicht ab, sie forderte mich schnell auf, zu erörtern, wie es so weit hatte kommen können. Also, dass ich in Erwägung gezogen hatte, eine Beziehung einzugehen.

»Ach, ich weiß nicht«, seufzte ich. »Er ist eben so süß, es ist einfach, mit ihm Zeit zu verbringen. Und ich fühle mich wirklich wohl in seiner Nähe.«

»Ach du Scheiße!«, fluchte Alina.

»Was ist los?«

»Du hast diesen Gesichtsausdruck!«

»Was meinst du?«

»Na, du siehst so verträumt aus. Deine Augen leuchten, deine Wangen werden ganz rosig …«

»Was willst du denn damit sagen?« Ich wusste ja, dass sie ein bisschen schräg drauf war, aber das war mir noch nie untergekommen.

»Okay, Lara. Ich stelle dir jetzt drei Fragen. Wenn du mindestens zwei davon mit ›Ja‹ beantwortest, sage ich dir, was los ist.« Das klang plausibel.

»Schieß los!«, forderte ich sie auf.

»Also gut, Frage Nummer eins: Würdest du den Abend lieber mit ihm verbringen als mit mir?«

»Ja!«, antwortete ich wie aus der Pistole geschossen. Alina funkelte mich an. »Nichts für ungut, BFF.« Hoffentlich war das Lächeln, das ich ihr schenkte, so entschuldigend, wie es sein sollte.

»Ich verzeihe dir. Frage Nummer zwei: Hast du ihn darüber informiert, wo du bist, obwohl ihr euch den ganzen Tag nicht gesehen habt?«

Jetzt wurde ich rot. »Ja, als ich hierhergelaufen bin.« Alina nickte wissend.

»Hatte ich mir gedacht. So, dann kommen wir zu der alles entscheidenden Frage Nummer drei!« Jetzt wurde sie theatralisch. Sie sollte vielleicht nicht noch einen Cuba Libre trinken. »Ist der Sex mit ihm besser als mit allen anderen Männern vorher?«

Auch hier musste ich nicht allzu lange überlegen. »Ja, deutlich sogar.« Mein Grinsen war nicht zu übersehen, als ich an die letzte Nacht zurückdachte.

»Meine allerliebste beste Freundin, bist du bereit für das Ergebnis?« Ich stöhnte auf, weil sie sich aufführte wie der Moderator einer Quizshow.

»Ja, ich bin bereit.«

»Du bist verliebt«, sagte sie trocken.

»Wie bitte?« Ich hoffte, dass ich sie falsch verstanden hatte. Also mir war klar, was sie mir damit sagen wollte, aber ich führte mich doch nicht auf, als wäre ich verliebt! Oder?

»Lara, es ist soooo offensichtlich. Wenn ich dich mit einem Emoticon beschreiben müsste, wärst du im Moment der mit den Herzchen als Augen!«

Alina war schon aufgestanden, um neue Getränke zu besorgen. Das musste ich erst mal sacken lassen. Meine beste Freundin würde so etwas nicht leichtfertig sagen. Statt darüber nachzudenken, checkte ich, ob Travis mir geantwortet hatte. Mir war klar, dass das Alinas Theorie unterstützte. Als ich sah, dass er geschrieben hatte, lächelte ich.

Travis: Viel Spaß und sei brav. ;) Hast du schon deinen Flug für Montag gebucht?

Wir hatten abgesprochen, dass ich meinen Flug selbst buchen wollte, wenn ich mich entschieden hatte. Natürlich hatte ich das damit begründet, dass er mir immer noch nicht gesagt hatte, wie viel ich ihm von unserem Londonaufenthalt schuldig war. Zusätzlich konnte ich es so aber immer weiter hinausschieben und musste ihm nicht erklären, warum ich es aufschob. Ich schrieb ein kurzes »Noch nicht« zurück und steckte mein Smartphone wieder in die Tasche. Jetzt hatte er es doch noch geschafft, mir ein mulmiges Gefühl zu geben.

Man sah mir es anscheinend an, denn Alina fragte direkt, als sie wiederkam: »Was ist? Du siehst komisch aus.«

Gestikulierend versuchte ich, ihr die Situation zu schildern, die sie deutlich lockerer nahm als ich. Sie ermutigte mich, mit Travis zu fliegen und mir um die Reaktion meiner Eltern erst einmal keine Sorgen zu machen. Kein Argument, das ich vorbrachte, ließ sie gelten. Sie würde irgendwann eine ausgezeichnete Anwältin abgeben. Mein Kopf fühlte sich schon etwas schwummrig an, deshalb schwor ich mir, morgen eine Entscheidung zu treffen, bei der ich mich nur auf mein Bauchgefühl und nicht auf die potenzielle Meinung anderer verlassen würde.

Mein Bauchgefühl am nächsten Morgen war jedoch eher flau. Das lag nicht an der Entscheidung, die für heute anstand, sondern an mindestens einem Drink zu viel. Trotz des Alkohols hatte ich nicht gut geschlafen. Ständig hatte ich mich herumgewälzt, weil mir etwas zum Kuscheln gefehlt hatte. Es war ganz klar, dass mir ein Jemand gefehlt hatte, doch ich wollte mir solche Gedanken nicht eingestehen.

Mit schmerzenden Gliedern stand ich langsam auf und ging erst ins Bad, um zu duschen. Das warme Wasser fühlte sich auf meinen verspannten Schultern so angenehm an, dass ich mir ewig Zeit ließ.

Später setzte ich mich mit einer riesigen Tasse Kaffee auf den Balkon. Nebenbei scrollte ich durch alle möglichen sozialen Netzwerke, lachte über Bilder von Bekannten und blöde Sprüche. Offensichtlich trödelte ich herum. Obwohl sich meine Gedanken um Travis, seine Familie und unsere Beziehung drehten, versuchte ich, sie zu ignorieren.

Ich stöhnte resigniert auf, als mein Unterbewusstsein sich meldete. Wenn mir Travis schon nach einer Nacht so fehlte, wie sollte es dann nach Wochen sein? Wenn ich ehrlich zu mir selbst war, wusste ich längst, dass ich keine andere Wahl hatte, als mit ihm zu fliegen. Familie hin oder her.

Als ich vor meinem Notebook saß, um endlich den Flug zu buchen, der mich mit meinem Freund in die USA bringen würde, klingelte mein Handy. Family Portrait. Ich sah auf das Display und stellte fest, dass es meine Mutter war.

»Hi Mom. Wie geht's euch?« Ich hatte mich schon länger nicht gemeldet und mein schlechtes Gewissen machte sich leise bemerkbar.

»Gut, Liebes, und dir? Wie war es in London?«

»Mir geht's gut! Es war toll! Ich habe super viel gelernt, weil so viele tolle Leute da waren. Ein Professor aus Spanien hat …«

»Lara!«, unterbrach sie meinen Redeschwall. »Tim hat erzählt, du hättest einen Freund?«, fragte sie zögerlich. So als ob sie es nicht wirklich glauben könnte.

»Ja, das stimmt.« Ich versuchte, so souverän wie möglich zu klingen.

»Du könntest ihn nächstes Wochenende zum Essen mitbringen.«

»Ja also … das ist eher schlecht.«

»Wieso? Wir würden gerne den Mann kennenlernen, der dich endlich zur Vernunft gebracht hat.« So war das also? War ich vorher etwa unvernünftig gewesen?

»Mom, wir sind erst ein paar Tage zusammen, außerdem fliegen wir am Montag nach New York.«

»Du tust was?«, fragte sie schrill. Ich hielt mein Handy etwas weiter von meinem Ohr weg, um mein Trommelfell zu schützen.

»Also, er besucht seine Familie und ich habe Ferien, also …«

»Du lernst also seine Familie kennen, bevor wir ihn einmal gesehen haben?« Ich hätte wissen müssen, dass sie so reagieren würde.

»Es hat sich eben so ergeben. Er hat mich gefragt, ob ich mitkommen möchte, und ich werde dort eben zwangsläufig auf seine Familie treffen. Was ist denn so schlimm daran?«

»Was so schlimm daran ist? Du fliegst mit irgendeinem Mann auf einen anderen Kontinent und wir wissen nicht mal, wer er ist!« Sie war außer sich.

»Mom, bitte. Ich werde ihn euch schon noch vorstellen …«

»Du wirst nicht mit ihm fliegen!«, forderte sie bestimmt. Jetzt war es an mir, mal wieder die rebellische Tochter zu geben.

»Doch, das werde ich. Ich buche mir gerade einen Flug«, erwiderte ich patzig.

»Oh nein, das wirst du nicht!«

»Natürlich werde ich! Was willst du denn dagegen machen?« Ich war 25 Jahre alt, da sollte ich doch alleine entscheiden, wo und mit wem ich meine Semesterferien verbrachte.

»Nur ein kurzer Anruf reicht aus, um deine Kreditkarte sperren zu lassen.« Das konnte nicht ihr Ernst sein!

»Das ist … das ist … Unglaublich!« Ich fand keine Worte dafür, dass meine Mutter diese Karte ausspielte. Natürlich hätte ich den Flug mit meiner Kreditkarte bezahlt. Wie denn auch sonst? Sie wusste ganz genau, dass ich auf sie angewiesen war. Tagelang hatte ich gebraucht, um mich dafür zu entscheiden, Travis zu begleiten, und jetzt machte sie mir einen Strich durch die Rechnung. Ohne eine Erwiderung von ihr zu erwarten, legte ich einfach auf.

Wütend lief ich in meinem Wohnzimmer auf und ab. Am liebsten würde ich etwas gegen die Wand werfen oder etwas zerstören. Normalerweise war ich nicht so destruktiv, aber in dieser Situation konnte ich nicht anders.

Um nicht wirklich etwas kaputt zu machen, ballte ich meine Hände zu Fäusten und presste meine Zähne aufeinander. Ich ging wieder zurück auf den Balkon, um nach meinen Zigaretten zu suchen, als schon wieder mein Handy klingelte. Der Ton verriet mir, dass die Nummer des Anrufers unterdrückt wurde.

»Lara Kipp?«, meldete ich mich, nachdem ich meine Zigarette angezündet hatte.

»Lara.« Ich erkannte die sanfte Stimme meines Vaters.

»Was willst du?«, fragte ich ihn aufgebracht. Beide Elternteile an einem Vormittag – das konnte nicht gut gehen.

»Deine Mutter macht sich nur Sorgen um dich, sie meint es nicht böse.«

»Ja klar. Und du gibst ihr natürlich auch noch recht.« Ich stieß den Rauch aus meinen Lungen.

»Du sollst nicht rauchen, Kind«, ermahnte er mich, woraufhin ich nur frustriert aufstöhnte. »Ja, ich gebe ihr recht. Du solltest nicht Hals über Kopf solche Entscheidungen treffen. Wir möchten deinen Freund einfach nur vorher kennenlernen.«

»Ich habe nichts vorschnell entschieden! Und ich kann wohl selbst entscheiden, was ich mit meinem Leben anfange!«

»Natürlich kannst du das. Dennoch möchte ich dich daran erinnern, in welchen Kreisen du dich bewegst. Wir wollen nur dein Bestes und nicht, dass du dir mit einer überstürzten Entscheidung alles ruinierst. Was weißt du denn schon von ihm, wenn ihr erst ein paar Tage zusammen seid?«

»Ich … ich …« Jetzt war ich auch noch sprachlos. Ganz toll. Ich wusste nicht viel von ihm, zumindest nicht, was seine Familie betraf.

»Siehst du«, sagte mein Vater sanft. »Wenn es etwas Ernstes zwischen euch wird, kannst du immer noch mit ihm fliegen. Gib der ganzen Sachen ein paar Monate Zeit.«

Wieder tigerte ich in meiner Wohnung auf und ab. Dieses Mal jedoch nicht vor Wut, sondern vor

Nervosität. Travis würde gleich hier auftauchen und ich musste ihm sagen, dass er die nächsten Wochen alleine in New York verbringen würde. Mein Vater hatte recht. Ich war noch nicht so weit. Und ich würde mich auch daran gewöhnen, wieder alleine in meinem Bett zu schlafen und meine Freizeit anders zu verbringen. Was waren schon ein paar Wochen? Ich war schon viel länger alleine gewesen.

Travis

Es war keine gute Entscheidung gewesen, ohne Lara zu dieser Veranstaltung zu gehen. Ich hätte sie einfach fragen sollen, ob sie mich zum Sommerfest des Boxklubs begleitete. Wir veranstalteten öfter solche Events, damit wir auch die Jugendlichen, die dort ihre Aggressionen abbauen konnten, besser kennenlernten. Auch deren Eltern kamen regelmäßig mit, um sich nach den Fortschritten zu erkundigen. Jungs in dem Alter erzählten zu Hause nicht, wie es beim Sport so lief.

Ich war erst spät in meine leere Wohnung gekommen und hatte bereut, dass ich meine Freundin nicht mitgenommen hatte. Die letzten Tage hatten wir fast nur gemeinsam verbracht und auch die Nächte waren besser, wenn sie neben mir lag. Oder halb auf mir und sich, meistens nackt, um mich schlang. Ohne ihre Wärme hatte ich unruhig geschlafen. Ich stand früh wieder auf, weil es keinen Sinn machte, weiter im Bett zu liegen und zu grübeln.

Um sieben Uhr morgens gab es keine sinnvolle Beschäftigung, zu der ich mich aufraffen konnte. Ich klimperte ein bisschen auf meiner Gitarre herum, bis der Nachbar von nebenan sich mit einem lauten Klopfen an der Wand beschwerte. Dann frühstückte ich eine Schale Müsli. Das beschäftigte mich wenigstens zehn Minuten. Währenddessen las ich auf meinem Smartphone alle relevanten Nachrichten. Lara hatte sich nicht mehr gemeldet. Ich hoffte nur, dass sie endlich die richtige Entscheidung getroffen hatte.

Ich wollte weder zu aufdringlich noch zu anhänglich wirken, deshalb meldete ich mich noch nicht bei ihr. Klar war das kindisch, aber sie sollte nicht merken, wie wichtig es mir war, dass sie meine Familie kennenlernte und ich sie in meiner Nähe hatte.

Schließlich beschloss ich, ins Fitnessstudio zu fahren. Dort konnte ich mich ablenken und auspowern, was ich schon seit fast zwei Wochen nicht mehr gemacht hatte. Seit Lara. Sie brachte meine Gewohnheiten völlig durcheinander, dennoch vermisste ich nichts davon. Zumindest nicht, wenn sie bei mir war.

Nach drei Stunden ausgiebigen Trainings ging ich duschen. Als ich mich angezogen hatte, rief ich die Frau an, die ich seit mehr als vierundzwanzig Stunden vermisste. Ich stellte mir ihren Klingelton vor, bis sie sich meldete. Wir verabredeten uns in einer Stunde in ihrer Wohnung. Das gab mir noch Zeit, nach Hause zu fahren, um mich umzuziehen. Aus irgendeinem Grund war mir wichtig, wie Lara mich ansah. Ihre Augen glitzerten immer so, wenn sie meine Tattoos musterte. Mit einem Grinsen zog ich eines meiner T-Shirts aus dem Schrank und machte mich auf den Weg zu ihr.

Ungefähr zwei Sekunden nachdem ich geklingelt hatte, öffnete Lara mir die Tür mit dem Summer. Ich lief, zwei Stufen auf einmal nehmend, in den dritten Stock zu ihrer Wohnung. Sie stand im Türrahmen und schenkte mir ein Lächeln. Als sie die Tür hinter uns geschlossen hatte, drückte ich sie dagegen und küsste sie. Stürmisch, hungrig, leidenschaftlich. Es war gerade mal einen Tag her, seitdem ich sie das letzte Mal gespürt hatte, aber für meine Begriffe definitiv zu lang. Sie erwiderte den Kuss ebenso gierig und schob ihre kleinen Hände in meinen Nacken. So konnte ich sie einfach hochheben und an das Holz pressen, um ihr noch näher zu sein. Wie immer schlang sie die Beine um meine Hüften und krallte sich an mir fest. Ich löste meine Lippen von ihren, um ihren Hals zu küssen, wie sie es mochte.

»Bitte sag mir, dass ich die nächsten Wochen nicht auf dich verzichten muss«, flüsterte ich zwischen zwei Küssen. Lara versteifte sich in meinen Armen. Forschend musterte ich ihr Gesicht. Sie hatte die Lider gesenkt, wollte mich nicht ansehen. »Lara?«, fragte ich, obwohl ich bereits ahnte, wie ihre Antwort ausfiel.

»Travis, ich kann nicht«, erwiderte sie leise.

Ich hob den Blick und sah, wie sein Lächeln verschwand. So stürmisch er eben noch gewesen war, so langsam ließ er mich jetzt los, sodass ich wieder auf dem Boden stand.

»Wie meinst du das?«, fragte er leise, eine Spur Enttäuschung schwang in seiner Stimme mit.

»Es ist einfach noch zu früh, das mit uns beiden. Ich bin noch nicht dazu bereit, deine Familie kennenzulernen. Das ist ein zu großer Schritt für mich«, sagte ich. »Es tut mir leid«, fügte ich etwas kleinlaut hinzu.

Travis fuhr sich mit den Fingern durch die Haare, sodass sich einige Strähnen lösten. Ich versuchte, seinem Blick auszuweichen, doch er ließ es nicht zu. Mit einer Hand unter meinem Kinn zwang er mich regelrecht, ihn anzusehen.

»Ist das der einzige Grund?« Mein Nicken musste ausreichen, weil ich es nicht übers Herz brachte, ihn mit Worten anzulügen. Ich wusste nicht, ob er erleichtert war oder über meine Reaktion nachdachte. Er ging ohne ein Wort in mein Wohnzimmer und setzte sich auf meine Couch. Irritiert sah er sich um.

»Was ist denn hier passiert?« Er spielte auf die Ordnung in meiner Wohnung an.

»Ich hatte gestern so viel Zeit, da hab ich ein bisschen aufgeräumt …« Nervös grinste ich ihn an, was ihn endlich zum Lachen brachte. Erleichtert atmete ich aus, weil ich so eine angespannte Situation wie eben noch nie mit ihm erlebt hatte. Einladend breitete er die Arme aus und ich kuschelte mich neben ihn auf das Sofa. Eine Weile sagten wir beide nichts, denn ich wusste einfach nicht, wie ich ein entspanntes Gespräch beginnen sollte.

»Honey, ich muss dich das einfach fragen«, meinte Travis irgendwann. »Willst du mir mit deiner Entscheidung sagen, dass du unsere Beziehung nicht willst?«

»Was? Gott, nein, Trav!« Wie konnte er das denken? Ich setzte mich auf, um ihn ansehen zu können, doch er zog mich wieder in seine Arme. »Darum geht es nicht. Im Gegenteil. Ich will nur nicht, dass andere Leute jetzt schon Einfluss darauf haben und etwas zerstören, was gerade erst begonnen hat.« Er schüttelte den Kopf, reagierte aber nicht weiter darauf. Wieder saßen wir schweigend da. In meinem Bauch breitete sich ein flaues Gefühl aus, ich konnte aber nicht sagen, woher es kam.

»Trav?«, fragte ich nach einer Weile.

»Was ist, Honey?«

»Ich bin in diesen Beziehungssachen nicht so gut …«, gab ich zerknirscht zu. Als er leise lachte, spürte ich die Vibrationen in seiner Brust.

»Das hab ich schon gemerkt. Aber das kriegen wir hin.« Über seinen Optimismus und darüber, dass ich so viel Glück hatte, musste ich einfach lächeln.

Etwas kitzelte meinen Nacken und ich brummte vor mich hin. Es war sicherlich noch nicht Zeit zum Aufstehen. Das Kitzeln hörte nicht auf, sondern wurde noch stärker. Schlaftrunken rieb ich meine Augen.

»Was?«, fragte ich genervt.

»Honey, ich will dich noch einmal küssen, bevor ich losmuss.« Schlagartig war ich wach. Ich drehte mich um und sah Travis, schon komplett angezogen, neben mir liegen.

»Aber es ist erst … früh!«, beschwerte ich mich. Ich wollte nicht, dass er schon wegmusste, denn ich würde ihn so lange nicht sehen. Woran ich selbst schuld war, das war mir klar. Travis lächelte herzerweichend, als ob er meine Gedanken gelesen hätte.

»Ich weiß, aber ich war das ganze Wochenende hier und ich muss noch packen. In drei Stunden muss ich am Flughafen sein.«

Bei seinen Worten kuschelte ich mich an ihn und umschlang ihn fest. Er musste sich wirklich ins Zeug gelegt haben, meiner nächtlichen Umarmung zu entkommen. Er lachte leise und streichelte meinen Nacken.

»Honey, bitte. Ich hab dich extra länger schlafen lassen.«

Seufzend rückte ich ein Stück von ihm weg, um ihn anzusehen. Wir hatten das ganze Wochenende in meiner Wohnung verbracht. Auch wenn wir es nicht ausgesprochen hatten: Travis wusste, dass ich noch mehr Gründe hatte, nicht mitzufliegen, und er war enttäuscht. Ich war auch enttäuscht – von mir selbst. Und ich war traurig, weil wir so lange getrennt sein würden. In eineinhalb Tagen und zwei Nächten hatten wir versucht, unsere Reserven an Streicheleinheiten, Küssen und Sex zu füllen, um mindestens vier Wochen zu überstehen.

Die dunkelblauen Augen meines Freundes hielten meinen Blick gefangen. Er sah mich voller

Zärtlichkeit, aber auch ein wenig traurig an. Nach einer Weile hielt ich es nicht mehr aus und zog ihn zu mir, sodass ich ihn küssen konnte. Seine Lippen lagen weich und warm auf meinen, seine Zunge erforschte meinen Mund träge. Ich ließ mich ganz in diesen Moment fallen und blendete aus, dass dies hier ein Abschied auf Zeit war.

Als er sich von mir löste und aufstand, zog sich mein Magen zusammen. Er lächelte mich wehmütig an. Ein letztes Mal beugte er sich herunter und küsste noch einmal kurz meine Lippen.

»Ich melde mich, wenn ich angekommen bin, Honey. Schlaf noch ein bisschen.« Damit drehte er sich um und ging.

Kapitel 11

Lara

Schlafen! Von wegen! An Schlaf war nicht mehr zu denken. Seitdem Travis meine Wohnung verlassen hatte, plagte mich mein schlechtes Gewissen mehr als zuvor. Ich hätte ihn nicht gehen lassen sollen. Oder ich hätte mitgehen sollen! Das wäre das Beste gewesen. Aber ich war mal wieder zu feige gewesen, mich meinen Eltern und meinen Ängsten zu stellen. Travis war gut für mich, wir passten super zusammen. Wir hatten Spaß und mochten uns gern. Ich vermisste ihn, wenn er nicht da war. Drei Stunden war er jetzt weg, in denen ich nun den vierten Kaffee trank und gefühlt die zehnte Zigarette rauchte. Das war doch nicht normal! Und so sollte das noch wochenlang gehen?

Ich warf das Buch, das ich gerade vorgab zu lesen, auf den kleinen Tisch auf meinem Balkon und hätte fast die große Kaffeetasse damit heruntergeworfen. Ich schnaubte vor mich hin, obwohl ich wusste, dass es weder jemand hörte noch etwas brachte. Heute würde ich wohl gar nichts auf die Reihe bekommen. Um wenigstens irgendetwas zu tun, holte ich mein Smartphone und mein Notebook aus dem Wohnzimmer und setzte mich wieder in die Sonne.

Gelangweilt checkte ich meine E-Mails und sonstige Nachrichten, bis es Zeit war, dass Travis' Flug abhob. Auf einer Website, auf der man Flugzeuge tracken konnte, gab ich seine Daten ein und sah, dass die Maschine bereits in der Luft war.

Die nächsten zwei Stunden beobachtete ich den Monitor mit dem kleinen Flugzeugsymbol darauf und verfolgte, wie es über England, Irland und schließlich den Atlantik flog. Hiermit war es amtlich: Wir befanden uns nicht einmal mehr auf dem gleichen Kontinent.

Mein Handy vibrierte auf dem Tisch. Über das Wochenende hatte ich den Ton ausgestellt, weil ich in den letzten Stunden mit Travis nicht gestört werden wollte. Das Display zeigte an, dass Alina mich anrief.

»Hey …«, meinte ich lahm.

»Hey Süße, was machst du? Jetzt, wo dein Romeo nicht mehr da ist?« Sie war auffallend fröhlich für einen Montag. Aber gut, wir hatten Ferien.

»Travis stalken.«

»Was? Aber er müsste doch gerade im Flugzeug sitzen!«

»Dann stalke ich eben sein Flugzeug. Willst du mir Gesellschaft leisten?« Alina lachte laut.

»Alles klar, ich bin in einer halben Stunde da!«

Wenigstens war ich dann nicht mehr alleine.

Alina brachte Sekt und Popcorn mit. Gemeinsam saßen wir vor dem Monitor und beobachteten das Flugzeug, das weiter Richtung Nordamerika flog. Anfangs fand meine Freundin das noch interessant, bis sie meinte: »Lara, ein bisschen krank ist das schon, oder?« Sie sah mich skeptisch von der Seite an.

»Mir doch egal«, brummte ich. »Ich hätte in dem Flugzeug sitzen sollen, verdammt! Neben Travis! Und was mache ich? Hier sitzen und auf mein Notebook und ein virtuelles Flugzeug starren, nur um zu wissen, wo er ist! Gott, bin ich armselig …« Seufzend stützte ich mein Kinn in meine Hände. Trotz aller Armseligkeit ließ ich Travis' Flugzeug nicht aus den Augen.

»Und warum sitzt du dann nicht neben ihm?«, fragte Alina zögerlich nach meinem Ausbruch.

Ich schilderte ihr die Gespräche mit meinen Eltern und meine eigenen Zweifel. Meine beste Freundin durchschaute mich natürlich wie üblich.

»Du hast Angst, dass seine Familie dich nicht mag und er sich davon beeinflussen lässt«, stellte sie fest.

»Natürlich habe ich das! Und wenn das nicht der Fall sein sollte, muss ich ihn irgendwann meinen Eltern vorstellen. Du weißt, was Tim abgezogen hat – was denkst du, wie Mom und Dad reagieren?«

»Ach Süße, das ist echt eine bescheuerte Situation. Jetzt bist du einmal verliebt …«

»Bin ich nicht!«, rief ich dazwischen. »Ich hab ihn halt sehr gern und genieße die Zeit mit ihm!«

»Okay … jetzt hast du einmal jemanden sehr gern und dann grätscht dir deine Familie da rein.«

»So sieht's aus.«

Travis

Seit Lara mir eröffnet hatte, dass ich alleine nach New York fliegen musste, wurde ich mein mulmiges Gefühl nicht los. Ich ahnte, dass mehr dahintersteckte, als sie sagen wollte, aber konnte es nicht greifen. Kurz bevor ich ihre Wohnung verlassen hatte, hatte ich tatsächlich überlegt, in Deutschland zu bleiben, bis ich sie überredet hatte, mitzukommen. Ganz offensichtlich wollte sie genauso wenig wie ich, dass über mehrere Wochen ein ganzer Ozean zwischen uns lag. Aber sie war eben ein Sturkopf. Sie hatte irgendwann aus irgendwelchen Gründen entschieden, mich nicht zu begleiten. Und diese Entscheidung umzukehren, würde schwierig werden.

Ich hätte am Wochenende versuchen können, sie umzustimmen, doch ich kannte sie gut genug, um zu wissen, dass das nicht helfen würde. Als ich meinen Koffer gepackt und ins Auto geladen hatte, begann eine Idee, in meinem Kopf zu reifen. Ich brauchte definitiv einen Plan, um sie zu mir zu locken. Sie musste nur selbst darauf kommen. Oder wenigstens das Gefühl haben.

Der Check-in und die Sicherheitskontrollen gingen dank Businessclass-Ticket wie gewohnt reibungslos vonstatten. Als ich in der Lounge noch einen Kaffee trank, musste ich lächeln, weil ich an unseren Aufenthalt hier vor ein paar Tagen denken musste. Bevor ich zum Gate ging, schoss ich noch ein Foto von dem Arbeitsbereich, in dem sie mich bei unserem letzten Besuch hier fast um den Verstand gebracht hatte.

Ich hatte fast neun Stunden während des Fluges Zeit, meinen Plan auf den Punkt zu bringen. Noch vor ein paar Tagen hatte ich mir vorgestellt, was ich mit Lara in dieser Zeit machen könnte, doch jetzt musste ich eben umdisponieren. Glücklicherweise gab es inzwischen in den Maschinen bei Transatlantikflügen WLAN, sodass ich einige Recherchen anstellen konnte. Zusätzlich tauschte ich ein paar Nachrichten mit meinem Bruder aus, der im Moment auch einige freie Tage hatte. Akribisch arbeitete ich eine Strategie aus, wie ich meine Freundin so neugierig machen konnte, dass sie doch noch in ein Flugzeug stieg und über den Großen Teich zu mir flog. Mein Ziel war, sie spätestens in einer Woche wieder in meinen Armen halten zu können.

Ein gutes Zeichen dafür war, dass sie mich heute Morgen nur ungern hatte gehen lassen. Ich hatte in der letzten Nacht kaum geschlafen, weil ich hauptsächlich darüber nachgedacht hatte, was Lara bewog, in Deutschland zu bleiben. Und ich wollte einfach ihre Nähe genießen, an die ich mich in den letzten Tagen so sehr gewöhnt hatte.

Dank der Aufgabe ging der Flug recht schnell vorbei. Josh würde mich gleich abholen, da mein Wagen in der Tiefgarage des Appartementhauses stand, in dem meine Wohnung war. Also blieb mir nur noch, als einer der ersten aus dem Flugzeug zu steigen und die nervige Immigration-Prozedur hinter mich zu bringen. Glücklicherweise dauerte das in der Regel so lange, dass mein Koffer schon auf dem Gepäckband herumlag. Ich schnappte ihn mir schnell und ging zum Ausgang, wo Josh mich schon erwartete.

Er grinste mich breit an und umarmte mich.

»Hey Mann, schön, dass du wieder hier bist. Lass uns losfahren und die Mission erfüllen!«

Lara

Ich hatte den ganzen Tag damit vertrödelt, Travis zu stalken und mit Alina zu rätseln, was wir wegen meiner Eltern unternehmen wollten. Als das Flugzeug um acht Uhr unserer Zeit endlich gelandet war, hatte sich meine Freundin auf den Weg nach Hause gemacht. In New York war es gerade Mal früher Nachmittag und laut Wetterbericht sonnig und knapp dreißig Grad warm. Natürlich hatte ich es nicht lassen können, in den Wetterbericht zu schauen.

Nachdem ich den Salat, den ich mir zum Abendessen zusammengestellt hatte, bis auf den letzten Rest gegessen hatte, piepte mein Smartphone. Travis hatte versprochen, sich zu melden, wenn er angekommen war, und ich hoffte, dass er es auch tat. Ich wusste zwar theoretisch schon, dass er gelandet war, aber egal …

Travis: Hey! Bin gut gelandet.

Okay, ein bisschen wenig Information.

Lara: Gut! Grüße die Freiheitsstatue von mir!

Daraufhin kam erst einmal nichts. Toll. Umsonst gefreut. Ich ging duschen, denn der heiße Sommertag war zwar noch nicht zu Ende, aber eine kleine Abkühlung war für meinen Körper und meinen Verstand bestimmt sinnvoll. Eine knappe Stunde später kündigte mein Handy wieder eine Nachricht an. Dieses Mal war es ein Foto: mein superheißer Freund mit Sonnenbrille und die Freiheitsstatue im Hintergrund. Ich grinste vor mich hin, als ich wie sooft seine Tattoos bewunderte, die auf dem Bild besonders in Szene gesetzt wurden.

Lara: Sieht heiß aus!
Travis: Die Freiheitsstatue oder ich? ;)
Lara: Das Wetter. :P
Travis: Mhh … ich musste den ganzen Flug an dich denken und du kommentierst das Wetter …

Daraufhin schickte er noch ein Foto. Erst hatte ich keinen Schimmer, was darauf zu sehen war, nach einigen Überlegungen erkannte ich die Arbeitsnische aus der Businessclass-Lounge. Ja, das war … auch heiß gewesen.

Lara: Oh ja, diese Erinnerungen. ;)
Travis: Siehst du, was du mir antust? ;)

Als ich an den Flug und die anschließende Nacht in London dachte, grinste ich vor mich hin. Travis schaffte es doch tatsächlich, dass ich überlegte, ihm hinterherzufliegen. Weil ich ahnte, was er vorhatte, antwortete ich ihm vorsichtshalber nicht mehr. Das würde ich die nächsten Wochen zwar nicht durchhalten, dennoch war es einen Versuch wert.

Ich verschickte noch ein paar Nachrichten an Jane und ein paar andere Patienten, um zu fragen, ob sie in den nächsten Wochen meine Unterstützung brauchen würden. Leider hatte meine Chefin schon alle

Aufgaben anderweitig vergeben, weil ich angedeutet hatte, dass ich nicht verfügbar sein würde. Also würde ich hier wohl auch keine Ablenkung finden.

Am nächsten Tag besuchte ich trotzdem Jane, die mir eine Standpauke hielt, weil ich hier war und nicht bei meinem Freund. So hatte ich sie noch nie erlebt. Man konnte meinen, dass sie wirklich sauer auf mich war.

»Lara, ich kann das wirklich nicht glauben! Nur weil deine Eltern meinen, sie könnten dein Leben bestimmen, sitzt du hier und bist unglücklich. Und Travis ist fünftausend Kilometer entfernt und muss unglaublich enttäuscht sein.«

»Ich weiß«, erwiderte ich kleinlaut.

»Mir ist klar, dass du vorher nie in so einer Situation warst, aber lass mich dir eins sagen: Wenn ich könnte, wäre ich jetzt bei den Menschen, die ich liebe, und nicht allein hier. Du solltest dein Leben, oder auch nur ein paar Wochen davon, nicht verschwenden. Glaub mir, ich weiß, wie das ist. Ich bereue jede Minute, die ich vor dem Unfall nicht mit meiner Familie verbracht habe.«

Mein Magen zog sich bei ihren Worten zusammen. Sie hatte so Schreckliches erleben müssen und ich saß hier und jammerte. Und wenn sie es so sagte, war mir völlig klar, dass der Fehler bei mir lag.

Jane rollte durch die Küche und holte Getränke aus dem Kühlschrank. Sie goss mir ein Glas Eistee ein und musterte mich mit einem nachdrücklichen Blick. Mir fiel keine sinnvolle Erwiderung ein, da alle Worte, die ich fand, nicht ausreichend gewesen wären. Ich nickte leicht, um ihr zu signalisieren, dass ich sie verstanden hatte. Der Ausdruck in ihren Augen wurde milder.

»Süße, denk darüber nach. Ich weiß, du wirst nicht zugeben, dass du verliebt bist, aber alle außer dir sehen es ganz deutlich. Überleg, was das Beste für dich ist. Und auch für Travis – ich denke, er ist ein guter Kerl.«

Da hatte sie natürlich recht. Travis war toll. Diese Beziehungssache war zwar so nicht geplant gewesen, aber ich hatte eben vorher auch nicht gewusst, wie das war. Er hatte mir zu keiner Zeit das Gefühl gegeben, dass er es für wichtig hielt, wie meine Familie reagierte.

Mein Smartphone piepste in meiner Tasche und ich musste schon grinsen, als ich nur die Benachrichtigung sah, dass mein Freund wieder ein Foto geschickt hatte. Bei ihm war es gerade erst neun Uhr. Ich vergrößerte das Bild mit einem Klick und erkannte Travis' Hand, die eine Tasse Kaffee hielt, und den Ausblick auf einen Park. Wieder musterte mich Jane nachdenklich, was ich nur aus dem Augenwinkel sah. Wie gebannt starrte ich auf das Display, denn die App zeigte an, dass mein Freund gerade noch etwas schrieb.

Travis: Guten Morgen, Honey. Ich denke an dich. :)

Mein Grinsen wurde noch breiter, wenn das überhaupt möglich war. Am liebsten hätte ich mir jetzt mein Handy an die Brust gedrückt und verliebt aufgeseufzt wie in einer kitschigen Schnulze. Ich konnte mich gerade noch davon abhalten. Kurz sah ich zu Jane, die offenbar gerade meine Gedanken las und laut lachte.

Sie zwinkerte mir zu und meinte nur: »Noch Fragen?«

Es war, als hätten sich alle gegen meinen Entschluss verschworen. Ich versuchte, mich abzulenken, doch ich fand fast keine Gelegenheiten. Am Mittwoch fuhr ich hinaus zu Alina, um zu sehen, ob ich irgendetwas tun konnte. Ich hatte zwar nichts mit Pferden am Hut, aber auf dem Gestüt von Alinas Mutter gab es eigentlich immer etwas zu tun. Wie immer stellte ich mein Auto neben Alinas auf dem riesigen Vorplatz des Anwesens ab und ging direkt in den Garten, da ich von dort lautes Gelächter hörte.

Jetzt war mir auch klar, warum sie mir nicht geantwortet hatte. Sie saß auf einer Decke im Gras und die Zwillinge krabbelten um sie herum. Ich ließ mich neben ihr nieder, obwohl sie mich noch nicht bemerkt hatte. Erst als ich mich an sie lehnte, schenkte sie mir ihre Aufmerksamkeit.

»Hey Süße, was führt dich nach hier draußen?«, fragte sie direkt.

»Ablenkung …«, brummte ich.

»Was macht Travis so?«, neckte sie mich gleich. Ich sah auf meine Uhr.

»Er wird sich wohl später melden, es ist erst sieben Uhr morgens drüben.« Ich wollte es nicht zugeben, aber ich freute mich jetzt schon auf seine Nachricht. »Haben Louisa und Aaron heute mal frei?«, fragte ich, weil Alina gerade ihren Neffen Henry wieder zurück auf die Decke bugsieren musste.

»Ja, sie brauchen einfach mal Zeit für sich. Aaron arbeitet zu viel und die beiden sehen sich kaum.«

»Und da haben sie dich als Babysitter eingespannt?«

Alina lachte. »Bist du verrückt? Es hat mich wirklich Zeit und Nerven gekostet, Aaron davon zu überzeugen, dass die beiden sich heute freinehmen sollen. Er ist so vernarrt in die beiden.« Ich nickte, weil ich Aaron kannte und wusste, wie beschützend er war. Vor allem bei seiner Freundin Louisa und den Babys.

Wir spielten noch eine Weile mit den beiden, bis sie quengelig wurden. Als es Zeit für den Mittagsschlaf war, übergaben wir sie an Ines, Alinas Mom, die doch noch besser wusste, was die Kleinen brauchten.

Nachdem wir wieder im Schatten draußen saßen, wartete ich gespannt auf Travis' Nachricht. Immer wieder schielte ich zu meinem Smartphone, das neben mir auf der Decke lag, doch es tat sich nichts. Alina unterbrach den Satz, den sie gerade begonnen hatte.

»Willst du mir auch deine Aufmerksamkeit schenken, oder ist dein Telefon interessanter?«, fragte sie amüsiert.

»Sorry …«, erwiderte ich lahm.

»Er hat sich noch nicht gemeldet? Es ist jetzt schon elf Uhr in New York!«, stellte sie mit einem Blick auf die Uhr fest. Als ob ich das nicht wüsste. Wieder überprüfte ich, ob ich überhaupt Empfang hatte, was Alina zum Lachen brachte.

»Lara, du bist echt unglaublich. Wie lang gedenkst du denn, dieses Spiel noch zu treiben?«

Ich zuckte mit den Schultern. »Keine Ahnung, so lang, wie ich es aushalten kann?« Es war mehr eine Frage als eine Feststellung.

»Süße, meinst du nicht, dass es einfacher wäre, zu ihm zu fliegen, anstatt wochenlang nur auf seine Nachrichten zu warten?«

»Ja, aber …«

»Es gibt kein ›aber‹!«, unterbrach sie mich. »Was passiert denn, wenn er irgendwann keine Lust mehr auf dein Spielchen hat?«

Wenn – was? Diese Möglichkeit war mir tatsächlich noch nicht in den Sinn gekommen. Mein Freund war ganz alleine Tausende Kilometer entfernt und er war heiß! Das mussten auch andere Frauen bemerken. Und wenn er dann dem überdrüssig wurde, einfach nur Nachrichten zu schreiben?

»Verdammt!«, fasste ich meine Gedankengänge zusammen. »Denkst du, Travis würde …?« Weiter kam ich nicht, weil ich es nicht aussprechen wollte.

»Nein, ich glaube nicht, dass er dich betrügen würde. Aber du solltest es auch nicht provozieren.« Ich atmete langsam ein und aus, weil es mich irgendwie leicht panisch werden ließ, wenn ich darüber nachdachte, was Travis in den USA trieb, und dass ich nicht dabei war. Ich war nicht eifersüchtig, dennoch hatte ich kein gutes Gefühl.

Ich war erst erleichtert, als ich wieder zu Hause war und Travis doch noch ein Foto schickte. Es zeigte einen riesigen Burger mit Pommes, was mich zum Lächeln brachte. Immer nur Kaffee wäre ja auch langweilig.

Travis: Die Burger musst du probieren! Es gibt nirgendwo bessere! Ich esse für dich mit, Honey. :*

Den Abend verbrachte ich mit gemischten Gefühlen auf meinem Balkon. Das Buch, das ich gerade las, konnte mich nicht vollständig fesseln, meine Gedanken wanderten immer wieder zu meinem

Freund. Dass ich nebenbei »The Strange« hörte und so natürlich an ihn erinnert wurde, tat sein Übriges.

Mitten in der Nacht – ich schlief immer noch unruhig – weckte mich der Nachrichtenton meines Handys, das neben mir auf dem Nachttisch lag. Ich überlegte eine Weile, ob ich die Nachricht ansehen sollte. Sie konnte nur von Travis sein, denn morgens um vier Uhr war wohl kaum ein Mensch auf diesem Kontinent wach. Nach einer halben Stunde hielt ich es nicht mehr aus und las, was er geschrieben hatte.

Travis: Ich vermisse dich in meinem Bett …

Travis

Abwartend starrte ich auf das Display. In Deutschland war es vier Uhr morgens, keine Ahnung, ob sie die Nachricht überhaupt lesen würde, aber ich konnte nicht anders. Lara quälte mich mit ihrem Schweigen, doch ich sah sonst immer, dass sie meine Nachrichten fast sofort las. Als ob sie darauf warten würde. Ich lächelte ein wenig, als ich erkannte, dass es wahrscheinlich so war.

Immer wieder tippte ich auf den Bildschirm, damit er nicht dunkel wurde und ich womöglich ihre Reaktion verpassen würde. Als nach einer halben Stunde nichts passierte, gab ich es auf. Mit fast hundertprozentiger Wahrscheinlichkeit schlief Lara tief und fest und hatte die Mitteilung gar nicht mitbekommen. Ich legte das Handy neben mich auf das Bett und starrte an die Decke. Wie abhängig konnte man eigentlich von den kleinsten Reaktionen einer Frau werden?

Es piepte und ich konnte es fast nicht fassen.

Lara: Ich dich auch …

»Yes!«, rief ich, obwohl die anderen schon alle in ihren Betten lagen. Ich freute mich über drei Worte meiner Freundin mehr als alles andere.

Josh kam in mein altes Kinderzimmer gestürmt, das ich bezogen hatte, weil ich das Wochenende bei meinen Eltern und mit meinem Bruder verbringen wollte.

»Was ist?«, fragte er verwundert, als er mein breites Grinsen sah. »Hat sie endlich geantwortet?«

»Jep«, erwiderte ich nur voller Stolz. Meine Güte, das war echt ein bisschen krank.

»Gut, du bist auch fast nicht mehr auszuhalten.« Josh grinste zurück, weil er wusste, wie wichtig Lara für mich geworden war. »Morgen holen wir zum finalen Schlag gegen ihren Starrsinn aus.« Er wartete keine Antwort ab, sondern schloss einfach wieder die Tür hinter sich.

Um acht Uhr morgens hämmerte ich an Joshs Zimmertür.

»Josh! Zeit für den Strand!« Ich hörte nur ein Brummen und ging nach unten in die Küche. Meine Eltern saßen wie immer schon am Tisch und tranken Kaffee. Ich nahm mir eine Tasse und setzte mich an den Tisch, um auf Josh zu warten, der mir bei dem Ausführen meines Plans helfen würde. Wir hatten genau geplant, was ich Lara zu welchem Zeitpunkt schicken würde. Wir hatten zwar noch ein paar Asse im Ärmel, aber ich war sicher, dass sie auf das Finale reagieren würde. Fast sicher. Ich hoffte es zumindest.

Mein Bruder kam verschlafen in die Küche, hatte aber schon alles, was wir brauchten, dabei. Ich drückte ihm einen Thermobecher in die Hand und schob ihn förmlich nach draußen. Meine Eltern betrachteten das Schauspiel belustigt. Ich hatte sie nicht einweihen wollen, weil ich nicht wusste, ob mein Plan funktionierte.

Um diese Uhrzeit war es zwar in den Hamptons noch nicht besonders warm, aber das war mir egal. Wir gingen den kleinen Weg hinter dem Haus zum Strand herunter, der noch menschenleer war. Möwen zogen schon ihre Kreise und die Wellen verliefen seicht im Sand.

»Showtime!«, brummte Josh.

Wie geplant schickte ich Lara das Selfie von Josh und mir und wartete. Einige Sekunden später war sie online und die beiden blauen Häkchen erschienen. Sie hatte es gesehen. Ich setzte mich in den Sand neben Josh, der mir etwas von seinem Kaffee anbot. Ich schüttelte nur den Kopf und starrte weiter auf mein Handy. Mein Bruder sagte nichts, wartete einfach nur mit mir ab. Einige Minuten später kam eine Nachricht.

Lara: LH400, geplante Ankunft: Samstag 13:45 EST, JFK.

Kapitel 12

Lara

Trotz aller Warnungen meiner Mutter buchte ich den Flug mit der Kreditkarte. Travis wusste wirklich, was er tat. Wie hätte ich nach einem Selfie von Josh (der tatsächlich nebensächlich war) und meinem Freund – ohne T-Shirt – am Strand widerstehen können?

Auf die Mitteilung mit meinen Flugdaten kam nur ein grinsender Smiley zurück. Ich wusste, dass er mir mein Schweigen ein bisschen heimzahlen wollte, und war ihm alles andere als böse. Natürlich hatte ich es verdient, aber das war jetzt egal, denn in etwas mehr als vierundzwanzig Stunden würde ich bei ihm sein.

Obwohl ich nicht einmal wusste, wie lange er dauern würde, organisierte ich alles für ein paar Wochen Urlaub. Mithilfe meiner besten Freundin (die im Übrigen endlich zufrieden mit mir war), packte ich meinen Koffer mit allem, was nötig war. Da ich keine Ahnung hatte, was wir machen würden, füllte ich den Koffer einfach mit einer bunten Auswahl meiner Klamotten. Travis hatte eine Hochzeit erwähnt, deshalb war auch ein Cocktailkleid inklusive der passenden Accessoires dabei. Am Ende war ich sehr zufrieden mit mir. Und vor allem froh, dass ich Travis bald wiedersah. Fünf Tage ohne ihn waren kaum auszuhalten gewesen. Ich erkannte mich selbst kaum wieder.

Natürlich gab ich noch Jane Bescheid, dass ich erst einmal weg sein würde. Auch sie freute sich, dass ich endlich zur Vernunft gekommen war.

Während sich in den vergangenen Tagen die Stunden wie Tage angefühlt hatten, verging die Zeit bis zu meinem Flug wie im Zeitraffer.

Alina fuhr mich zum Flughafen, weil ich die horrenden Gebühren im Parkhaus nicht zahlen wollte. Abgesehen davon, dass ich nicht wusste, wie lang ich weg sein würde, war noch nicht einmal klar, ob ich bei meiner Heimreise noch eine funktionierende Kreditkarte haben würde. Ich hatte meinen Eltern absichtlich nicht Bescheid gesagt, war aber sicher, dass sie innerhalb kürzester Zeit merken würden, dass ich weg war. Sie hatten schon immer ein gutes Bauchgefühl dafür gehabt, wenn ich etwas anstellte, was sie mir verboten hatten.

Während der Sicherheitskontrollen war ich wirklich zappelig, weil ich mich so freute. Hoffentlich wirkte ich nicht kriminell oder so.

Zum Glück lief alles glatt – der Flug war pünktlich, wir starteten ohne Probleme und endlich war ich auf dem Weg zu Travis. Jetzt musste ich nur noch neun Stunden warten. Super. In einer Blechbüchse, wo ich nichts tun konnte, außer mir alte Filme anzusehen oder zu lesen. Für Letzteres war ich zu nervös, also wartete ich erst einmal ab, bis wir unsere Flughöhe erreicht hatten. Ich saß leider am Gang, weil so spontan kein anderer Platz verfügbar gewesen war. Als die Anschnallzeichen erloschen, informierte uns der Pilot darüber, dass wir jetzt gerne die WLAN-Verbindung unserer Smartphones einschalten dürfen. Dann konnte ich wenigstens noch ein bisschen was machen.

Sofort als ich die Verbindung herstellte, sah ich, dass Travis mir geschrieben hatte.

Travis: Hast du WLAN?

Scherzkeks. Das war vor ein paar Minuten gewesen. Vielleicht stalkte er mich ja genauso wie ich ihn?

Lara: Ja!
Travis: Gut. Ich kann es kaum erwarten, dass du landest.
Lara: Ich auch nicht. :)

Travis unterhielt mich quasi den ganzen Flug mit Nachrichten. Zwischenzeitlich hatte er mal etwas zu tun, dann beschäftigte ich mich anderweitig. Als die Flugzeit sich dem Ende neigte, wurde ich etwas nervös wegen der Landung.

Lara: Ich hab meinen persönlichen Flugbegleiter nicht dabei. :(
Travis: Sag mir kurz Bescheid, wenn du dein Handy ausmachen musst. Ich denke an dich, du denkst an mich und was ich tun würde, wenn ich bei dir wäre. Ganz einfach. ;)

Seine Nachricht zauberte mir ein Lächeln ins Gesicht. Natürlich musste ich an unseren letzten gemeinsamen Flug denken – und was passiert war, als wir in London gelandet waren. Ich schloss die Augen, nachdem ich Travis Bescheid gesagt hatte, und versuchte, die Landung mit meinen Erinnerungen auszublenden. Das funktionierte erstaunlich gut.

Als ich alle Kontrollen erfolgreich passiert hatte, sah ich mich in der Ankunftshalle um. Nach nur ein paar Sekunden entdeckte ich Travis, der tatsächlich kaum zu übersehen war. Ich eilte mit meinem Koffer in seine Richtung. Als er mich erblickte, sah er mich freudestrahlend an und kam durch die Menschenmenge auf mich zu.

Es war irgendwie magisch (und auch kitschig), wie sich unsere Blicke ineinander verwoben, während wir die Distanz überbrückten. Als er nur noch zwei Meter von mir entfernt war, verließ mich die Geduld und ich sprang regelrecht in seine Arme. Er lachte und drückte mich fest an sich.

»Ich hab dich vermisst«, raunte er, als ich die Beine um seine Mitte geschlungen hatte.

»Ich bin bescheuert«, antwortete ich, weil es die Wahrheit war. Travis lachte nur und ließ mich nicht los. Es war mir egal, dass alle Leute uns anstarrten. »Ich hab dich auch vermisst«, hauchte ich in sein Ohr, was ihn strahlen ließ.

Einen Augenblick später lagen seine Lippen auf meinen und wir küssten uns wie berauscht. Als ob wir uns seit Jahren nicht gesehen hatten, dabei waren es nur ein paar Tage gewesen. Obwohl ich wünschte, dieser Augenblick würde nie vorbeigehen, doch irgendwann löste Travis sich zögerlich von mir.

»Hauptsache, du bist jetzt hier.« Ich legte die Stirn an seine Brust, um seine Nähe zu genießen. »Aber jetzt sollten wir die Show beenden, bevor wir noch wegen Erregung öffentlichen Ärgernisses festgenommen werden.« Ich hörte das Grinsen in seiner Stimme, wollte ihn aber nicht loslassen. Travis hatte mich jedoch (im wahrsten Sinne des Wortes) in der Hand und stellte mich langsam ab.

Er führte mich aus dem Flughafengebäude heraus zu seinem Wagen. Ich blieb davor stehen und sah ihn irritiert an. In Deutschland fuhr er seinen Porsche, hier dafür einen riesigen Geländewagen. Er schien meine Verwirrung zu verstehen und zuckte nur mit den Schultern.

»Honey, ich weiß, dass du noch nie hier warst, aber ich möchte heute nicht unsere Zeit mit Sightseeing verschwenden.« Er sah mich bittend an, ganz so, als wollte er fragen, ob das für mich okay wäre. Ich hatte mich natürlich am meisten gefreut, ihn zu sehen, doch ich wollte auch unbedingt die Stadt erkunden.

»Aber, aber … es gibt hier doch so viel zu sehen!« Wenigstens ein bisschen von New York musste doch möglich sein.

Travis stöhnte resigniert auf – ein wenig davon war auch Show – und ließ den Wagen an. Er fädelte sich in den Verkehr ein, mit dem ich sicherlich überfordert gewesen wäre. Wir sprachen nicht viel, denn er hatte mir bislang noch nicht gesagt, was wir jetzt machen würden. Er wusste genau, dass ich viel zu neugierig war. Das Einzige, was ich bemerkte, war, dass wir in Richtung Innenstadt fuhren. Die Schilder konnte ich gerade noch lesen.

Mein Freund lenkte das riesige Auto durch einen Tunnel, in Richtung Manhattan. Er bog zwei Mal ab, bis wir uns auf dem berühmten Broadway befanden, der einmal fast komplett über die Halbinsel führte. Dort fing er in einer gespielt langweiligen Touristenführer-Imitation an, die Umgebung zu erklären.

»Wir befinden uns nun auf dem Broadway. Zu Ihrer Linken sehen Sie das berühmte Kaufhaus Macy's. Rechts liegt ein hohes Gebäude namens Empire State Building …« Ich drückte mir geradezu die Nase an der Scheibe platt, um alle Eindrücke in mich aufzunehmen.

Nach ein paar Minuten moderierte Travis weiter. »Hier sehen Sie den noch berühmteren Times Square …« Na gut, bei Nacht war der wahrscheinlich noch beeindruckender. »Und jetzt kommen wir zum Central Park.« Man konnte geradezu sehen, wie die Menschen an diesem sonnigen Samstagmittag in den Park strömten, um dort ihre Freizeit zu verbringen. Wir fuhren zu meinem Erstaunen aber nicht auf dem Broadway weiter, sondern bogen erst rechts ab, um am Park vorbeizufahren. Ich bewunderte den Park und beobachtete die Leute, während wir über die Central Park West fuhren. Eine Weile ging es einfach nur weiter, Travis erwähnte nur gelangweilt einige Plätze und historische Gebäude. Am Ende des Parks bog Travis wieder zwei Mal rechts ab.

»Jetzt befinden wir uns auf der schönen Fifth Avenue, der sogenannten Upper East Side.«

Hier wohnten die reichen Menschen der City, die Häuser auf der rechten Seite waren allesamt sehr gepflegt. Die Passanten wirkten nicht ganz so stylish wie auf dem Broadway, eher so, als ob sie nach außen tragen mussten, dass sie zu einer anderen Gesellschaftsschicht gehörten. Kurz nachdem wir das Metropolitan Museum of Art passiert hatten, fuhr Travis in eine Seitenstraße zur Rückseite des Appartementkomplexes. Ein Mann öffnete das Tor zu einer Tiefgarage, nachdem er Travis' Ausweis gescannt hatte.

»Was machen wir hier?«, fragte ich, weil es offenbar nichts Tolles zu sehen gab.

»Ich wohne hier. Also werden wir erst einmal dein Gepäck nach oben bringen, damit du dich vom Flug erholen kannst.« Travis hatte eine Wohnung in einer der teuersten Straßen der Welt gemietet? Nur weil er ein paar Wochen hier verbrachte?

»Ähm … okay.«

Er parkte den Wagen und half mir beim Aussteigen, nachdem er ausgestiegen war und das Auto umrundet hatte. Ich war immer noch ein bisschen perplex. Mein Freund hingegen drückte mich an die Autotür und küsste mich wieder stürmisch. Weil ich nach ein paar Tagen so ausgehungert nach seinen Zärtlichkeiten war, erwiderte ich den Kuss ebenso leidenschaftlich.

Bevor irgendjemand uns sehen konnte, löste Travis sich wieder von mir. Er grinste mich an und zwinkerte mir zu. »Lass uns nach oben fahren.« Ich nickte nur, immer noch etwas atemlos. Mein Gepäck war schnell aus dem Kofferraum im Aufzug gebracht. Wenigstens bewohnte er nicht das Penthouse, sondern offenbar eine Wohnung im vierten Stock, wenn ich aus den Knöpfen im Fahrstuhl die richtigen Schlüsse zog.

Wieder einmal ließ er mich nicht selbst meinen Koffer bewegen, sondern zog ihn über den Flur hinter sich her bis zu einer Wohnungstür. Er bedeutete mir mit einer Geste einzutreten, als er aufgeschlossen hatte. Und ich war schon wieder sprachlos. Nach dem kleinen Eingangsbereich eröffnete sich mir ein riesiges Wohnzimmer mit einer noch größeren Fensterfront, die eine atemberaubende Aussicht auf den Central Park bot. Ich ging in den Raum hinein und sah mich um. Die Einrichtung war ähnlich wie in

Travis' Wohnung in Deutschland. Auch hier standen Fachbücher in den Regalen, ein Arbeitsplatz war eingerichtet, die Küche sah nahezu unbenutzt aus. Auf einem Sideboard standen einige Fotos, aber ich erkannte lediglich Travis und seinen Bruder Josh. Die anderen waren wohl Freunde oder seine Familie.

Wer richtete sich denn für ein paar Wochen dermaßen wohnlich ein? Das war verrückt. Offenbar war mir meine Irritation dermaßen anzusehen, dass Travis vorsichtig auf mich zukam.

»Was ist los? Gefällt es dir nicht?«, fragte er zögernd.

»Es … es ist toll, aber wieso machst du so einen Aufwand für ein paar Besuche im Jahr?«

»Was meinst du mit Aufwand? Ich habe die Wohnung eingerichtet, als meine Eltern sie mir geschenkt haben. So habe ich hier auch ein Zuhause.«

»Geschenkt??? Wie reich sind deine Eltern denn?« Das konnte sich doch kein normaler Mensch leisten!

»Ähm … na ja, ziemlich reich, denke ich. Aber das tut nichts zur Sache. Willst du duschen?« Duschen? Ich hätte lieber eine Erklärung gehabt, aber ich nickte dennoch. Vielleicht klärte sich alles auf wundersame Weise auf, bis ich damit fertig war.

Travis zeigte mir noch das Schlafzimmer mit angrenzendem Bad und wollte dann etwas zu essen bestellen. Ich drehte das Wasser auf, das aus dem Urwaldregen-Duschkopf rieselte. Als ich mich ausgezogen und daruntergestellt hatte, entspannte ich mich tatsächlich. Er hatte nie viel von seinen Eltern gesprochen, aber dass sie augenscheinlich stinkreich waren, hatte er mit keinem Wort erwähnt.

Während ich mir die Haare wusch, kam ich zu dem Schluss, dass es wirklich nichts zur Sache tat. Travis war mein Freund, wie ich ihn kennengelernt hatte. Seine Eltern spielten da keine Rolle.

Wieder im Schlafzimmer suchte ich mir bequeme Shorts und ein T-Shirt heraus und begab mich dann ins Wohnzimmer. Er stellte gerade diese lustigen kleinen Pappschachteln vom Chinesen auf den Esstisch. Er hatte schon alles vorbereitet, mit Besteck, Tellern und … hach … er hatte sogar Blumen.

Ich legte von hinten meine Arme um seine Mitte und kuschelte mich an ihn – ich hatte wirklich Entzugserscheinungen.

Travis

Ich konnte kaum begreifen, wie froh ich war, Lara hier bei mir zu haben. Die letzten Tage waren im Nachhinein noch anstrengender gewesen, weil ich sie so sehr vermisst hatte. Als sie jetzt ihre zierliche Gestalt an mich drückte, verspürte ich ein leichtes Kribbeln dort, wo sie mich berührte.

Das Einzige, was mich verwirrte, war ihre Reaktion auf meine Wohnung. Hatte ich meine Eltern nie wirklich erwähnt? Na ja, prinzipiell war das gar nicht wichtig, doch Lara schien geradezu schockiert über mein Zuhause zu sein. Für mich war das vollkommen normal, ich kannte meine Familie schließlich schon mein ganzes Leben lang und wusste, dass auch meine Eltern und Geschwister eine Wohnung in Manhattan hatten. Das kam eben davon, da mein Vater in der Immobilienbranche tätig war. Gerne hätte ich ihre Berührungen weiter genossen, doch Lara musste erschöpft vom Flug und vom Jetlag sein.

»Honey, das Essen wird kalt«, bemerkte ich lahm. Lara brummte lediglich, ich konnte die Vibration an meinem Rücken spüren. »Lara, wir haben nachher noch genug Zeit, du musst Hunger haben. Auch in der Businessclass gibt es nur Flugzeugessen.« Unvermittelt ließ Lara ihre Arme fallen, so konnte ich mich umdrehen und in ihr fragendes Gesicht blicken.

»Wie kommst du darauf, dass ich Businessclass geflogen bin? Weißt du, wie teuer das ist? Ich habe sowieso schon das Geld meiner Eltern für den Flug ausgegeben.« Wieder war ihr Gesichtsausdruck nahezu schockiert.

»Du hättest mich doch fragen können!« Natürlich wusste ich, was der Flug kostete, schließlich buchte ich ihn mindestens zweimal im Jahr.

»Trav, bis vor einer halben Stunde dachte ich noch, dass du lediglich vom Gehalt eines Uni-Dozenten lebst. Wie hätte ich wissen sollen, dass das Peanuts für dich sind? Außerdem will ich dir nicht auf der Tasche liegen.«

Mein Gott, sie war so süß. Ich küsste sie kurz auf die Lippen und schob sie dann zu ihrem Stuhl, damit sie endlich etwas aß.

»Honey, ich habe dich nach New York eingeladen, also liegst du mir nicht auf der Tasche, sondern bist mein Gast.«

Sie schnaubte nur, nahm aber das Besteck und lud sich Nudeln, Reis und Gemüse auf den Teller. Offenbar war sie ziemlich hungrig, denn bevor sie weiter diskutierte, aß sie erst ein paar Happen.

»So bin ich einfach nicht. Es reicht schon, wenn ich mich bis zum Ende meines Studiums von meinen Eltern aushalten lasse.«

»Lara, deine Eltern können es sich locker leisten, deinen Lebensunterhalt zu bestreiten.« Laras Familie war sicherlich nicht arm – im Gegenteil. Sie funkelte mich herausfordernd an, sagte aber nichts mehr dazu. Dafür begann sie nach ein paar Minuten zu fragen, was ich in den letzten Tagen gemacht hatte. Als ich ihr erzählte, dass ich das Wochenende bei meinen Eltern verbringen wollte, die in den Hamptons lebten, weiteten sich ihre Augen wieder. Ich ignorierte das geflissentlich, denn sie würde noch schnell genug das protzige Haus sehen, das mein Vater vor ein paar Jahren dort gebaut hatte.

Nachdem wir gegessen hatten, wollte Lara unbedingt beim Aufräumen helfen. Leider kannte sie sich überhaupt nicht in der Küche aus, die für mich eher zur Dekoration da war, und stand mir hauptsächlich im Weg. Als ich sie das dritte Mal fast umgerannt hätte, hob ich sie kurzerhand an und setzte sie auf die Arbeitsplatte. Nach einem berauschenden Kuss bat ich sie: »Bleib einfach da sitzen, bis ich fertig bin, sonst nimmt das hier kein gutes Ende.«

Sie lachte ihr glockenhelles Lachen, das mich wie immer fast umhaute. Ich räumte die letzten Schachteln weg, das Geschirr und das Besteck fanden ihren Platz in der Spülmaschine. Danach widmete ich mich wieder meiner bezaubernden Freundin, die endlich bei mir war.

Lara

Travis hatte mich zur Untätigkeit verbannt, aber ich sah ihm gerne zu, wie er aufräumte. Die Muskeln in seinen Oberarmen konnte ich durch das T-Shirt arbeiten sehen. Und ich hatte während der letzten Tage nicht vergessen, wie heiß er war, es aber nicht live erleben können. Also stützte ich mich mit den Armen hinter mir ab und sah ihm zu, wie er die Spülmaschine einräumte. An sich war Hausarbeit bei Männern nicht wirklich sexy, wenn er sich aber, wie jetzt, herunterbeugte und die Jeans dermaßen appetitlich über seinem knackigen Hintern spannte … Oh Gott, ich war wirklich auf Entzug.

Jetzt drehte er sich um und musterte mich. »Hast du mir auf den Hintern gestarrt?«, fragte er lauernd.

Nervös leckte ich mir über die Lippen. »Und wenn?«, fragte ich provokant zurück. Seine Lippen umspielte ein leises Lächeln.

»Dann hoffe ich, dass du das nur bei mir machst …« Weiter kam er nicht, denn er hatte sich zwischen meine Beine gedrängt und küsste mich wieder so, wie ich mich fühlte – ausgehungert und süchtig nach mehr. Ich krallte meine Finger in seine Haare und zog ihn noch näher zu mir. Mein Oberkörper presste sich wie von selbst an ihn, was ihn leise in meinen Mund stöhnen ließ. Eine Hand legte er in meinen Nacken, die andere auf meinen unteren Rücken, um mich weiter an den Rand der Arbeitsfläche zu ziehen. Als meine Mitte auf seinen harten Schaft in der Jeans traf, keuchte ich auf. Travis' Lippen wanderten von meinem Mund zu meinem Hals, den er mit kleinen Küssen bedeckte. Wenig später ließ er mich vorsichtig nach hinten sinken, sodass ich mit dem Rücken auf der Arbeitsfläche lag. Seine Finger schoben langsam mein Shirt nach oben und zogen eine heiße Spur über meine nackte Haut. Gemächlich befreite er mich weiter von dem Stoff und schluckte kurz, als er bemerkte, dass ich keinen BH trug. Sein brennender Blick traf meinen, er leckte sich über die Lippen.

Entgegen meiner Erwartung, dass er sich hingebungsvoll meinen Brüsten widmen würde, weil er sie liebte, hakte er die Daumen in den Bund meiner Shorts. Ich hob meinen Hintern an, damit er sie mir ausziehen konnte. Er hatte meinen String gleich mit abgestreift und sah nun begehrlich auf meine Scham. Langsam schweifte sein Blick über meinen Körper und traf meinen. Ich hatte mich auf die Ellenbogen gestützt, um ihn anzusehen.

»Gott, Trav, jetzt lass mich nicht noch länger warten!«, forderte ich, weil ich wie immer schon so erregt war, nur weil er mich ausgezogen hatte. Mein Freund lachte heiser auf. Grinsend zog er sich sein Shirt über den Kopf und warf es einfach hinter sich. Er sah so unfassbar scharf aus mit seinem trainierten Körper, den Tattoos, den langen Haaren, von denen sich manche Strähnen gelöst hatten. Ich spreizte die Beine etwas weiter, um ihm zu bedeuten, dass er mich endlich vögeln sollte. Doch er machte mir einen Strich durch die Rechnung.

Travis kniete sich vor mich und sah mich erwartungsvoll an. Stöhnend ließ ich mich wieder auf den Rücken sinken und legte die Hände um meine Brüste. Kaum hatte ich begonnen, sie sanft zu kneten, spürte ich seine Zunge auf meinen Schamlippen. Er ließ sich Zeit. Er sog sanft an ihnen, leckte darüber, umkreiste meinen Kitzler. Jede Berührung machte mich nur noch schärfer, sodass ich meine Brüste intensiver verwöhnte. Ich wusste, dass er es beobachtete, und zwirbelte für ihn gleichzeitig beide Nippel. Ein leises Stöhnen entwich meinem Mund, als er mit zwei Fingern in mich eindrang und gleichzeitig meine Klit in seinen Mund sog.

Er legte sich meine Beine über die Schultern, damit ich noch offener vor ihm lag. Die Bewegungen seiner Hand wurden schneller, er verwöhnte meine Perle voller Hingabe mit seiner Zunge und dem Mund. Ich hatte kaum gemerkt, dass meine Atmung sich in ein angestrengtes Keuchen gewandelt hatte, da spürte ich die ersten Anzeichen meines Höhepunktes.

»Ich komme gleich, Trav!«, stöhnte ich.

Er ließ kurz von mir ab und erwiderte: »Das sollst du auch, Honey …« Wieder widmete er sich noch intensiver meinem Kitzler, sodass ich den Orgasmus nicht länger aufhalten konnte. Ich kam an seinem Mund, stöhnte die Erlösung, die er mir schenkte, laut heraus.

So abwesend, wie ich in diesem Moment gewesen war, hatte ich nicht bemerkt, dass Travis aufgestanden war. Erst als er seinen Schaft mit einem Stoß in mir versenkte, öffnete ich wieder die Augen und beobachtete ihn, wie er kurz verharrte und meine Brüste fixierte. Er leckte sich wieder die Lippen, die noch von meinem Höhepunkt glänzten, und begann, mich mit langsamen, aber intensiven Stößen zu vögeln.

Er hielt meine Schenkel fest, fast so, dass es wehtat. Doch sonst hätte er mich wohl über das Holz geschoben, ohne dass ich etwas dagegen hätte tun können. Meine Lust war trotz des ersten Höhepunktes unverändert, sodass ich noch versuchte, mich ihm entgegenzudrängen. Immer wieder stieß er in mich und zog sich fast vollständig zurück. Ich wollte ihn anflehen, mich härter zu nehmen, aber ich wusste, dass ich keinen Erfolg haben würde. Um mich weiter zu stimulieren, nahm ich die Liebkosung meiner Nippel wieder auf, streichelte und drückte sie. Travis' Blick hatte sich verschleiert, ich wusste, worauf er stand. Er beschleunigte endlich seine Stöße und beugte sich vor, um eine Brustwarze in seinen Mund zu saugen. Ich stöhnte seinen Namen und wahrscheinlich auch noch die ein oder andere Lobpreisung.

»Streichle dich«, raunte er, bevor er sich meinem anderen Nippel widmete. Ich schob meine Rechte zwischen uns und massierte meinen Kitzler. Die Kombination aus meiner Berührung, seinen Stößen und seiner Zunge auf meiner Brust war derart geil, dass sich meine inneren Muskeln schon freudig um ihn zusammenzogen. Mein Finger zog weiter Kreise um meinen empfindlichsten Punkt, ich atmete ebenso abgehackt wie Travis. Noch einmal wurden seine Bewegungen schneller und statt meine Brüste zu liebkosen, blickte er mir in die Augen.

Das war der Moment, in dem ich kam. Er versenkte ein letztes Mal seinen Schwanz in mir und pumpte sein Sperma in mich, während mein Orgasmus in Wellen über mich schwappte, mich wegtrieb aus der Realität.

Als ich wieder zu mir kam und die Lider hob, sah ich direkt in seine Augen. Der verschleierte Blick hatte sich geklärt, das Indigoblau faszinierte mich wie eh und je. Er sagte nichts und wandte den Blick nicht ab, sondern zog mich damit in seinen Bann. Nach einer gefühlten Ewigkeit küsste er mich und half mir dann auf. Ich schlang die Arme um ihn und ließ ihn nicht gehen. Die Wange an seine Brust gelehnt, genoss ich seine Nähe, seine Wärme und einfach, dass ich endlich bei ihm war. Ich spürte, wie die Spannung der letzten Woche von mir abfiel und wie sich ein warmes Gefühl in mir ausbreitete. Immer wieder machte er Anstalten, sich von mir zu lösen, doch ich vergrub meine Fingernägel in seinen Muskeln.

»Lara, lass uns ins Schlafzimmer gehen«, bat er mich leise.

»Nein.« Am Ende müsste ich ihn noch loslassen!

Sein tiefes, melodisches Lachen vibrierte in seiner Brust.

»Du weißt schon, dass du keine Chance gegen mich hast, oder?«

»Hmpf«, machte ich, weil ich ihm gerade einen Kuss auf seine Brust drückte. Wieder lachte er, schob mir die Hände unter den Po und trug mich ins Schlafzimmer. Sanft legte er mich auf das Bett und küsste meine Stirn.

»Bin gleich wieder da, Honey.«

Ich schloss die Augen und fragte mich, wie ich nur so ein ungeheures Glück haben konnte.

Als ich aufsah, weil ich etwas Weiches zwischen meinen Beinen spürte, war Travis gerade dabei, mich zu säubern. Zärtlich fuhr er mit dem Waschlappen über meine Innenschenkel und lächelte mich dabei an.

»Du bist so schön, wenn du entspannt bist«, meinte er und sein Lächeln wurde noch ein bisschen strahlender. Ich wusste nicht, was ich erwidern konnte, also stützte ich mich auf meine Ellbogen und spitzte auffordernd die Lippen. Travis verstand mich und küsste mich zärtlich.

Wir taten nichts, außer den Central Park bei Nacht zu beobachten. Ich saß zwischen Travis' Beinen, mit dem Rücken an seiner Brust und spürte eine tiefe Ruhe. Er strich gedankenverloren über meinen Arm und sein Atem kitzelte meinen Nacken.

»Verrätst du mir, warum du nicht gleich mit hierhergeflogen bist?«, fragte er mich irgendwann leise.

»Meine Eltern.« Für mich war diese Antwort vollkommen ausreichend.

»Was ist passiert?« Seine Stimme war immer noch sanft, aber anders als sonst. Irgendwie unsicher.

»Tim hat geplaudert, dass ich einen Freund habe. Meine Eltern hielten die Entscheidung für übereilt, weil wir noch nicht so lange zusammen sind und sie dich nicht kennen. Blöd, wie ich bin, dachte ich, dass sie recht haben.«

»War es so eine einfache Entscheidung, mir einen Korb zu geben?« Ich suchte nach den passenden Worten, mir war klar gewesen, dass wir dieses Gespräch irgendwann führen mussten.

»Nein, es war verdammt schwer. Eigentlich war ich drauf und dran, einen Flug zu buchen, und dann kam mir meine Mutter dazwischen.«

»Du lässt dich immer noch von ihnen beeinflussen, obwohl du deine eigenen Entscheidungen treffen solltest«, erwiderte er resigniert.

»Trav, ich wollte wirklich nicht, dass das passiert. Sie hat mir damit gedroht, meine Kreditkarte sperren zu lassen, dann hätte ich gar nicht kommen können.« Jetzt löste er sich von mir, schob mich weg von sich. Ich vermisste seine Nähe sofort. Hektisch zog ich das Laken über meine Brust, weil mir meine Nacktheit plötzlich verdeutlichte, dass ich ihm alles von mir preisgeben musste.

Er setzte sich mir gegenüber, doch mir war die Situation so unangenehm, dass ich ihn nicht ansehen konnte. Deshalb betrachtete ich meine Finger, die ich miteinander verschränkt hatte und so fest zusammenpresste, dass meine Knöchel ganz weiß wurden.

»Du hättest es mir einfach erzählen können«, stellte er fest, wobei ich seinen Tonfall nicht deuten konnte. Sein Gesicht sah ich auch nicht, sodass ich nur nickte. »Lara, in einer Beziehung muss man miteinander reden. Ich frage mich seit einer Woche, was ich falsch gemacht habe. Du hast mich sitzen lassen, weil deine Eltern dir den Geldhahn zudrehen wollten.« So wie er es ausdrückte, hörte es sich an, als ob ich ein kleines, verwöhntes Mädchen war, das nur an das Geld ihrer Eltern wollte. So war ich nicht und es schmerzte, dass er so über mich dachte. Tränen sammelten sich in meinen Augen, selbst die Sicht auf meine Finger verschwamm. Ich hatte einen riesigen Kloß in meinem Hals, sodass ich ihm nicht einmal hätte antworten können, wenn ich gewusst hätte, was ich sagen sollte.

»Sieh mich an, Lara«, forderte er. Ich schüttelte nur den Kopf, weil ich mich nicht als Heulsuse outen wollte, als auch schon die ersten Tränen auf das Laken tropften. Travis hob mein Kinn mit zwei Fingern und sah mich eindringlich an. Die verschiedenen Emotionen durchliefen seinen Blick, von liebevoll bis schockiert war fast alles dabei. Das brachte mich nur noch mehr zum Heulen.

»Honey, nicht weinen, bitte«, flehte er. Ich versuchte aufzuhören, doch es funktionierte nicht. Die Tränen rannen weiter meine Wangen hinab, stumme Schluchzer ließen meine Schultern zucken. Travis zog mich auf seinen Schoß und drückte mich an seine Brust. Er strich mir beruhigend über den Rücken, vergrub sein Gesicht in meinem Haar. Ich konnte meine Emotionen nicht stoppen, daran war nicht nur unser Gespräch schuld, sondern die ganze Gefühlsachterbahn der letzten Wochen. Still weinte ich vor mich hin, während er mir beruhigende Worte zuflüsterte.

»Honey, bitte, ich wollte dich nicht verletzen …«, seine Stimme brach, offenbar ging es ihm nicht gut. Dass ich ihn damit belastete, weil ich nicht mit meiner Gefühlswelt klarkam, machte mich noch unglücklicher. Ich schüttelte leicht den Kopf und hoffte, dass er es spüren konnte.

Nach einer Weile platzierte er uns so, dass wir beide auf der Seite lagen und ich mich weiter an seine Brust kuscheln konnte. Tränen und Schluchzer wurden weniger, hörten jedoch nicht ganz auf. Jedes Mal, wenn ich mir vorstellte, wie er gelitten hatte, weil ich ein Idiot war, wurde es wieder schlimmer.

Ich hatte nicht gemerkt, dass ich eingeschlafen war, und schon gar nicht, dass es schon wieder Morgen war. Meine Augen fühlten sich klein und geschwollen an. Travis lag nicht neben mir und auch nicht unter mir wie sonst oft. Vor Scham, weil ich am Abend zuvor die Kontrolle verloren und meinen Freund schon wieder vergrault hatte, zog ich mir die Decke über den Kopf. Sonst hatte er immer gewartet, bis ich wach wurde, damit er mich nicht weckte, wenn er sich aus meiner Umklammerung schälte. Außer an dem Morgen, an dem er hierher geflogen war, auch da war er schon aufgestanden, als ich noch fest geschlummert hatte. Hatte ich es auf ganzer Linie verbockt, nur weil ich auf meine Mutter gehört hatte?

Ausnahmsweise war an Schlaf nicht mehr zu denken und auch das Verstecken half nichts. Ich kletterte aus dem Bett und ging erst ins Bad, um zu sehen, wie schlimm ich aussah.

Meine Erwartungen wurden grandios übertroffen. Die Augen waren klein, rot und geschwollen, meine Nase traf es nicht besser. Ich versuchte, so gut wie möglich, die Spuren meines Ausbruchs zu beseitigen. Danach zog ich mich an und schlich in die Küche.

Travis stand, nur in Shorts und T-Shirt bekleidet, am Herd. Der Tisch war schon mit allem, was man für ein ausgiebiges Frühstück brauchte, gedeckt. Offenbar hörte er meine tapsenden Schritte auf dem Parkett, denn er drehte sich in meine Richtung. Ein schüchternes Lächeln umspielte seine Lippen.

»Hey«, sagte er.

»Hey«, krächzte ich zurück. Kaum merklich zuckte Travis zusammen.

»Setz dich. Ich bringe dir einen Kaffee.« Ich nickte nur und schlurfte zum Esstisch. Hoffentlich würde der Kaffee wieder einen Menschen aus mir machen. Im Moment fühlte ich mich wie ein Zombie. Von meinem Platz aus beobachtete ich Travis, wie er dem Vollautomaten einen Cappuccino entlockte und die Tasse vor mir abstellte. Ohne ein Wort ging er wieder zur Küchenzeile und rührte in der Pfanne herum, die einen verführerischen Geruch nach Rührei und frischen Kräutern verströmte.

Ich hielt es nicht länger aus, dass er nicht mit mir sprach, leider wusste ich aber auch nicht, was ich sagen sollte. Also stand ich wieder auf und ging zu ihm. Sicherheitshalber zog ich die Pfanne von der Herdplatte und drückte auf das Bedienfeld, um ihn auszuschalten. Travis' Blick lag auf mir, das spürte ich. Ich drängte mich zwischen ihn und die Küchenzeile und schlang die Arme um ihn.

»Honey, es tut mir leid«, flüsterte er, nachdem er mich ebenso umarmte wie ich ihn.

»Was tut dir leid? Dass du mit einer Vollidiotin zusammen bist und es jetzt erst gemerkt hast?«

Travis

Ich hatte gehofft, dass sich alles wieder finden würde. Obwohl ich es nicht beabsichtigt hatte, hatte ich sie verletzt, und sie hatte so lange geweint, bis sie eingeschlafen war. Mein Magen zog sich bei dem Gedanken an die vergangene Nacht spürbar zusammen, als sie mich gerade so umschlang, wie sie es auch immer nachts tat. Nur in der letzten hatte sie sich irgendwann von mir abgewendet. Als wollte sie sich vor mir schützen, hatte sie sich zusammengerollt und das Kissen fest an sich gepresst. Durch die Lichter der Stadt hatte ich sie die ganze Nacht bis zum Morgengrauen beobachten können, bis ich es nicht mehr aushielt und aufgestanden war.

Dass sie jetzt meinte, sie wäre hier der Idiot, entsprach zu hundert Prozent ihrem Charakter. Obwohl ich es war, der sie zum Weinen gebracht hatte, nahm sie alles auf sich. Wenn ich es nicht vorher unterbewusst gespürt hatte, war das der Moment, in dem ich mich endgültig in sie verliebte.

Obwohl ich gerne ihr Gesicht sehen wollte, schob ich sie nicht von mir. Denn ich wusste, dass sie, genauso wie ich, die Nähe brauchte.

»Lara, du bist eine wundervolle Frau und ich bin froh, dass du jetzt bei mir bist. Du bist kein Idiot. Bitte verzeih mir, was ich gesagt habe.«

»Aber du hattest recht«, schniefte sie. Ich konnte nicht damit umgehen, wenn sie traurig war, denn alles, was ich wollte, war, sie glücklich zu sehen.

»Es ist egal, wer recht hat. Aber du sollst nicht wegen mir weinen.«

»Es war … einfach alles so viel in letzter Zeit.« Da war etwas dran. Es war viel passiert und so schnell, wie sich die Dinge zwischen uns entwickelt hatten, kam unsere Umwelt nicht mit.

»Ist alles okay zwischen uns?«, fragte ich vorsichtig, denn das war das Einzige, was ich wissen musste. Alles andere würde sich fügen. Sie nickte an meiner Brust und Erleichterung machte sich in mir breit. »Darf ich dich dann endlich küssen?«

Sie sah zu mir auf und ich konnte die emotionalen Strapazen der letzten Nacht noch in ihrem Gesicht sehen. Aber das war egal. Ich strich mit meinen Lippen über ihre, musste sie spüren, ihren Mund schmecken und wissen, dass alles in Ordnung war. Sie öffnete ihre Lippen für mich und ich schob meine Zunge in ihren Mund. Sie hieß mich willkommen und so küssten wir uns eine Ewigkeit langsam und zärtlich, ohne daran zu denken, was noch kommen würde. Das hier – diese Verbindung zwischen uns – war das Wichtigste.

Kapitel 13

Lara

Es war das beste Gefühl der Welt, mit Travis New York zu erkunden. Wir lachten, als wir in aller Herrgottsfrühe zum Empire State Building liefen, um den Blick auf die Stadt zu genießen. Laut meinem Freund mussten wir so früh hochfahren, damit wir nicht stundenlang in der Schlange anstehen mussten. Wir hielten uns eine Ewigkeit oben auf, während Travis mir die Sehenswürdigkeiten aus diesem außergewöhnlichen Blickwinkel zeigte. Ich machte ungefähr tausend Fotos mit meinem Smartphone, um sie allen Leuten zu schicken, die ich kannte.

Auch als wir händchenhaltend über die Fifth Avenue liefen und uns die teuren Geschäfte ansahen, hatten wir Spaß. Wir gingen davon aus, dass uns kaum jemand verstand, wenn wir Deutsch sprachen, also machten wir uns laut über die Snobs lustig, die man hier antraf. Geschäftsleute, die bei Tiffany ein und aus gingen, High-Society-Ladys, die in den Nobelgeschäften teure Kleider shoppten und winzige Hunde mit sich herumtrugen. Ja, es war klischeehaft, aber genau so etwas hatte ich vom Big Apple erwartet.

Travis und ich besuchten über die Woche verteilt viele Sehenswürdigkeiten, die es in New York gab. Vor allem abends war die Stadt ein Highlight – im wahrsten Sinne des Wortes: der hell erleuchtete Times Square, die Theater auf dem Broadway, der Verkehr, der zu neunzig Prozent aus den typisch gelben Taxis bestand. Ich hatte mich jetzt schon in die Stadt verliebt, obwohl ich erst ein paar Tage hier war.

Als wir Donnerstagabend wieder zurück in Travis' Wohnung waren, sah ich mir wieder den Central Park an, der von einzelnen Laternen beleuchtet wurde. Ich spürte Travis hinter mir, noch bevor er mir einen Kuss auf den Nacken hauchte.

»Josh fragt, ob wir noch etwas unternehmen möchten«, sagte er leise.

»Josh ist hier? Ich dachte, die Band wäre auf Tour?« Gerne würde ich seinen Bruder wiedersehen und besser kennenlernen.

»Er hat gerade ein paar freie Tage und ist auch in der Stadt. Was möchtest du noch unternehmen?«

»Eigentlich kann ich meine Beine nicht mehr bewegen, weil wir so viel gelaufen sind ...« Für einen ganzen Tag Sightseeing war ich nicht geschaffen, weil ich so unsportlich war.

»Okay, wie wär's, wenn wir einfach hierbleiben und Josh soll mit etwas zu essen vorbeikommen?«

»Das wäre wirklich wunderbar!« Was hatte ich nur für ein Glück, dass mein Freund die tollsten Ideen hatte!

»Alles klar, Honey. Ich ruf ihn an, dann kannst du duschen gehen.« Er platzierte noch einen letzten Kuss auf meinem Hals und ließ mich dann gehen.

Travis' kleiner Bruder musste sich wirklich beeilt haben. Als ich fertig war, saßen die beiden schon auf der Couch und ein riesiger Pizzakarton stand vor ihnen auf dem Tisch.

Ich lächelte Josh vorsichtig an, da ich nicht wusste,

wie er auf mich in dieser Wohnung reagierte. Mein Zögern war jedoch völlig unnötig, denn er sprang auf und umarmte mich stürmisch. Über die Schulter warf ich Travis einen überraschten Blick zu, doch Josh ließ sich nicht beirren. Er drückte mich fest an sich und flüsterte mir ins Ohr: »Ich bin verdammt froh, dass du hier bist, aber mach das bloß nie wieder!« Ich nickte kurz, um ihm zu bedeuten, dass ich ihn verstanden hatte.

Josh war so, wie ich ihn von unserem kurzen Aufeinandertreffen in Erinnerung hatte: laut, lustig und albern. Irgendwann schnappte er sich Travis' Gitarre, die auch hier in einer Ecke stand. Er spielte ein paar Akkorde, zog konzentriert die Augenbrauen zusammen und begann leise eine Ballade zu singen.

Überrascht sah ich zu meinem Freund, der nur Augen für Josh hatte und zufrieden grinste. Irgendwann musste er meinen Blick gespürt haben und formte mit den Lippen »Später«. Okay … ich hatte Josh nie singen hören, denn in der Band gab es nur Ben, der sang und der wurde maximal etwas unterstützt.

»Von wem war das?«, fragte ich Josh, als er geendet hatte.

»Von Shane, es ist für unser neues Album«, erwiderte Josh.

»Shane?« Ich konnte mich nicht an die Namen der Bandmitglieder erinnern. Mir war eigentlich nur die Musik wichtig.

»Unser Bassist«, erklärte Josh kurz angebunden, fügte dann aber noch hinzu: »Er schreibt fast alle Songs, hat ein unglaubliches Talent dafür. Er spricht zwar wenig, dafür kann er sich gut mit Musik verständigen.«

Ich nickte nur und wandte mich an Travis: »Trav, warum bist du nicht so musikalisch wie dein kleiner Bruder?« Normalerweise lag so etwas doch in der Familie, oder?

»Wer sagt denn, dass ich es nicht bin?«

Josh lachte sich kaputt, als er die Gitarre zurückstellte. Irritiert sah ich von Travis zu Josh und wieder zurück.

»Süße, Travis hat mir alles beigebracht, was ich weiß. Zumindest was Musik betrifft.« Meine Augen wurden immer größer. Mein Freund hatte nie auch nur ansatzweise erzählt, dass er etwas mit Musik am Hut hatte. Außer dass Josh bei »The Strange« spielte. Er schien meine Verunsicherung zu spüren, denn er rutschte zu mir herüber und legte den Arm um mich.

»Ich hab früher in ein paar Bands gespielt, aber das habe ich lange aufgegeben.« Ein paar Bands … ein PAAR?

»Wieso hast du nicht weitergemacht?«

»Ich musste damals eine Weile aussetzen, weil ich mir mein Handgelenk gebrochen hatte …« Offenbar wollte er das nicht weiter ausführen. Doch zuverlässig, wie Brüder sind, sprang Josh ein.

»Weil er Shane aus einer Schlägerei rausgehalten hat.«

Wieder war es an mir, den Blick abwechselnd auf die beiden Brüder zu richten.

»Die Jungs gehören zur Familie, wir kennen uns alle schon ewig. Ich bin der Älteste, klar, und irgendwie verantwortlich, wenn wir unterwegs sind. Oder waren.« Josh schnaubte nur auf der anderen Seite der Couch.

»Wann war das?« Ich wies mit dem Kinn auf Travis' rechtes Handgelenk, das er seit ein paar Minuten offenbar aus Gewohnheit massierte.

»Vor acht Jahren.«

»Aber du hättest doch danach weitermachen können«, meinte ich erstaunt. Kein Knochen brauchte acht Jahre, um zu heilen.

»Meine Prioritäten hatten sich eben verschoben. Das Leben auf der Bühne ist nichts für mich.« Ich spürte, wir er mich fester gegen sich drückte und meinen Scheitel küsste. Josh sah uns etwas entgeistert an.

»Ihr seid wirklich zu süß. Diana wird ihre Freude an euch haben«, meinte er trocken.

Die beiden unterhielten sich eine Weile über die Band und die anderen Mitglieder, die im Moment alle bei ihren Familien waren. Sie genossen die Auszeit von Deutschland, der Tour und auch ein bisschen voneinander. Ich stellte es mir wahrhaft anstrengend vor, ständig aufeinanderzuhocken.

Mir fielen fast die Augen zu, da ich so viel gegessen hatte und der Tag wirklich anstrengend war. Ich kuschelte mich einfach an Travis' Brust und hörte mit einem Ohr zu. Okay, irgendwann hörte ich auch gar nicht mehr zu, sondern träumte ein bisschen vor mich hin.

Erst als ich meinen Namen hörte, wurde ich wieder aufmerksamer.

»Was denkst du, wie Mom und Dad reagieren?«, fragte Josh. Um sie glauben zu lassen, dass ich schlief, hielt ich die Augen geschlossen.

»Es ist mir egal, wie sie reagieren. Ich treffe seit Jahren meine eigenen Entscheidungen und lasse mir das nicht von ihnen kaputt machen.«

»Das solltest du auch nicht. Sie ist toll.« Ich musste mich bemühen, nicht zu grinsen, denn ich freute mich darüber, dass wenigstens ein Mitglied der Familie Reek mich mochte.

»Ja, das ist sie wirklich …« An seiner Stimme hörte ich, dass ein Lächeln auf seinen Lippen liegen musste. Innerlich freute ich mich natürlich wie verrückt, aber wollte nicht, dass Travis merkte, dass ich sie unbemerkt belauschte.

»Josh, ich will dich nicht rauswerfen …«

»Aber du willst mit deiner Freundin ins Bett, verstehe ich.«

»Na ja …«, erwiderte er belustigt.

»Schon klar. Wann fahrt ihr morgen raus?«

»Gegen Abend, denke ich. Mittags ist zu viel los.«

»Okay, dann bis morgen!«

Ich hörte noch, wie Josh durch das Wohnzimmer ging und dann leise die Tür schloss. Travis hingegen machte keine Anstalten, sich zu bewegen. Langsam beschlich mich das Gefühl, dass er mich beobachtete.

Travis

Mir war klar, dass Lara nicht schlief und unser Gespräch gehört hatte. Jetzt wartete ich einfach ab, bis sie so tat, als ob sie aufwachte. Das gab mir wenigstens die Möglichkeit, sie zu betrachten. Ihre honigfarbenen Haare verdeckten zur Hälfte ihr Gesicht und fielen bis auf ihre Brüste. Diese hoben und senkten sich leicht unter ihren gleichmäßigen Atemzügen.

Ich hatte das, was ich zu Josh sagte, ernst gemeint. Mir war völlig egal, was meine Eltern über Lara dachten. Im ersten Moment würden sie so oder so falsch über sie urteilen, weil sie nicht wussten, was für ein großartiger Mensch sie war. Falls sie es sich nicht anmerken lassen würden, war das gut, dann konnten wir ein paar Tage in den Hamptons verbringen. Aber wenn sie ihr offen ihre Ablehnung zeigen würden, konnten wir auch einfach wieder hierherfahren. Völlig egal.

»Du starrst mich an«, nuschelte Lara und ich grinste.

»Und du tust so, als ob du schläfst, also kann ich dich auch ansehen.« Ich strich ihr das Haar aus dem Gesicht, damit ich sie richtig betrachten konnte.

»Was ist so schlimm an deinen Eltern?«, fragte sie. Nachdem ich kurz überlegt hatte, kam ich zu dem Schluss, dass sie gar nicht so schlimm waren.

»Nichts. Sie sind ein bisschen … konservativ. Josh hatte so seine Probleme mit ihnen wegen seiner Berufswahl, das ist alles.«

»Okay … Dann muss ich keine Angst haben, dass sie mich nicht mögen?« Offenbar beschäftigte sie diese Frage schon eine Weile.

»Sie kennen dich ja nicht mal. Sollten sie so oberflächlich sein und dich ablehnen, sind sie selbst daran schuld, wenn wir wieder hierher zurückfahren.«

»Also werden sie mich so oder so nicht mögen?«

»Honey, mach dir keine Gedanken. Sie sind ganz normale Menschen.« Ich küsste sie kurz auf die Stirn in dem Bewusstsein, dass das nicht so ganz stimmte. Und sie glaubte mir auch nicht wirklich, das konnte ich ihr ansehen.

»Aber du bist doch hier, um deine Familie zu sehen! Ich will dir das nicht verderben …«, sagte sie traurig.

»Dass du hier bist, ist hundertmal wichtiger, als dass ich jede freie Minute mit meiner Familie verbringe.« Sie sah mich mit weit geöffneten Augen an, als ob ich irgendetwas Komisches im Gesicht hätte. Um ihre Zweifel an meinen Worten zu zerstreuen, nahm ich ihr Gesicht in beide Hände und küsste sie. So, dass sie keinen anderen Gedanken mehr fassen konnte. Bereitwillig erwiderte sie meinen Kuss, spielte mit meiner Zunge, sog an meinen Lippen.

Womit ich nicht rechnete, war, dass Lara den Spieß umdrehen würde. Ohne die Lippen von meinen zu nehmen, setzte sie sich auf meinen Schoß und presste sich gegen mich. Sie begann, langsam mit ihren Hüften zu kreisen, was meinen Schwanz direkt zum Leben erweckte. Ich legte die Hände auf ihren Hintern, um sie etwas zu bremsen, und sie quittierte meine Reaktion damit, dass sie mir leicht in die Lippe biss. Ihre Finger krallten sich in meine Schultern, um mich weiter zu sich zu ziehen. Sie stöhnte in meinen Mund, was endgültig meine Geduld überstrapazierte. Mit ihr in den Armen stand ich auf und trug sie kurzerhand in mein Bett.

Lara

Die nächtliche Luft war lau, als ich die nicht schlafende Stadt unter mir betrachtete. Ich war ebenso schlaflos wie der Big Apple, weil ich immer noch über Travis' Eltern nachdachte. Einerseits wollte ich nicht, dass ich ihm seine Ferien versaute, weil sie mich nicht mochten, andererseits hatte ich nichts getan, was sie gegen mich aufbringen könnte. Zusätzlich ärgerte ich mich über mich selbst, dass es mir so wichtig war, was sie dachten.

Die ganze Situation war in meinem Kopf so verfahren, obwohl sie eigentlich ganz einfach war. Nur konnte ich meine Gedanken einfach nicht abstellen. Außer wenn Travis mich ablenkte, das funktionierte verdammt gut. Bei dem Gedanken musste ich schmunzeln.

Ich ging in die Küche, um mir einen Aschenbecher zu suchen. Travis hatte eine seltsame Ordnung in seinen Schränken und so fand ich keinen. Schließlich stellte ich mich mit einer etwas verspäteten »Zigarette danach« wieder ans Fenster und hing meinen Gedanken nach. Ich verbot mir, an meine Eltern zu denken, denn wenn meine Mutter wüsste, wo ich war … Hoffentlich würde sie es niemals herausfinden.

»Honey, komm wieder ins Bett, ich will nicht ohne dich schlafen.«

Vor Schreck zuckte ich zusammen, sodass mir beinahe die Kaffeetasse mit Wasser, die mir als Aschenbecher diente, aus der Hand gefallen wäre. Travis stand hinter mir und strich mir sanft über die nackten Unterarme. Er nahm mir meine Zigarette aus der Hand und ließ sie in die Tasse fallen.

»Was …?«, fragte ich, weil er einfach so die Führung übernommen hatte. Jetzt ergriff er auch noch die blöde Tasse und stellte sie auf einem Beistelltisch ab. Statt etwas zu sagen, sah er mich kurz tadelnd an, und schneller, als ich begriffen hatte, was er tat, hatte er mich angehoben und trug mich ins Schlafzimmer.

Sanft ließ er mich auf dem Bett nieder und platzierte uns beide dann so, wie wir immer schliefen – er auf dem Rücken und ich halb auf ihm.

»Grüble nicht so viel, Honey. Schlaf jetzt.«

Am nächsten Tag gingen wir – wahrscheinlich vorerst das letzte Mal – im Central Park spazieren. Es gab mir ein gutes Gefühl, in der Öffentlichkeit mit meinem Freund Hand in Hand einfach so herumzuschlendern und sich keine Gedanken machen zu müssen, dass jemand, den ich kannte, etwas Blödes sagte. Auf eine seltsame Art und Weise fühlte es sich einfach richtig an. Schon die ganze Woche taten wir ganz normale Dinge, wie in Restaurants zu gehen oder ein Eis zu essen. Wenn ich an die Situation mit meinen Kommilitoninnen zurückdachte, liefen mir Schauer über den Rücken.

Travis drückte meine Hand, die in seiner lag. Ich sah zu ihm hoch und bemerkte das Lächeln, das er im Gesicht hatte. Er war froh gewesen, dass ich ihm zugesichert hatte, nicht mehr über seine Familie nachzudenken, sondern alles auf mich zukommen zu lassen. Und außerdem war er ja auch noch da, um mir zur Seite zu stehen. Damit hatte er recht und ich wusste, dass er es tun würde, weil er einfach so war.

Schon in den letzten Tagen war mir aufgefallen, dass ab und zu Grüppchen von Frauen hinter uns herliefen und tuschelten. Ich konnte mir darauf keinen Reim machen, aber jetzt war es wieder genauso. Und Travis grinste immer noch. Ich warf einen verärgerten Blick über meine Schulter, woraufhin die Frauen so taten, als ob nichts gewesen wäre … Seltsam.

»Trav, was ist denn mit den New Yorker Frauen los, dass die immer tuscheln müssen?«, fragte ich ihn direkt, weil es mir langsam wirklich auf die Nerven ging.

»Ach, ignorier sie einfach.«

»Das ist ganz schön schwer, meinst du nicht?« Mein Freund zuckte nur mit den Schultern.

»Es fällt mir nicht mehr auf. Jetzt ärgern sie sich eben.«

»Warum ärgern sie sich denn?« Irgendwie verstand ich nur Bahnhof.

»Weil ich vom Markt bin.« Er grinste mich an, zwinkerte mir zu und legte dann seinen Arm um meine Schulter. Ich lachte und schlang im Gegenzug meinen Arm um seine Mitte. Sollten sie eben tuscheln!

Am späten Nachmittag machten wir uns auf den Weg in die Hamptons. Die Hamptons! Ich kannte das nur aus dem Fernsehen und jetzt fuhren wir tatsächlich dorthin. Travis meinte, dass der Weg normalerweise ungefähr eineinhalb Stunden dauern würde.

Inzwischen waren wir seit gut zwei Stunden unterwegs und nicht einmal in der Nähe seines Elternhauses. Innerlich stöhnte ich, da ich immer noch ein bisschen angespannt war und jetzt meine Geduld auch noch dermaßen auf die Probe gestellt wurde.

Meine Füße wippten auf und ab und ich drückte in regelmäßigen Abständen Travis' Hand, deren Finger mit meinen verschränkt waren.

»Honey, du machst mich noch verrückt mit deiner Nervosität!«

»Sorry …?«

Er grinste mich schief von der Seite an, sagte aber nichts mehr, sondern streichelte sachte mit dem Daumen über meinen Handrücken. Schon diese kleine Berührung ließ mich merklich ruhiger werden. Ich atmete tief ein und aus. Es würde schon werden.

Kapitel 14

Lara

Als wir am Haus seiner Eltern ankamen, war es schon fast dunkel. Es war auch nicht wirklich ein Haus, sondern eher eine Villa. Eine riesige Villa mit Park und wahrscheinlich auch noch einem Privatstrand. Als wir in der Auffahrt hielten, musste ich kurz schlucken. Wo war ich hier bloß gelandet?

Während ich noch in Gedanken war, hatte Travis das Auto umrundet und streckte mir auffordernd seine Hand entgegen. Er musste mir mein Entsetzen angesehen haben.

»Ich weiß … versuch einfach, es zu ignorieren.«

»Wie soll ich das denn bitte ignorieren?« Er grinste schief und hob die Schultern.

»Okay, dann denk einfach dran: Das ist das Haus meiner Eltern, ich habe damit nichts zu tun. Außer, dass ich ab und zu hier bin.« Zögernd nickte ich.

Das Haus schien verwaist, als wir durch die Eingangshalle gingen. Nirgendwo brannte Licht, wir hörten keine Stimmen oder sonstige Geräusche. Travis führte mich in den großen Wohnbereich, wo wir aber niemanden entdecken konnten. Auch auf der Terrasse war niemand.

»Josh hat geschrieben, dass er mit den Jungs unterwegs ist. Die anderen sind wahrscheinlich schon schlafen gegangen.«

»Die anderen? Wie viele Leute müssten denn hier sein?«

»Na ja, meine Eltern natürlich, Diana verbringt auch die letzte Nacht vor ihrer Hochzeit hier. Könnte sein, dass meine Großeltern auch hier sind, das weiß ich aber nicht genau. Und Josh natürlich. Den werden wir nachher wahrscheinlich hören, wenn er zurückkommt.«

Ich nickte nur. Wir gingen gemeinsam die große Treppe hinauf, in einen Flur von dem rechts und links jeweils drei Türen abgingen. Travis öffnete eine, und ich betrat das große Zimmer. Erst als er die Deckenlampe eingeschaltet hatte, konnte ich sehen, dass es quasi eine kleine Ausgabe seiner Wohnungen war. Die Einrichtung schien aus der gleichen Hand zu stammen.

»Fühl dich wie zu Hause, ich hole noch unser Gepäck.«

Nach einem Kuss auf meine Stirn ging er wieder nach unten. Zögernd setzte ich mich auf die Bettkante und sah mich weiter um. Hinter den langen Vorhängen war ein Balkon versteckt.

Ich ging hinaus, um die warme Nachtluft zu genießen. Das Zimmer lag in Richtung des Meeres, ich roch das Salz und den Sand, die Wellen brachen sich leicht am Ufer. Der Mond erhellte die Kulisse für die morgige Hochzeit, die ich in der Ferne sah. Zwischen Haus und Strand lag noch der riesige Garten, in dem ein großes weißes Zelt aufgebaut war.

Mein Nacken kribbelte, was auf Travis' Anwesenheit schließen ließ. Lächelnd drehte ich mich um und sah ihn im Türrahmen stehen. Mit ein paar Schritten war er bei mir und ich schmiegte mich in seine Arme. Ohne etwas zu sagen, genossen wir wie so oft die Nähe des anderen, Worte waren nicht nötig. Irgendwann löste er sich von mir und deutete auf die beiden Sessel und den Tisch, die in der Ecke des Balkons standen.

»Ich hab uns noch Sandwiches gemacht. Du musst Hunger haben.«

Grinsend nickte ich. »Man meint, du könntest Gedanken lesen.«

Wir setzten uns und aßen in einträchtigem Schweigen unseren Snack, während wir auf das Meer hinaussahen. Als ich fertig war, schnappte ich mir mein Glas Wein, das Travis mitgebracht hatte, und setzte mich auf seinen Schoß, was er mit einem Lächeln quittierte.

»Wie alt ist deine Schwester?«, fragte ich, weil ich noch ein paar Hintergrundinformationen für ihren großen Tag morgen sammeln wollte.

»Diana ist vierundzwanzig. Ihr Verlobter Paul ist gerade dreißig geworden und arbeitet als Investmentbanker in der Firma seines Vaters.«

»Und deine Schwester? Geht sie arbeiten?«

»Sie studiert Jura, aber ihr ist es wichtiger, eine Familie zu gründen.« Nachdenklich nickte ich. Seine Schwester war jünger als ich, und ihr war eine Familie wichtiger als ihre Karriere. »Sie war schon immer so. Eine Familie und Kinder waren schon immer ihr Traum. Seit sie klein ist, wünscht sie sich eine Hochzeit am Strand.«

»Es ist schön, dass sie sich jetzt ihren Traum erfüllt.« Travis entging wohl mein melancholischer Tonfall nicht, denn er umschlang mich etwas fester.

»Ja, das ist es. Dennoch wird sie immer meine

kleine Schwester bleiben.« So kannte ich ihn. Er würde immer auf sie aufpassen, egal, ob sie eine Familie hatte oder nicht, denn sie war ihm wichtig. Seufzend trank ich noch einen Schluck Wein und stellte dann mein Glas auf dem Tisch ab. Sein Blick nahm mich wie sooft gefangen, als ich zu ihm aufblickte. Er beugte sich vor und berührte sanft meine Lippen mit seinen. Federleicht strichen seine Fingerspitzen über meine Wangenknochen.

Am Morgen vermied ich es, Travis' Familie zu treffen. Nachdem ich ihn aus meiner Umklammerung entlassen hatte, war er in die Küche gegangen, um Kaffee zu holen. Es war schon spät, denn wir waren weit nach Mitternacht erst ins Bett gegangen. Der Platz auf dem Balkon war einfach zu schön gewesen. Es war so still und friedlich, dass ich verstehen konnte, warum Travis so gerne hier war.

Als wir auf dem Balkon frühstückten, konnten wir beobachten, wie das Personal im Garten und am Strand herumwuselte, um alles für die Trauung vorzubereiten, die in drei Stunden stattfinden würde. Zwischendurch tauchte immer wieder eine Frau in mittleren Jahren auf, die die Angestellten anwies und sie mit fuchtelnden Gesten herumscheuchte.

Travis beobachtete dies mit einem Lächeln. »Deine Mom?«, fragte ich ihn, weil es eigentlich nicht anders sein konnte.

Er nickte grinsend. »Sie will, dass alles perfekt für Diana ist. Sie hat sogar einen deutschen Konditor für die Hochzeit einfliegen lassen, weil sie meint, dass die besten immer noch aus ihrer Heimat stammen.«

Nicht schlüssig, ob sie mir deswegen sympathischer wurde, lächelte ich.

»Die Weisheit hast du wohl von ihr, alter Mann«, neckte ich ihn und spielte auf unser Gespräch vor ein paar Wochen an.

»Liegt in der Familie«, schmunzelte er.

Glücklicherweise hatte »unser« Zimmer ein eigenes Bad, wie es in Amerika so üblich war. Travis war wie immer viel schneller fertig als ich, vor allem, weil wir deutlich länger als geplant gebraucht hatten, um zu duschen. Es ging nie gut aus, wenn wir gemeinsam duschen gingen. Wobei »gut« auch Ansichtssache war.

Entspannt und glücklich föhnte ich meine Haare und steckte sie zu einer absichtlich unordentlichen Frisur zusammen. An Make-up benötigte ich nicht viel, in der Sonne würde es auch eher verlaufen, als schön auszusehen. Das dunkelgrüne Rüschenkleid, das ich extra für die Hochzeit mitgenommen hatte, ging mir bis zu den Knien. Froh darüber, dass ich das lange Kleid zu Hause gelassen hatte, streifte ich mir die passenden Sandalen über.

Langsam ging ich zurück ins Schlafzimmer, um mir den passenden Schmuck – ein Armband und Ohrringe mit Smaragden – aus dem Koffer zu suchen. Meine Eltern hatten ihn mir zum Abitur geschenkt, die passende Kette hatte ich jedoch zu Hause gelassen. Für das hochgeschlossene Kleid benötigte ich sie nicht. Belustigt bemerkte ich, wie Travis auf dem Bett saß und mit dem Blick jede meiner Bewegungen verfolgte. Weil ich ahnte, wie seine Reaktion gleich ausfallen würde, lächelte ich ihn unschuldig an.

Als ich ins Bad zurückging, hörte ich ihn nach Luft schnappen.

»So willst du rausgehen?« Ich lachte in mich hinein. Der Rückenausschnitt des Kleides war spektakulär. In aller Seelenruhe legte ich den Schmuck an und ignorierte meinen Freund.

Er war immer noch etwas schockiert, als ich zurückkam. Zumindest ließ sein Gesichtsausdruck darauf schließen. Ich suchte wieder im Koffer herum und fand schließlich das leicht transparente Jäckchen, das zu dem Kleid gehörte.

»Glück gehabt, Honey«, sagte er mit zusammengepressten Zähnen, als ich es übergezogen hatte. Immer noch grinsend stellte ich mich zwischen seine Beine und küsste ihn innig.

Travis

Fast hätte ich einen Herzinfarkt bekommen, als ich sah, dass Laras Rücken quasi bis zu ihrem Hintern nackt war. Inständig hoffte ich, dass es ein Scherz war, denn ich wollte sicher nicht, dass alle anderen Männer den ganzen Tag nur meine Freundin anstarrten und es leicht hatten, sie mit Blicken auszuziehen. Viel auszuziehen gab es bei diesem Kleid so oder so nicht mehr.

Erst als sie zurückkehrte und sich etwas überzog, merkte ich, dass sie das mit purer Absicht gemacht hatte. Sie wusste eben, wie sie mich ärgern konnte. Ich war nicht grundsätzlich der eifersüchtige Typ, aber wenn sie so bei der Hochzeit meiner Schwester aufgetreten wäre, hätte ich wohl den ganzen Nachmittag und den Abend hinter ihr stehen müssen.

Sie küsste mich und zeigte mir so, dass ich keinen Grund hatte, irgendwelche falschen Schlüsse zu ziehen. Meine Finger schoben sich unter den transparenten Stoff auf ihren Rücken und ich drückte sie an mich. Voller Stolz würde ich diese tolle Frau heute meiner Familie vorstellen. Die Reaktion von Diana konnte ich fast voraussagen, die meiner Eltern nicht, aber das war egal. Ich hatte Lara an meiner Seite und das war gut so.

Sie löste sich von mir und in ihren fast goldenen Augen lag ein liebevoller Ausdruck. Sie strich mit dem Zeigefinger über meine Lippen.

»Lipgloss«, murmelte sie.

»Wir müssen los«, sagte ich und lehnte meine Stirn gegen sie. Sanft fuhr sie mit den Fingerspitzen durch meine Haare.

»Ja«, seufzte sie leise.

Lara hatte sich bei mir untergehakt, und so gingen wir an den Strand, um der Trauung meiner kleinen Schwester beizuwohnen. Wir saßen in der ersten Reihe neben meinen Eltern und meinem Bruder, der wie immer ohne Begleitung zu solchen Anlässen gekommen war. Josh hatte mir zugezwinkert, als wir uns gesetzt hatten. Meine Mutter war zu aufgeregt, um irgendwie zu reagieren. Da mein Vater traditionell als Brautführer Diana zum improvisierten Altar begleiten würde, war seine Reaktion noch abzuwarten.

Paul stand schon neben dem Reverend, als die Musik einsetzte und erst die Brautjungfern und dann meine Schwester am Arm meines Vaters durch den Gang schritten.

Mit gemischten Gefühlen verfolgte ich, wie Diana zu Pauls Frau erklärt wurde. Laras Finger waren mit meinen verschränkt, immer wieder drückte sie meine Hand. Ich war dankbar, dass sie hier war, und sah zu ihr herüber. In ihren Augen schimmerten Tränen, wie bei fast allen Frauen bei Hochzeiten, dennoch sah sie entspannt aus. Sie lächelte mich an, als sie meinen Blick bemerkte. Mein Herz schlug etwas schneller, als mir klar wurde, dass ich das hier auch wollte. Mit ihr.

Lara

Diana war wirklich wunderschön. Das weiße Spitzenkleid mit der kleinen Schleppe stand ihr wunderbar und passte perfekt zu ihrem schlanken Körper und umschmeichelte ihre weiblichen Kurven. Sie sah Travis ähnlich, nur die kastanienbraunen Haare waren etwas heller als seine und zu einer aufwendigen Hochsteckfrisur arrangiert worden. Die Kulisse mit dem Spalier und das Meer im Hintergrund taten ihr Übriges.

Ich hatte Tränen in den Augen, aber es machte mir nichts aus, dass mein Freund sie bemerkte. Er lächelte mich liebevoll an, als sein Blick auf meinen traf. Es beruhigte mich, dass er die ganze Zeit meine Hand hielt, und ich hoffte, dass das nicht so schnell zu Ende gehen würde.

Nach der Trauung gab es einen Sektempfang am Strand, danach gingen wir für die Feier in den Garten der Reeks, wo das große Zelt aufwendig geschmückt war. Natürlich saßen wir gemäß der Tradition mit beiden Familien am Tisch des Brautpaares. Es war wirklich so wie in den amerikanischen Filmen. Es wurden Reden gehalten, das Essen war fantastisch, danach weitere Ansprachen, gefühlt jeder Gast sprach einen Toast auf das glückliche Paar aus.

Ab und zu wirkte es, als ob Paul, der Bräutigam, seiner frisch angetrauten Frau mit den Blicken Befehle gab. Travis bemerkte es nicht und ich nahm mir nicht heraus, als Außenstehende etwas zu sagen. Diana wirkte überglücklich, denn sie hatte die ganze Zeit ein breites Lächeln auf dem Gesicht, was ihre Gestalt noch mehr zum Strahlen brachte.

Nach dem Essen versammelte sich die gesamte Gesellschaft draußen, um den obligatorischen Wurf des Brautstraußes mit anzusehen. Ich klammerte mich an Travis' Hand, doch es blieb mir nicht erspart, dass die Brautjungfern auch mich nach vorne holten. Unwillig ließ ich ihn los und er grinste mich nur schief an. Die Brautjungfer zog mich unaufhaltsam mit sich und ich konnte ihm nur noch einen flehenden Blick über die Schulter zuwerfen.

In der Hoffnung, dass es niemand mitbekam, stellte ich mich hinter all die heiratswilligen Frauen. Glücklicherweise war ich so klein, dass mich so keiner mehr sehen konnte. Da ich schon immer schlecht im Fangen von Dingen (und auch im Werfen) war, fühlte ich mich halbwegs sicher.

Leider hatte ich nicht mit Diana gerechnet – wie auch, ich hatte noch kein Wort mit ihr gesprochen. Sie warf den Strauß aus exotischen Blumen so weit, dass er direkt in meinen Armen landete. Verwirrt sahen die anderen sich um, die Menge teilte sich und die Braut kam breit grinsend auf mich zu. Sie nahm mich in den Arm und küsste mich rechts und links auf beide Wangen.

»Du kannst dich nicht verstecken, Süße«, flüsterte sie mit einem Grinsen in mein Ohr. Tapfer versuchte ich, ihr Lächeln zu erwidern und die neidvollen Blicke der anderen zu ignorieren. Diana bemerkte es natürlich, warf den Kopf zurück und brach in ein melodisches Gelächter aus. Wenigstens eine hatte ihren Spaß. Sie nahm meine Hand und führte mich zu Travis, der mich unter johlendem Applaus küsste.

Damit hatte ich auch keinen Grund mehr, missmutig zu sein. Ich legte den Strauß auf meinen Platz am Tisch des Brautpaares und stellte mich dann wieder zu Travis an den Rand der Tanzfläche, um dem ersten Tanz der Frischvermählten zuzusehen. Mein Freund legte den Arm um meine Schulter und sah stolz seiner Schwester zu, die über das Parkett gewirbelt wurde, gleich darauf auch beim zweiten Tanz, der ihrem Vater gebührte. Nach diesem ließ er mich los, um mit Diana zu tanzen.

Von hinten wurde auf meine Schulter getippt. Josh hielt mir auffordernd die Hand hin und grinste mich an. Lachend gingen wir zu den anderen und stiegen mit ein. Länger als ein Lied konnte mich Josh aber nicht in Beschlag nehmen, denn sofort danach tauschten beide Brüder die Partnerinnen. Travis sah mich glücklich lächelnd an, was mein Herz zum Höherschlagen brachte.

»Du siehst so wunderschön aus, Honey.« Okay, das brachte mich nun endgültig zum Schmelzen.

Ich erwiderte sein Lächeln voller Freude und antwortete: »Nur für dich, Trav.« Er zog mich etwas näher an sich und ließ mich den gesamten Abend nicht mehr los.

Meine Augen wollten sich nicht öffnen, obwohl ich spürte, dass Travis sich unter mir bewegte. Meine Finger krallten sich fester in seinen Arm und ich spürte die Vibrationen seines leisen Lachens an meiner Wange.

Es war eindeutig noch zu früh, um mich von ihm zu lösen. Die Feier hatte nicht besonders lang gedauert, denn gegen zehn Uhr hatten wir Diana und Paul in die Flitterwochen verabschiedet. Doch Travis hatte noch mehr mit mir vorgehabt. Als wir wieder in seinem Schlafzimmer gewesen waren, hatte er mich bedächtig ausgezogen und mich ausführlich betrachtet. Danach hatten wir uns langsam und zärtlich geliebt. Bis weit in die Nacht sprachen wir über die Hochzeit und seine Familie, von der ich nicht viel mitbekommen hatte. Zögerlich hatte ich meine Bedenken zu Paul erzählt, doch Travis meinte, dass da nicht viel dahinter sein konnte. Die beiden kannten sich schon ihr halbes Leben.

Lange hatte ich darüber nachgedacht, wie schön das sein musste. Man kannte sich seit Jahren und verwirklichte dann seinen Traum miteinander. Konnte das auch passieren, wenn man sich erst seit ein paar Monaten kannte? Und was war eigentlich mein Traum?

Bei meinen Gedanken kuschelte ich mich noch enger an Travis, wenn das überhaupt möglich war. Als er mir über die Wirbelsäule strich, war ich kurz davor zu schnurren wie ein Kätzchen. Mit immer noch geschlossenen Lidern hauchte ich kleine Küsse auf seine Brust.

»Honey, wir sollten aufstehen, es ist bald schon Zeit für das Mittagessen.«

»Mmh«, brummte ich nur, weil ich gerade so zufrieden war. Wieder lachte er, bewegte sich aber immer mehr unter mir, bis er schließlich neben mir lag und mir über die Wange strich. Träge öffnete ich die Augen und sah direkt in seine. In seinem Blick lag hauptsächlich Zärtlichkeit, aber auch ein kleines bisschen Belustigung.

»Wenn du mich aufstehen lässt, hole ich dir Kaffee, damit du bereit für das Zusammentreffen mit meinen Eltern bist.«

Mein Magen zog sich unwillig zusammen, ich war noch immer nervös, aber jetzt war es so weit und ich konnte es nicht ewig hinauszögern. Ich küsste ihn kurz und sagte: »Na gut, aber ich tue das nur für dich!«

Für meine morgendlichen Verhältnisse sprang ich recht schnell unter die Dusche, föhnte dann ordentlich meine Haare und legte ein leichtes Makeup auf. Schließlich wollte ich einen guten Eindruck machen. Aus dem Koffer suchte ich mir eine leichte Sommerhose und eine ärmellose Bluse heraus – nicht wirklich mein normaler Freizeitlook, sondern eher ein Uni-Outfit. Dennoch war das wohl angemessen, wenn man auf den amerikanischen Geldadel traf.

Als ich fertig war, kam Travis mit zwei Tassen ins Zimmer und bedeutete mir, dass wir uns auf den Balkon setzen würden. Im Gegensatz zu mir hatte er nur Jeans und T-Shirt an. Aber seine Eltern kannten ihn ja schon und würden wohl eher mich als ihn kritisch betrachten.

Wir sahen den Menschen zu, die das Zelt im Garten abbauten, während wir Kaffee tranken. Mein Freund hatte die Zubereitung für mich inzwischen so perfektioniert, dass er besser schmeckte, als wenn ich es selbst tat.

Gestärkt und mit ausreichend Koffein versorgt, gingen wir schließlich nach unten. Mr . und Mrs.

Reek saßen in der Küche und lasen Zeitung. Sie sahen wirklich nicht Furcht einflößend aus und wünschten mir einen Guten Morgen. Travis hatte mich gestern schon kurz vorgestellt, doch viel mehr als ein oder zwei Sätze hatte ich mit ihnen jedoch nicht gewechselt. Ich lächelte mein allerschönstes Lächeln, doch beide senkten ihren Blick wieder auf die Zeitung.

»Travis, schau doch mal, ob hier auch die Hochzeitsanzeige drin ist«, sagte Mrs. Reek, ohne aufzublicken, und reichte ihrem Sohn eine weitere Zeitung. Er rollte mit den Augen und schlug offenbar sofort die richtige Seite auf.

»Hier, Mom, genau wie es sein sollte.«

»Fein«, antwortete sie nur.

Travis zog mich an der Hand nach draußen auf die Terrasse. Josh kam uns gerade, nur in Badeshorts bekleidet, entgegen. Wir ließen uns gemeinsam in die gemütlichen Sessel sinken und plauderten über die gestrige Feier. Das flaue Gefühl in meinem Magen ignorierte ich so geflissentlich, wie es Travis' Eltern mit mir getan hatten.

Zwischenzeitlich bemerkte ich, wie die beiden Brüder sich Blicke zuwarfen, sie schienen sich mit den Augen zu verständigen. Auch dieses Schauspiel blendete ich aus und versuchte mich darauf zu konzentrieren, was ich ihren Eltern von mir erzählen konnte, wenn sie mich denn mal beachten würden.

Wir vertrieben uns die Zeit bis zum Lunch mit Nichtstun, während wir von der Haushälterin mit Getränken versorgt wurden. Immer wieder schielte ich zur Uhr, um mich mental auf das Gespräch beim Mittagessen vorzubereiten. Travis strich unaufhörlich über meinen Arm, während er sich mit seinem Bruder über seine Band unterhielt. Seitdem ich wusste, dass er Erfahrungen auf der Bühne hatte, nahm ich diese Unterhaltungen ganz anders wahr.

Um kurz vor ein Uhr verabschiedete Josh sich, um sich für das Mittagessen umzuziehen. Das irritierte mich etwas, weil ich dachte, dass ihm die Konventionen schlichtweg egal waren. Wenigstens ein bisschen schien er sich dieser Gesellschaft anzupassen.

Die Haushälterin trug gerade Salat und Brot auf, als Josh in Begleitung seiner Eltern eintraf. Wie immer, wenn ich nicht genau wusste, was zu tun war, wartete ich immer eine Sekunde ab, was die anderen tun würden. Doch viel mehr, als zu warten, bis alle Essen und Getränke vor sich stehen hatten und dann schweigend den Caesar Salad zu essen, passierte nicht.

Als alle fertig waren, betupfte Travis' Mutter Helena sich die Mundwinkel und richtete ihre Aufmerksamkeit auf mich.

»Lara, erzählen Sie doch etwas von sich«, forderte sie mehr, als höflich zu fragen.

»Ähm … klar, also ich bin fünfundzwanzig …«

»Seien Sie doch so nett und sprechen Sie Englisch. Mein Mann spricht nicht annähernd so gut Deutsch wie meine Söhne.« Sie lächelte Victor strahlend an. Dieser nickte nur kurz.

Mein Englisch war ganz passabel, also stellte ich mich auf Englisch vor: Woher ich kam, was ich studierte und so weiter. Was erzählte man denn schon über sich in so einer Situation?

Als Travis merkte, dass mir nichts mehr einfiel, ergriff er meine Hand und lobte mich in den Himmel.

Er beschrieb mein soziales Engagement, meine guten Leistungen, mein gutes Elternhaus . Es hörte sich beinahe an, als wollte er mich seinen Eltern verkaufen. Aber er meinte es nur gut.

Offenbar reichte das seinen Eltern aus, denn sie gingen wie beiläufig zu einem anderen Gesprächsthema über.

»Ich habe Julias Eltern vor ein paar Tagen getroffen, Travis. Ich soll dich von ihnen grüßen«, erzählte Helena meinem Freund.

»Danke«, antwortete er nur knapp.

»Sie ist jetzt wohl auch in Australien sehr erfolgreich«, warf nun sein Vater ein.

»Das freut mich für sie«, erwiderte Travis wieder kurz angebunden.

Ungefähr so ging es den ganzen Nachmittag weiter. Meine Beiträge zum Gespräch hielten sich in Grenzen, nur Travis und Josh bezogen mich manchmal mit ein, doch ich hatte eher wenig zu sagen. Sie sprachen über die Familie und alte Freunde, wie es schien. Ab und zu verfielen sie in einen starken Akzent, der wirklich schwer zu verstehen war, wenn sie so schnell sprachen. Nur ein Name tauchte immer wieder auf, meistens in Helenas Monologen: Julia.

Fast jedes Mal, wenn das der Fall war, verzog Josh die Lippen. Nicht zu einem Lächeln, sondern eher angewidert. Was hatte es bloß mit dieser Frau auf sich?

Am späten Nachmittag verabschiedeten wir uns, um einen Spaziergang am Strand zu machen. Meine Schuhe hatte ich ausgezogen, um barfuß durch den Sand zu laufen. Hand in Hand mit Travis, der sehr nachdenklich wirkte.

»Trav?«, fragte ich nach ein paar Minuten, um seine Aufmerksamkeit zu erregen.

»Ja, Honey?«

»Wer ist Julia?«

»Meine Exfreundin«, antwortete er gepresst und seine Finger umschlossen meine Hand fester. Schockiert blieb ich stehen.

»Wie bitte?« Meine Stimme klang um einiges schriller als normalerweise.

»Lara, es tut mir leid, dass meine Eltern so unsensibel sind.«

»Ich saß mehr als drei Stunden an einem Tisch mit ihnen und ihr redet die ganze Zeit über deine Ex?« Travis sah mich eindringlich an, was gar nicht so einfach war, denn ich würde wahrscheinlich gleich hysterisch werden.

»Honey, ich bin seit mehr als drei Jahren nicht mehr mit ihr zusammen. Sie hat mich am laufenden Band betrogen, wenn sie wegen ihrer Aufträge in anderen Ländern oder auch nur in anderen Städten war.« Aufträge? War sie Geheimagentin, oder was?

»Was denn für Aufträge?«

»Sie ist Model und …«

»Model? Na toll!« Ich entzog ihm meine Hände und stapfte entschlossen am Strand zurück Richtung Haus. Da kam ich mir gleich noch ein bisschen blöder vor.

»Lara, warte«, sagte Travis hinter mir. Meine Schritte wurden noch schneller. Da Travis' Beine aber ungefähr doppelt so lang waren als meine, hatte er mich natürlich schnell eingeholt. Er legte die Hand auf meine Schulter, doch ich ging immer noch weiter.

Ruckartig wurde ich hochgehoben, Travis trug mich mit einem Arm unter meinen Kniekehlen und dem anderen an meinem Rücken zur Kaimauer. Er setzte mich darauf ab und stellte sich zwischen meine Beine. Trotzig blickte ich auf das Meer.

»Lara, sieh mich an«, bat er leise. Stoisch betrachtete ich das Segelboot, das gerade am Horizont auftauchte. »Lara, bitte«, forderte er eindringlicher. Als ich immer noch nicht reagierte, drehte er mein Gesicht mit einer Hand, sodass ich ihn ansehen musste, die andere legte er um meine Taille. Offenbar wollte er verhindern, dass ich wieder abhaute.

»Ich war nur ein paar Monate mit ihr zusammen.« Ich schnaubte. Wir waren erst ein paar Wochen zusammen! »Nachdem ich dahintergekommen war, dass sie mich ständig betrogen hat, habe ich es beendet. Das war vor über drei Jahren.«

»Und deine Eltern schwärmen jetzt noch von ihr«, maulte ich.

»Es ist mir egal, von wem meine Eltern schwärmen!« Sein Griff um meine Taille wurde spürbar fester. »Lara, sie war mir nicht halb so wichtig wie du. Glaubst du mir das?« In seinem Blick suchte ich nach Unstimmigkeiten, doch ich konnte nur seine Zuneigung in den dunkelblauen Augen erkennen. Ohne eine Antwort abzuwarten, küsste er mich zärtlich.

»Wovor hast du Angst?«, fragte er mich leise, nachdem er sich wieder von mir gelöst hatte.

»Vor meinen eigenen Gedanken«, antwortete ich mindestens genauso leise und legte meine Stirn an seine Brust. Meine Beine und Arme schlangen sich wie von selbst um ihn, sodass er dichter an mich herantreten musste.

Beim Abendessen änderten Helena und Victor ihre Taktik. Sie spielten nicht mehr subtil auf Travis' Ex an, sondern verglichen sie offensichtlich mit mir.

Julia war ja so erfolgreich, Julia war schon Ende zwanzig und damit im perfekten Alter, um zu heiraten, Julia hin, Julia her. Jedes Mal, wenn ihr Name fiel, sog ich zischend die Luft ein, Josh verzog wieder das Gesicht und Travis zuckte zusammen. Insgesamt war dies das schlimmste Dinner, das ich bisher erlebt hatte.

Viel zu früh, um noch als höflich zu gelten, verabschiedete ich mich und Travis folgte mir in sein Schlafzimmer. Wieder zog er mich in seine Arme, er wusste genau, wie es mir ging.

»Hör einfach nicht auf sie, Honey.«

»Wie soll ich denn nicht auf sie hören, wenn sie kein anderes Thema haben?«, fragte ich ihn aufgebracht.

»Wir fahren morgen zurück nach New York …«

»Nein! Du bist hier, um Zeit mit deiner Familie zu verbringen. Wenn du in der Stadt bist, geht das wohl schlecht!«

»Honey … ich will, dass es dir gut geht«, flüsterte er in mein Haar, ich konnte seinen inneren Konflikt praktisch hören.

»Irgendwann werden sie ihr Pulver verschossen haben, Trav. Ich halte das schon aus.« Meine Stimme klang sicher. Viel zu sicher. Denn fest stand, dass mich ein paar Stunden mit Travis' Eltern dermaßen verunsichert hatten, dass ich nicht eine Minute länger hierbleiben wollte. Doch ich wollte ihn nicht enttäuschen.

Vorsichtig löste ich mich von ihm, um ihn zu küssen. Natürlich wollte ich, dass er mir glaubte, doch ich war nicht sicher, ob ich das mit Worten hinbekommen würde. Also musste ich Taten sprechen lassen. Obwohl er viel größer und stärker als ich war, ließ er sich von mir zum Bett dirigieren. Keine Sekunde ließ ich von seinen Lippen ab, sondern ließ meine ganze Leidenschaft in den Kuss fließen. Als er mich auf seinen Schoß zog, spürte ich seine Härte an meiner Mitte. Aus Erfahrung wusste ich, dass es nicht lange dauern würde, bis er die Führung übernehmen würde.

Wieder einmal genoss ich die laue Nachtluft, doch dieses Mal betrachtete ich nicht die Aussicht, sondern Travis, der tief und fest schlief. Der Vollmond und die Sterne erhellten das Zimmer, sodass ich ihn ohne Probleme beobachten konnte.

Ich schnippte die mittlerweile dritte Zigarette über die Brüstung des Balkons und traf leise seufzend meine Entscheidung. Eigentlich war sie schon längst gefallen, denn ich hatte die wichtigsten Sachen in meinen Koffer gepackt und mich wieder angezogen. Die Schlüssel zu Travis' Auto und zu seiner Wohnung in der Stadt lagen in meiner Hand.

Leise schlich ich durch das Zimmer und warf nur noch einen letzten Blick zurück. Ob er mir das verzeihen würde, wusste ich nicht. Vielleicht war das aber auch besser für uns beide.

Kapitel 15

Lara

Der Weg von Long Island bis in die City dauerte nachts um drei Uhr nicht halb so lange wie der Hinweg. Travis hatte glücklicherweise die Adresse seines Appartements im Navigationssystem gespeichert, sodass ich nur dessen Hinweisen folgen musste. Offenbar war keiner der Reeks wach geworden, als ich das riesige Auto aus der Garage manövrierte und nach New York aufbrach, um meine restlichen Sachen zu holen.

Langsam bog ich in die Tiefgarage unter dem Haus ein und stellte den Wagen auf seinen angestammten Platz. Ich erinnerte mich wehmütig daran, wie ich zum ersten Mal hier gewesen war.

Der Aufzug brachte mich nach oben, leise schloss ich die Wohnung auf. Nicht, dass die Nachbarn noch dachten, ich wäre ein Einbrecher! Über meine Smartphone-App suchte ich einen passenden Flug, doch leider gab es keine direkte Verbindung von hier nach Deutschland.

Schlussendlich buchte ich eine Route über Chicago, obwohl ich dort noch knapp acht Stunden Aufenthalt haben würde, bis ich weiterfliegen konnte. Beim abschließenden »Jetzt zahlungspflichtig buchen« hielt ich die Luft an, in der Hoffnung, dass meine Eltern noch nicht gemerkt hatten, dass ich in den USA war. Doch alles lief reibungslos.

Ich suchte meine Sachen zusammen und warf alles unordentlich in meinen großen Reisekoffer. In die

Hamptons hatte ich nur meinen Handgepäcktrolley mitgenommen und das Kleid in seiner Hülle, das jetzt noch in Travis' Schlafzimmer bei seinen Eltern hing.

Der Nachtportier war so freundlich, mir ein Taxi zum Flughafen und einen Kurier zu bestellen. Als der Fahrer meinen Koffer einlud, übergab der Portier dem Kurier ein kleines Päckchen, das Travis am nächsten Tag erhalten würde.

Noch einmal sah ich hinauf zu den Fenstern seiner Wohnung, die jetzt natürlich im Dunkeln lag. Die einzelne Träne, die mir über die Wange lief, wischte ich nicht weg, denn ich hatte es verdient, dass ich traurig war.

Hin und hergerissen saß ich erst im Taxi und lief dann durch den Flughafen. Einerseits war ich sicher, die richtige Entscheidung getroffen zu haben, denn ich wollte Travis nicht auf seinem Weg aufhalten. Auf der anderen Seite war er mir in den letzten Wochen so unfassbar wichtig geworden. Aber auch das würde bestimmt vorbeigehen. Travis würde eine Frau finden, die seine Eltern akzeptierten, und ich vielleicht irgendwann mal einen Mann, der zu meiner Familie und mir passte.

Ich passierte ohne Probleme sämtliche Kontrollen und wartete schließlich auf das Flugzeug, das mich zwar noch nicht nach Hause fliegen würde, aber ein Schritt in die richtige Richtung war. Das versuchte ich mir zumindest einzureden, denn es fühlte sich ganz und gar nicht richtig an.

Immer wieder sah ich auf die Armbanduhr, die meine Eltern mir zu meinem letzten Geburtstag geschenkt hatten. Das Boarding würde in wenigen

Minuten beginnen und dann gab es kein Zurück mehr. Die Schlange vor mir war nicht besonders lang. Wer wollte denn schon montagmorgens um sechs Uhr fliegen? Im Flugzeug würden wohl hauptsächlich Geschäftsleute sitzen und die Frau vor mir, die ihre Katze in einer kleinen Tasche mit sich herumtrug. Innerlich schüttelte ich den Kopf und hoffte, dass ich nicht neben ihr sitzen würde.

Meine Hoffnungen wurden erfüllt, ich saß alleine in einer Reihe mit drei Sitzen. Den Trolley verstaute ich unter dem Sitz vor mir, denn ich war einfach zu klein, um ihn in den Fächern über mir unterzubringen. Wieder so eine Situation, die mich an Travis erinnerte. Wie zuvorkommend er bei dem Flug nach London gewesen war und mich so etwas nicht selbst tun ließ.

Mit einem kleinen Seufzen ließ ich mich auf den Fensterplatz sinken. Kurz bevor ich mein Smartphone ausstellen musste, schrieb ich Alina noch, dass ich auf dem Weg nach Hause war, und in welchem Hotel ich den Tag – wahrscheinlich schlafend – verbringen würde.

Als das Flugzeug abhob und immer höher stieg, sah ich auf das Land hinab, das Travis so sehr liebte, und die Stadt, deren Fan ich in der letzten Woche geworden war. Enttäuscht versuchte ich, diese Tatsache auszublenden, denn es brachte mich nicht weiter. Im Abstand von einigen Minuten traten mir immer wieder die Tränen in die Augen, wenn ich daran dachte, wie enttäuscht Travis von mir sein musste, wenn er herausfand, dass ich einfach abgehauen war. Wie würde es wohl sein, ohne ihn nach Hause zu kommen? Die Zeit, die ich in den nächsten Wochen mit wenig Sinnvollem füllen konnte, alleine zu verbringen?

Und überhaupt – was würde aus uns werden? Mit einem bitteren Lächeln bedankte ich mich bei der Stewardess, die mir gerade einen Kaffee gebracht hatte. Sie war natürlich die Letzte, die etwas dafür konnte, dass ich – schon wieder – zu feige für diese Beziehung war. Ich hatte nicht bemerkt, dass sie sich schon weggedreht hatte, als ich mit einem milderen Gesichtsausdruck wieder aufsah.

Mein Blick traf auf den eines Typen im Anzug, der in der Reihe gegenüber des Ganges saß. Er lächelte mich schüchtern an. Gerade war mir wirklich herzlich egal, was der arme Kerl von mir dachte, also drehte ich mich einfach wieder Richtung Fenster. Der Kaffee schmeckte so scheußlich, wie es nur im Flugzeug der Fall war, darum ließ ich ihn einfach auf dem Tischchen in der Mitte stehen.

Mit verschränkten Armen betrachtete ich weiterhin die Wolkendecke, die sich inzwischen unter uns ausbreitete. Wenn ich in Chicago ankam, wäre es ungefähr halb acht am Morgen. Da Travis generell früh aufstand, wäre er dann vielleicht schon wach. Ein Schauer überlief meinen Rücken, als ich daran dachte. Entschieden beschloss ich, mein Handy auszulassen, bis ich meinen nächsten Flug antreten würde. Doch auch die Aussicht, schon wieder die Landung alleine überstehen zu müssen, konnte meine Laune nicht heben. Und es waren sogar zwei! Eine in einigen Minuten und die in Deutschland. Alles in allem war das wahrscheinlich eine der dümmsten Ideen gewesen, die ich je gehabt hatte: Travis hatte ich sitzen gelassen, ohne einen Plan, wie ich in den

Ferien meine Zeit verbringen sollte, wenn er in den USA blieb. Und ohne eine Idee, ob wir vielleicht noch eine Chance hatten. Doch seine Eltern würden sich wohl kaum wegen mir ändern.

Travis

Inzwischen beunruhigte es mich, wenn ich aufwachte und nicht Laras übliche Wärme auf mir spürte. Das konnte nichts Gutes bedeuten. Um etwas Zeit zu schinden, überlegte ich mit geschlossenen Augen, was ich meinen Eltern sagen sollte. Wir würden heute zurück nach New York fahren, das stand fest, doch irgendwie musste ich ihnen begreiflich machen, wie unhöflich sie gewesen waren.

Lara hatte nicht verdient, was die beiden gestern abgezogen hatten. Sie war eine tolle Frau und meine Eltern kannten sie gefühlte fünf Minuten. Warum nahmen sie sich also heraus, zu beurteilen, was das Richtige war? Oder wer die Richtige für mich war?

Langsam öffnete ich die Augen, um nachzusehen, was mit meiner Freundin war. Konnte sie nicht schlafen und war schon aufgestanden? Blinzelnd, weil die Sonne bereits in mein Zimmer schien, sah ich mich um. Aus dem Bad hörte ich keine Geräusche. Da war sie wohl schon mal nicht. Die Tür zum Balkon war von innen geschlossen, dort konnte sie also auch nicht sein.

Irgendwie bezweifelte ich, dass sie freiwillig alleine nach unten gegangen war, doch ihre Not, morgens Kaffee trinken zu müssen, konnte auch das erklären. Verwundert sah ich, dass der Wecker schon halb zehn anzeigte. Normalerweise schlief ich nicht so lange, aber schließlich hatte ich Urlaub.

Ich streckte mich und zog mir bequeme Klamotten an, um weiter nach Lara zu suchen. Unten schaute ich kurz in die Küche, doch da saß nur meine versammelte Familie. Die Terrasse war verwaist. Also beschloss ich, mir erst einen Kaffee zu machen. Vielleicht wusste Josh noch eine Möglichkeit.

»Morgen«, grummelte ich genervt, weil meine Eltern mal wieder so taten, als wäre nichts passiert. Sie strahlten mich fröhlich an. Mein kleiner Bruder bedachte sie mit geradezu eisigen Blicken. Er saß mit verschränkten Armen am Tisch und hatte sein Frühstück offenbar nicht angerührt.

»Was ist hier los?«, fragte ich verwirrt, weil ich die Situation nicht ganz einordnen konnte.

»Suchst du vielleicht jemanden?«, erwiderte Josh.

»Weißt du, wo Lara ist?«

»Lass mich überlegen.« Er tippte sich an die Nase, so als ob er erst darüber nachdenken musste. »Vielleicht hat sie nach dem netten Empfang gestern ja die Flucht ergriffen?«

Irritiert sah ich von ihm zu meiner Mom, die jetzt nicht mehr so strahlte, als wäre es der schönste Tag aller Zeiten. Mahnend hob mein Vater den Zeigefinger, wie früher, wenn wir still sein sollten.

»Sohn, ich …«

»Dad, es reicht. Das Spiel, das ihr gestern mit meiner Freundin gespielt habt, ist eindeutig zu weit gegangen. Ich kann gar nicht fassen, wie oberflächlich ihr seid!«

»Sprich nicht so mit deinem Vater!«, warf meine Mutter ein.

»Ich spreche mit ihm, wie ich will. Schließlich bin ich alt genug, um eigene Entscheidungen zu treffen. Lara und ich fahren heute zurück in die Stadt. Das war es mit meinem Besuch hier.«

»Also das könnte schwierig werden, Brüderchen.« Josh ging mir mit seinem altklugen Getue dezent auf die Nerven.

»Wie meinst du das?«, fragte ich ihn trotzdem, denn er war offenbar der Einzige, der mir erklären konnte, was hier los war. Er antwortete mir nicht, sondern stand auf und bedeutete mir, ihm zu folgen. Stirnrunzelnd ging ich hinter ihm her in die Garage. Meine Eltern hatten zwar mehrere Autos, doch für unsere war immer noch Platz in dem riesigen Anbau. Neben dem Mercedes meiner Mutter und dem Porsche SUV meines Dads stand Joshs Jeep und mein … also mein Wagen sollte direkt daneben stehen.

»Was zur Hölle …?« Fassungslos sah ich meinen Bruder an. Der hatte abwartend die Brauen nach oben gezogen und sah mich stumm an. Wer sollte denn über Nacht mein Auto stehlen und alle anderen – die auch noch teurer waren als meins – stehen lassen?

»Und, klingelt's?«, fragte Josh jetzt. Und ja, es dämmerte mir. Ich drehte mich auf der Stelle um und stapfte zurück ins Haus.

»Ihr seid wirklich unfassbar!«, rief ich in die Küche und lief auf die Treppe zu. Lara konnte noch in der Nähe sein. Die Türklingel ertönte, schnaubend riss ich sie auf, weil ich gerade daran vorbeilief. Der picklige junge Kerl bekam meine gesammelte Wut ab.

»Was ist denn, Mann?«, fragte ich ihn lauter als gewollt.

»Ich … ich … hier!«, stotterte er und hielt mir ein kleines Päckchen hin. Auf der Verpackung stand nichts, also riss ich dem Jungen sein Klemmbrett aus der Hand. Darauf stand auch kein Absender, aber als Empfänger mein Name und die Adresse meiner

Eltern. Ohne dass der Kurier mich aufgefordert hatte, unterschrieb ich den Lieferschein mit dem Stift, der am Klemmbrett baumelte. Ich drückte es ihm wieder in die Hand und warf die Tür vor seiner Nase zu.

Ein Kribbeln in meinem Nacken deutete an, dass meine Familie mich beobachtete. Fahrig und mit zittrigen Fingern riss ich das Packpapier auf und hielt den Schlüssel zu meiner Wohnung und meinen Autoschlüssel in der Hand. Darunter lag ein Zettel. »Es tut mir so leid, L.« war alles, was darauf stand.

Als der Kurier geklingelt hatte, musste ich mich geirrt haben. Er hatte nicht meine Wut abbekommen. In Gedanken zählte ich bis zehn und atmete langsam ein und aus, während ich mich zu meinen Eltern drehte.

»Wenn ihr mir das zerstört habt, war ich heute das letzte Mal hier.«

Josh lief mir hinterher, als ich in mein Zimmer stürmte und wahllos Sachen in meinen Koffer warf. Ich sah in alle Schränke. Laras Sachen waren weg. Nur noch das Kleid, das sie an Dianas Hochzeit getragen hatte, hing an der Kleiderstange.

»Wer kann wissen, wo sie ist?«, fragte mein Bruder, erstaunlicherweise war er sehr ruhig.

»Alina!«, antwortete ich. Meine Geduld ließ es nicht zu, das weiter zu erklären. Kurz sah ich zum Wecker. Es war zehn Uhr, in Deutschland musste es also Nachmittag sein. Josh reichte mir schon mein Handy, bevor ich daran gedacht hatte.

Es klingelte nur zwei Mal, bevor Alina das Gespräch entgegennahm.

»Du hast aber lang gebraucht!«, begann sie ohne Begrüßung.

»Weißt du, wo sie ist?« Offenbar musste ich nicht erklären, was passiert war. Obwohl ich das noch nicht einmal selbst wirklich wusste.

»Chicago, ich schick dir die Adresse des Hotels.« Ich ließ die Luft aus meinen Lungen entweichen, die ich angehalten hatte. Sie war noch im Land, das war wenigstens ein Anfang.

»Danke.« Fast hätte ich meine guten Manieren vergessen.

»Nicht dafür, Travis. Hol sie dir zurück, sie ist manchmal wirklich bescheuert«, lachte sie und legte wieder auf. Sie hielt sich wirklich nicht mit Floskeln auf.

Schmunzelnd griff ich nach meinem inzwischen fertig gepackten Koffer. Aus einer Laune heraus nahm ich auch Laras Kleiderhülle aus dem Schrank.

»Fährst du mich zum Flughafen?«, fragte ich Josh, der mit verschränkten Armen am Türrahmen lehnte.

»Klar doch, Mann.« Damit drehte er sich schon um und zog seine Schlüssel aus der Hosentasche. Als ob er es geahnt hatte.

Ich hielt mich nicht damit auf, mich bei meinen Eltern zu verabschieden.

Mein kleiner Bruder warf mir einen tadelnden Blick zu, als ich mir auf halbem Weg in die Stadt eine Zigarette anzündete. Er hatte dennoch nicht den Schneid, etwas dagegen zu sagen. Zum ungefähr zehnten Mal versuchte ich, Lara anzurufen, doch es meldete sich nur die Mailbox. Alina hatte Wort gehalten und mir die Adresse des Hotels und ihre Flugdaten geschickt. Während wir unterwegs waren, buchte ich den nächsten Flug nach Chicago. Ein Hoch auf mobiles Internet!

Lara

Nach der anstrengenden Nacht, in der ich nicht geschlafen hatte, aber dafür das halbe Land überquert hatte, war ich im Hotel einfach ins Bett gefallen. Bis zum Nachmittag hatte ich geschlafen, nur um mir danach wieder selbst in den Hintern zu treten. Am liebsten wäre ich wieder nach New York geflogen, aber das traute ich mich nicht. Es war wohl besser, ein paar Tage oder Wochen Gras über die ganze Sache wachsen zu lassen, bevor ich Travis wieder traf. Wenn er mich denn wiedersehen wollte. Vielleicht hatte ich es jetzt auch endgültig verbockt. Die Tränen, die ich mit aller Macht unterdrücken wollte, liefen mir wieder über die Wangen. Auch das flaue Gefühl war, seitdem ich in den Hamptons aufgebrochen war, nur stärker geworden.

Im Schneckentempo duschte ich und zog mich an. Für den zehnstündigen Flug musste ich mich nicht besonders zurechtmachen, danach würde ich sowieso wieder völlig zerstört aussehen. Kurz überlegte ich, ob ich Alina fragen sollte, ob sie mich vom Flughafen abholen würde. Doch ich wollte mein Smartphone nicht wieder anschalten. Gemischte Gefühle hielten mich davon ab. Hatte Travis angerufen und ich musste es ignorieren, oder hatte er sich nicht gemeldet, obwohl er bereits seit Stunden bemerkt haben musste, dass ich abgehauen war?

Als ich alles wieder zusammengepackt hatte, ging ich an die Rezeption, um auszuchecken. Die Empfangsdame wirkte etwas verwirrt, weil ich ja nicht mal eine Nacht hier verbracht hatte, doch ich war nicht in der Verfassung, darauf einzugehen.

Vor der Tür standen einige Taxis, die mich bestimmt zum O'Hare International Airport bringen würden. Bevor ich einen Fahrer auf mich aufmerksam machte, zündete ich mir eine Zigarette an. Ich hatte noch reichlich Zeit, zum Flughafen zu kommen, und irgendwie hatte ich es auch nicht eilig, von hier wegzukommen. Wieder auf einem anderen Kontinent als Travis zu sein.

Direkt vor mir hielt ein Wagen – wie praktisch, dann konnte ich ja direkt dort einsteigen. Als der Fahrgast ausstieg, erstarrte ich. Das konnte jetzt nicht sein, oder?

»Wartest du auf jemanden, Honey?«, fragte Travis, als er sich vor mir aufgebaut hatte. Ich schnappte nach Luft, als mir klar wurde, was gerade passierte. Er war wirklich hier!

»Ich … ich …«, stammelte ich, weil ich keinen zusammenhängenden Satz herausbrachte. Der Fahrer drückte ihm seinen Trolley in die Hand und auch die Hülle, in der ich mein Kleid erkannte. Er sah mich noch immer abwartend an. Seine Lippen umspielte ein kleines Lächeln – das war gut, oder?

Ich unternahm noch einen Versuch, etwas zu sagen: »Du … was …?« Okay, das machte es jetzt nicht besser. Oder doch, denn er lachte leise, stellte die Sachen ab und kam auf mich zu. Meine Augen waren wahrscheinlich riesig, denn ich konnte es noch nicht wirklich glauben.

Statt etwas zu sagen, umarmte er mich einfach nur und drückte mich an seine breite Brust. Eine Weile lang standen wir einfach nur so da, ohne etwas zu sagen. Nach einiger Zeit wurde mir jedoch bewusst, dass uns die anderen Menschen hier draußen bestimmt anstarrten.

»Trav?«

»Ja, Honey?«, fragte er leise und es tat so gut, wie er mich mit meinem Kosenamen ansprach.

»Ich bin manchmal echt bescheuert!«, gab ich zu, denn es war die blödeste Idee der Welt gewesen. Das mit den dummen Einfällen häufte sich in letzter Zeit. Travis brach in schallendes Gelächter aus. Na, so lustig war das dann auch nicht.

Ich löste mich von ihm, kniff die Augen zusammen und fragte (hoffentlich so bedrohlich, wie ich vorhatte): »Lachst du mich aus?«

Er nickte und schüttelte gleichzeitig den Kopf. Obwohl ich eigentlich beleidigt sein wollte, machte sich ein warmes Gefühl in meinem Bauch breit. Womit hatte ich so einen tollen Mann verdient?

Endlich hatte er sich beruhigt und nahm meine Hand. Als er sanft daran zog und mich wieder in Richtung des Hotels führte, meinte er: »Das Gleiche hat Alina auch gesagt.«

»Alina?«, fragte ich dümmlich nach. Sie war die Einzige, die gewusst hatte, wo ich war. So machten wir das, damit wir beide uns sicher fühlten, auch wenn wir weit voneinander entfernt waren.

»Lara, wer sonst konnte wissen, wo ich dich suchen musste?« Er kannte mich einfach schon zu gut, nach so kurzer Zeit.

Vor der Rezeption stehend weigerte ich mich, seine Hand freizugeben, was ihn schmunzeln ließ. Umständlich versuchte er, mit links seine Kreditkarte herauszuholen, doch als er unterschreiben musste, ließ ich seine Finger los und schlang stattdessen meinen Arm um seine Mitte. Ich drückte mich gegen ihn, unfassbar froh, dass er bei mir war und meine Blödheit nicht zu ernst nahm.

Arm in Arm zogen wir unsere Koffer zum Aufzug und fuhren in das oberste Stockwerk. Travis öffnete mit der Keycard die Tür zu einer Suite, die so riesig war, dass mir der Mund offen stehen blieb.

»Wehe, du beschwerst dich«, warnte er mich leise, als wir im Raum standen und er mich wieder in seine Arme gezogen hatte.

»Aber wir brauchen doch gar …«

»Lara!«, unterbrach er meine Einwände bestimmt. »Nimm es bitte einfach an, okay?«

Travis strich mir sanft über die Haare, als wir auf dem riesigen Sofa lagen und er mir von dem Gespräch mit Alina und seiner Reise nach Chicago erzählte. Mein schlechtes Gewissen meldete sich – wieder einmal – weil ich dafür verantwortlich war, dass er durch das halbe Land gereist war.

»Trav, wegen gestern …«, begann ich diesmal, da wir so oder so auf dieses Thema gekommen wären.

»Honey, es tut mir so unglaublich leid.« Wieder unterbrach er mich, seine Worte bewirkten, dass ich mich ruckartig aufsetzte.

»Was sollte dir denn leidtun?«, fragte ich ihn erstaunt. Ich war doch diejenige, die einfach weggelaufen war!

»Meine Eltern … sie haben …«

»Recht«, vervollständigte ich den Satz.

»Was? Gar nichts haben sie! Sie haben dich

völlig ohne Grund verletzt und waren unfassbar bescheuert!« Jetzt regte er sich auf. Das war definitiv nicht mein Ziel gewesen.

»Aber sie haben doch recht! Julia wäre bestimmt viel besser für dich …«

»Lara! Julia ist kein Thema mehr! Und meine Eltern sollten das auch langsam verstehen.« Er nahm mein Gesicht in seine Hände und hypnotisierte mich mit seinen saphirblauen Augen. »Honey, ich will dich. Nicht Julia oder irgendeine andere Frau. Wirst du das jetzt auch mal verstehen?« Er wartete meine Antwort nicht ab, sondern presste seine Lippen auf meine. Meine Finger legten sich wie automatisch in seinen Nacken, damit ich mich gegen ihn drängen konnte. Travis strich mit seiner Zunge sanft über meine Unterlippe, was mir ein kleines Stöhnen entlockte. Er ergriff sofort die Gelegenheit und begann meinen Mund zu erforschen. Gemächlich spielten unsere Zungen miteinander. Der Kuss war eine Mischung aus verschiedensten Gefühlen: Erleichterung, Leidenschaft, Zärtlichkeit. Travis zog mich noch näher an sich, sodass ich keine Chance hatte, zu entkommen.

Völlig außer Atem lösten wir uns nach gefühlten Stunden voneinander. Und wieder blickte er mir nur lange in die Augen, ohne etwas zu sagen. Ich spürte, dass er etwas loswerden wollte, doch er schüttelte nur leicht den Kopf. Er legte seine Stirn an meine, seine Finger strichen leicht über meinen Nacken. Das war DAS Gefühl – seine Nähe war das, was ich brauchte. Mit keinem Wort, keiner Geste hatte er angedeutet, dass er mich nicht wollte, dass er lieber alleine in den Staaten gewesen wäre. Nur meine Gedanken hatten mich wieder einmal eingeholt.

»Honey, was wünschst du dir?«, fragte er nach einiger Zeit leise.

»Was meinst du?« Ich wünschte mir einiges, aber darauf wollte er wahrscheinlich nicht hinaus.

»Was sollen wir die nächsten Wochen anstellen? Wir haben alle Zeit der Welt. Ich würde gerne etwas unternehmen, das dir Spaß macht.«

»Also … keine Ahnung. Ich hatte mir irgendwann mal vorgestellt, eine Art Roadtrip zu machen.« Mein Traum, mit dem Auto durch Amerika zu fahren, war mir ein bisschen peinlich. Es war nichts Großartiges, einfach nur ein bisschen herumfahren, Städte und Landschaften sehen. Ohne irgendwem darüber Rechenschaft abzulegen, was man gerade tat.

Travis' Miene wurde von ernst zu fröhlich. Er drückte mir einen kleinen Kuss auf die Lippen. »Dann machen wir das! Morgen können wir planen, wo wir hinfahren.«

»Morgen?« Das ging aber ganz schön schnell.

»Natürlich! Oder wolltest du erst nächstes Jahr loslegen?« Er sah mich belustigt an.

Wir hatten Essen beim Zimmerservice bestellt und waren nun umgeben von den tollsten Gerichten. Bei der Wahl des Hotels hatte ich nicht viel Wert auf den Komfort gelegt, weil ich ja ursprünglich nur ein paar Stunden hier verbringen wollte. Aber zum Glück hatte das Hotelrestaurant einiges zu bieten.

Der krönende Abschluss war eine fantastische Mousse au Chocolat, Travis hatte mir sogar noch die Hälfte von seiner Portion abgegeben, weil ich meine so schnell verputzt hatte.

»Gott, war das gut!« Wenn ich Reste an den Fingern gehabt hätte, hätte ich sie auch noch abgeleckt. Travis grinste mich anzüglich an.

»Das sagst du eigentlich nur im Bett!«

»Mhhh … also diese Mousse hat das durchaus verdient«, neckte ich ihn.

»Vielleicht sollte ich deine Erinnerung mal etwas auffrischen. Offenbar hast du Probleme mit deinem Gedächtnis, wer hier deine Lobpreisung verdient hat!« Er zwinkerte mir zu und erhob sich. Auffordernd streckte er mir seine Hand entgegen, in die ich, ohne zu überlegen, meine legte.

Travis führte mich durch das Wohnzimmer ins Schlafzimmer. Bedächtig zog er mir mein T-Shirt über den Kopf und betrachtete mich. Seine Blicke waren mir nie unangenehm, doch jetzt waren sie geradezu brennend. Obwohl ich ungeduldig wie immer war, ließ ich ihm die Zeit, die er sich nehmen wollte. Mit einem Schritt war er bei mir und küsste mich. Ich schmiegte mich an ihn und erwiderte den Kuss genauso leidenschaftlich. Meine Hände schob ich unter sein Shirt, um ihn zu spüren. Es kam mir vor, als hätte ich das seit Monaten nicht getan, dabei waren es nur ein paar Stunden gewesen. Ohne seine Lippen von meinen zu lösen, öffnete er meinen BH, streifte mir die Träger von den Schultern und umschlang mich noch fester.

Meine Nippel rieben sich aufgestellt an seiner Brust, ich spürte, wie ich mit jeder Sekunde erregter wurde. Leise keuchte ich in seinen Mund, als er leicht in meine Unterlippe biss.

»Travis, bitte …« Die Worte kamen automatisch aus meinem Mund, obwohl ich gar nicht wusste, um was ich bat. Dennoch schien er besser zu wissen, was ich wollte. Er zog sich das Shirt über den Kopf, sodass ich ihn auch ansehen konnte. Verzaubert betrachtete ich seine nackte Brust, die Tattoos und das Gesicht des Mannes, der mir meinen Verstand raubte und mich so gut kannte.

Viel länger hielt ich es nicht aus, also griff ich nach dem Bund seiner Jeans und öffnete den Verschluss. Ich hakte die Zeigefinger in die Gürtelschlaufen und zog langsam den Stoff hinunter. Vor ihm ging ich auf die Knie, als ich ihm auch seine Shorts auszog. Sein harter Schwanz lag samtig und groß in meiner Hand, während ich ihm in die Augen sah. Ohne meinen Blick von seinem zu lösen, beugte ich mich vor und leckte sachte über seine Spitze.

»Lara«, keuchte er leise und es war Musik in meinen Ohren. Mit der Zungenspitze befeuchtete ich meine Lippen, bevor ich ihn in den Mund nahm. Neckend umspielte ich seine Eichel, sog und leckte und bemerkte, wie er langsam, aber sicher ungeduldig wurde. Immer weiter nahm ich ihn in meinen Mund, bis seine Fingerspitzen sich um meinen Hinterkopf legten und er meine Bewegungen sanft steuerte. Sein Atem ging immer abgehackter, bis er sich urplötzlich von mir löste.

Verwirrt sah ich auf und sah in seine vor Lust verschleierten Augen.

»Steh auf«, sagte er leise. Etwas enttäuscht erhob ich mich. Travis hob mein Kinn mit einem Finger an. »Ich will in dir kommen. Nicht so.« Mit einem Nicken zeigte ich ihm, dass ich verstanden hatte. Seine Fingerspitzen strichen zart über meine Arme und meine Schultern bis zu meinen Schlüsselbeinen.

Er streichelte einmal sanft darüber und umfasste dann meine Brüste mit beiden Händen. Seine Augen leuchteten, als er mich ansah.

»Du bist so schön«, murmelte er an meinem Ohr. Er bedeckte meinen Hals mit Küssen, während er meine Brüste massierte und über meine Nippel strich. Ich keuchte laut, als er sie plötzlich hart zwirbelte. Grinsend machte er sich nun auch an meiner Jeans zu schaffen und zog sie mir mitsamt meinem Höschen herunter. Seine Schultern boten mir Halt, als ich aus Hose und Schuhen stieg und endlich nackt vor ihm stand. Travis nahm mich an der Hand und führte mich zum Bett.

Er platzierte uns beide so, dass wir auf der Seite lagen, er hinter mir. Wieder streichelte er mich zärtlich, von den Schultern bis zur Kniekehle und wieder zurück. Eine Gänsehaut überzog meinen Körper, obwohl seine Berührungen heiße Spuren auf meiner Haut hinterließen. Mein Hintern drängte sich an ihn, mein Rücken streckte sich wie einstudiert und ohne mein Zutun. Travis' Hand wanderte über meinen Bauch bis zu meiner Scham. Er schob meine Beine auseinander, um seine Finger auf meine feuchte Mitte zu legen. Wie um mich auf die Folter zu spannen, verharrte er einen Moment, dann begann er mich mit sanften Bewegungen zu streicheln. Er ließ mich zappeln, wusste aber genau, was ich wollte.

»Trav …«, jammerte ich. »Ich will dich, bitte.« Sein leises Lachen vibrierte in seiner Brust, die ich an meinem Rücken spürte. Er stellte mein oberes Bein auf, sodass ich komplett offen für ihn war. Endlich!

Langsam schob er seine Härte in mich, was mich vor Lust und gleichzeitig vor Erleichterung aufstöhnen ließ. Mein Becken drängte sich gegen seinen Schwanz, was ihn ermutigte, sich endlich in mir zu bewegen. Bedächtig stieß er immer wieder in mich, schaukelte mein Verlangen hoch und trieb mich meinem Höhepunkt entgegen. Ich schob meine Hand an meine Perle, um sie zusätzlich zu massieren, doch Travis nahm sie wieder weg.

»Lass mich dich heute verwöhnen, Honey«, flüsterte er, bevor er im gleichen Rhythmus wie seine Stöße meinen Kitzler umkreiste. Seine Bewegungen wurden allmählich schneller, ich spürte, dass er auch nicht mehr weit entfernt von der Erlösung war. Zusätzlich zu seinen Bemühungen ließ ich leicht meine Hüften kreisen, so gut es mir möglich war, was ihm ein leises Stöhnen entlockte.

Der Orgasmus überwältigte mich, als Travis an meinem Hals sog und fest auf meinen empfindlichsten Punkt drückte. Es war mir egal, wie laut ich war, die Erlösung brach so über mich hinein, dass ich nichts mehr um mich herum wahrnahm. Nur Travis in mir, der pulsierte und mit einem Keuchen ebenfalls kam.

»Gott, war das gut!« Meine Stimme war noch nicht wieder auf einem normalen Level, sondern eher ein Keuchen. Wieder spürte ich sein Lachen hinter mir und das war eine noch größere Erfüllung als der intensive Höhepunkt, den ich soeben erleben durfte.

Kapitel 16

Travis

Seit einigen Stunden fuhren wir erst durch Illinois und dann durch Indiana. Die Route würde uns über einige Umwege zurück nach New York führen, von dort aus würden wir wieder nach Hause fahren. Lara wirkte winzig in dem riesigen Pick-up, den wir gemietet hatten, doch sie bestand darauf, weil es ihr Bild eines Roadtrips vervollständigte.

Sie hatte die Schulter gegen die Tür gelehnt, ihre Beine lagen auf meinen Oberschenkeln. Immer wieder streichelte ich ihre nackten Knöchel, die in ihren heiß geliebten Chucks steckten. Kein Urlaub der Welt konnte das toppen.

Fast in Toledo angekommen, seufzte Lara neben mir.

»Was ist, Honey?«, fragte ich sie.

»Sieh nur, wie schön das aussieht!«

Ich warf einen Blick durch ihr Fenster nach draußen. Die Sonne ging gerade unter und erhellte ein Feld mit verblühtem Löwenzahn.

»Können wir kurz anhalten?« Wir hatten geplant, überall dort zu bleiben, wo es uns gefiel – also setzte ich den Blinker und fuhr auf den Seitenstreifen. Kaum dass ich angehalten hatte, war Lara auch schon ausgestiegen und lief in das Feld. Wie ein kleines Mädchen hüpfte sie darin herum und freute sich über die Samen der Pusteblumen, die um sie herum schwebten. Ich zog mein Smartphone heraus und schoss einige Fotos von ihr. Sie war so schön, wie sie so unbeschwert in der Wiese stand. Sie pflückte eine Handvoll Blumen und pustete die Samen von den Stängeln. Gerade als sie das tat, drückte ich wieder auf den Auslöser. Abwechselnd betrachtete ich die Frau, die jetzt wieder auf mich zukam, und das Foto. Lara legte ihre Arme um mich und drückte sich gegen meinen Oberkörper. Ich vergrub die Nase in ihren vom Herumhüpfen zerzausten Haaren. So standen wir eine kleine Ewigkeit am Straßenrand und fühlten uns einfach nur gegenseitig.

»Ich bin froh, dass wir das hier machen, Travis«, nuschelte sie leise gegen meine Brust.

»Ich auch, Honey. Und ich bin froh, dass du noch nicht weg warst.«

Eigentlich wollte ich sie nicht loslassen, aber es wurde langsam spät und wir mussten uns noch ein Hotel für die Nacht suchen.

»Lara, lass uns weiterfahren, sonst kommen wir nie an.« Ich spürte, wie sie einmal tief ein- und ausatmete, wie sie es immer tat, wenn sie Entscheidungen treffen musste. Sie löste sich von mir und sah mich lächelnd an. »Alles klar, Mr. Reiseführer. Los geht's – du fährst, ich suche online nach Hotels.«

Sie machte es sich wieder auf dem Beifahrersitz bequem und legte die Füße auf das Armaturenbrett. Ich besah sie mit einem kritischen Blick. Sie tat es mir gleich.

»Meine Füße sind sauber, sie tun dem armen Auto nichts!« Ich lachte in mich hinein und fuhr los.

Lara

Mein Gewicht von einem Bein auf das andere verlagernd wartete ich auf Travis, der noch immer wild gestikulierend telefonierte. Er stand ein paar Meter von mir entfernt. Immer wieder sah ich zum Eingang der gläsernen Pyramide, in der es so viele Dinge gab, die ich gerne sehen wollte.

Die Liebe zur Musik hatte uns beide zur Rock 'n' Roll Hall of Fame nach Cleveland geführt. Das futuristische Gebäude hinter mir wartete darauf, dass wir die Schätze aus Jahrzehnten der Musikgeschichte bestaunten. Leicht genervt fragte ich mich, welches Telefonat so wichtig war, dass Travis es nicht später führen konnte. Er wusste genau, wie sehr ich mich auf den Besuch freute.

Immer noch mit dem Smartphone am Ohr kam er auf mich zu und hielt es mir schließlich entgegen. Verwundert blinzelte ich ihn an, dann sah ich auf das Display. Seine Schwester?

»Hallo?«, meldete ich mich vorsichtig.

»Lara, Süße, wie geht's dir?«, fragte Diana fröhlich am anderen Ende der Leitung.

»Ähm … gut?« Was wollte sie bloß von mir?

»Lara, ich wollte dir nur sagen, dass du nicht auf meine Eltern hören solltest. Sie sind ein bisschen anstrengend, werden sich aber sicherlich an dich gewöhnen, wenn ihr geheiratet habt.«

»Wenn wir … Was?!«, fragte ich etwas lauter als geplant.

Diana lachte leise. »Na, du hast doch den Brautstrauß gefangen! Du bist also die Nächste.« Ich hörte das Grinsen in ihrer Stimme und bemerkte, dass sie mich nur aufziehen wollte.

»Na, wenn du meinst«, grummelte ich zurück. Seit ein paar Wochen hatte ich den ersten Freund überhaupt und jetzt sollte ich ihn gleich heiraten? Ja. Klar.

»Süße, ich muss los, ich hab nur angerufen, weil Josh mir von dem Streit erzählt hat. Mach's gut!« Und schon hatte sie aufgelegt.

Mein Freund sah mich abwartend an, die Hände in den Taschen seiner Jeans vergraben.

»Von welchem Streit hat Josh deiner Schwester erzählt?«

»Ich habe meinen Eltern nur gesagt, dass ich vielleicht das letzte Mal zu Besuch war.«

»Warum das denn?«, fragte ich ihn entsetzt. Das konnte er nicht ernst meinen! Er stellte sich hinter mich und zog mich an seine Brust.

»Wegen dir«, sagte er schlicht. »Und jetzt lächeln, wir brauchen ein Selfie mit diesem großartigen Gebäude!«

Skeptisch betrachtete ich das riesige Lenkrad und sah dann auf meine nackten Beine, die nur in kurzen Jeansshorts steckten. Travis stützte sich mit dem Arm auf dem Dach des monströsen Pick-ups ab, mit dem wir seit einer Woche durch die Staaten fuhren. Bisher hatte ich mich geweigert, dieses »Auto« zu fahren, doch mein Freund meinte, der Trip war meine Idee, also musste ich auch fahren.

»Trav, ich komme noch nicht einmal an die Pedale!« Er lachte sein dunkles Lachen, das ich so sehr liebte. Mit ein paar Handgriffen hatte er den Sitz so eingestellt, dass ich sowohl über das Lenkrad sehen konnte als auch meine Füße an Gaspedal und Bremse reichten. Er gab mir die riesige Sonnenbrille, die mein halbes Gesicht verdeckte, und schloss die Fahrertür. Als er den Wagen umrundet hatte, ließ er sich auf dem Beifahrersitz nieder.

Als ich keine Anstalten machte, etwas zu tun, beugte er sich herüber und drückte auf den Startknopf. Das Auto erwachte zum Leben und brummte ungeduldig.

»Travis, ich kann das nicht!«, jammerte ich wieder. In Deutschland fuhr ich meinen Kleinwagen und da kannte ich mich aus. Die Verkehrsregeln in den USA waren ganz anders, die Straßen waren anders und das Auto war einfach nur unfassbar groß.

»Doch, Honey, du kannst das.«

Er erklärte mir, was ich machen musste, und lotste mich auf den Highway. Ich stellte den Tempomat auf die richtige Geschwindigkeit ein, damit ich noch weniger tun musste, um den Staat New York zu durchqueren.

Nach einiger Zeit entspannte ich mich so weit, dass ich auch das Land um mich herum betrachten konnte. Travis hatte eine Hand auf meinen Oberschenkel gelegt. Er sah mich an und grinste breit. Selbstzufrieden. Ich streckte ihm die Zunge heraus, was ihn zum Lachen brachte. Lachend drehte er das Radio lauter, während ich das Fenster ein Stückchen öffnete, damit mir der warme Wind ins Gesicht wehen konnte. Laut und falsch sang ich »Sweet Home Alabama« mit und kam mir dabei vor wie in einem Kinofilm.

Travis sang nicht mit, sondern schmunzelte nur und drückte meinen Oberschenkel. Er war inzwischen an meinen Gesang gewöhnt, auch wenn er ihn in den Ohren schmerzen musste. Jeder halbwegs musikalische Affe konnte das besser als ich, aber es machte einfach Spaß. Und genau das war es, was wir auf dieser Reise wollten: Spaß haben, frei sein, uns nicht von anderen komisch anschauen lassen müssen.

Egal, wie ich meine Zeit früher verbracht hatte, ich hatte mich nie so unbeschwert gefühlt wie jetzt. Weit entfernt von zu Hause, nur mit Travis an meiner Seite. Wieder musste ich zu ihm herübersehen. In manchen Augenblicken hatte ich immer noch das Gefühl, vor Glück zerspringen zu müssen. Es kribbelte in meinem Bauch, als ich ihn betrachtete, wie er entspannt neben mir saß.

»Wo übernachten wir heute?«, fragte ich ihn, denn wir planten nicht weiter als einen Tag voraus. Wir hatten zwar die Strecke festgelegt, aber nicht, wo wir anhalten würden.

»In ungefähr hundert Meilen gibt es einen Nationalpark mit See, Hotel und allem drum und dran«, sagte er, während er auf seinem Smartphone herumtippte.

»Hört sich gut an!« Das wären noch ungefähr zwei Stunden Fahrt. Also sollten wir den See noch vor Sonnenuntergang erreichen.«

Nach etwa einer weiteren Stunde, in der wir uns über die aufgemotzten Autos der anderen Menschen auf dem Highway lustig gemacht hatten, meinte Travis: »Fahr doch bei der Tankstelle da vorne kurz raus.«

»Der Tank ist doch noch halb voll?«, fragte ich irritiert.

»Lara, meine Liebste, tu es doch einfach«, bat er mich mit gespielt leidender Miene. Also fuhr ich auf die Abfahrt und bremste langsam, damit der Monstertruck nicht zu ruckartig stehen blieb. »Fahr auf den Parkplatz dahinten«, wies Travis mich an. Kurz wunderte ich mich über seine Anweisung, aber er wusste wohl, was er tat.

Ich hielt an, Travis schaltete auf »Parken« und drückte den Knopf für die Handbremse. Er sah mich mit einem unergründlichen Ausdruck an. Ich blickte fragend zurück. Das war seltsam.

»Komm her«, raunte er leise. Das ließ ich mir nicht zweimal sagen. Ich kletterte auf seinen Schoß und schlang die Arme um seinen Nacken. Seine Hände legte er auf meinen Hintern und schob mich langsam gegen seinen harten Schaft, den ich durch seine Jeans spürte. Anzüglich grinste ich ihn an. »Hundert Meilen sind verdammt lang …«, flüsterte er an meinem Ohr, zwischen den Küssen, die er auf meinem Hals platzierte. Er presste mich noch fester an seinen Schwanz, sodass mir ein kleines Stöhnen entwich. Wie einstudiert rieb ich mich an ihm wie eine rollige Katze. Gott, das war so peinlich, aber ich konnte nicht anders.

Seine Lippen fanden meine und er küsste mich stürmisch. Immer wieder ruckten meine Hüften nach vorne und ich presste mich an ihn, konnte nicht genug von ihm bekommen. Meine Finger krallten sich in seine Haare, während der Kuss immer intensiver wurde.

Atemlos löste Travis sich von mir, die blauen Augen waren vor Lust verschleiert. »Ich konnte nicht anders. Du bist einfach so heiß. Außerdem sitzt du schon den ganzen Tag halb nackt neben mir.« Wieder schenkte er mir ein Grinsen.

»Und das war's jetzt?«, fragte ich ihn. Jetzt musste ich die nächsten Meilen mit feuchtem Höschen fahren.

»Fortsetzung folgt«, versprach er mir.

Er hatte nicht zu viel verspochen. Nachdem wir im Hotel angekommen waren und unser Zimmer bezogen hatten, nahm er mich nach allen Regeln der Kunst unter der Dusche.

Meine Glieder fühlten sich noch immer wie Gummi an, als wir später nur in Bademänteln auf dem Liegestuhl auf dem Balkon lagen und den Sonnenuntergang betrachteten. Travis strich durch mein feuchtes Haar und ich widerstand dem Drang, wie ein Kätzchen zu schnurren. Wie konnte mich nur die Nähe eines einzigen Menschen derartig beruhigen?

Inständig hoffte ich, dass ich diese Ruhe mit nach Hause nehmen konnte, um sie in meinem Inneren aufzubewahren und immer dann zu spüren, wenn wieder eine anstrengende Situation anstand. Ich kuschelte mich noch etwas mehr an Travis' Brust, schob den Stoff seines Mantels zur Seite und küsste ihn auf die Brust. Das nahm er zum Anlass, seine Arme fester um mich zu legen und mich so eng wie möglich an ihn zu ziehen.

Wenn möglich, würde ich ewig mit ihm hier liegen wollen. Natürlich unterbrach in diesem Augenblick das Klingeln meines Handys die Perfektion dieses Moments. Travis verspannte sich spürbar, ich stöhnte genervt auf.

Leider wusste ich, dass der Anruf, der sich gerade durch »Family Portrait« ankündigte, längst überfällig war. Also ging ich hinein, um ihn anzunehmen.

»Lara Kipp«, meldete ich mich überflüssigerweise, denn ich hatte bereits gesehen, dass es meine Mutter war.

»Lara. Warum sagt deine Kreditkartenabrechnung, dass du vor zwei Wochen einen Flug nach New York gebucht hast?«, fragte sie mich mit ruhiger Stimme. Das war schlecht. Wenn sie aufgeregt war, konnte ich besser damit umgehen. Kurz überlegte ich mir, ihr eine haarsträubende Geschichte zu erzählen, beließ es dann aber doch bei der Wahrheit.

»Weil ich nach New York geflogen bin.« Weiter wollte ich das nicht ausführen.

Am anderen Ende der Leitung hörte ich, wie meine Mutter zischend die Luft einsog. »Hatten wir nicht darüber gesprochen?«

»Natürlich hatten wir das, aber …« Da ich nicht wollte, dass Travis alles mithörte, ging ich kurzerhand ins Bad und schloss mich ein. »… ich konnte nicht ohne ihn in Deutschland bleiben«, beendete ich meinen Satz wahrheitsgemäß.

»Wie meinst du das? Ist etwas passiert?« Jetzt regte sie sich doch noch auf.

»Also … ich weiß nicht. Nicht so richtig. Aber irgendwie schon«, erwiderte ich kryptisch, weil ich selbst nicht wusste, wie ich mich ausdrücken sollte.

»Lara, würdest du bitte in vollständigen Sätzen mit mir sprechen?«

»Ich glaube … ich bin verliebt«, wisperte ich.

»Warum flüsterst du, Kind?«

»Weil ich nicht will, dass er es hört.«

Meine Mutter lachte schallend. Sie lachte? Moment – was hatte ich verpasst? »Meine Güte, Lara! Warum hast du das denn nicht gleich gesagt?«

»Vielleicht, weil ich es nicht wusste?!«

Travis

Erstaunlich entspannt kam Lara wieder zurück auf den Balkon. Sie musste irgendetwas Fundamentales mit ihrer Familie besprochen haben. Als ob nichts gewesen wäre, setzte sie sich wieder vor mich zwischen meine Beine und lehnte ihren Rücken gegen meine Brust.

»Alles in Ordnung?«, fragte ich vorsichtshalber.

»Klar!«, antwortete sie fröhlich.

»Wie, klar?«

Sie drehte ihren Kopf und sah mich aus ihren wunderschönen Augen an. »Sie finden es okay, dass ich hier bei dir bin.«

»Seit wann das denn?« Vor einigen Tagen hatte sich das noch ganz anders angehört.

»Seit ungefähr drei Minuten. Frag nicht, ich musste ihr einiges erklären.« Also hatte sie wohl mit ihrer Mutter telefoniert. Das war gut. Sehr gut sogar. Hoffentlich hatten ihre Zweifel an unserer Beziehung sich damit endgültig erledigt. Um sie wieder so nah wie möglich bei mir zu haben, legte ich die Arme um ihre Taille und zog sie an mich. Ich konnte einfach nicht genug von ihr kriegen.

Schweigend sahen wir zu, wie die Sonne hinter den Baumwipfeln unterging. Glücklicherweise war es immer noch warm, sodass wir uns nicht bewegen mussten. Mein Körper wehrte sich dagegen, Lara auch nur eine Sekunde loszulassen. Auch wenn mich weiterhin beschäftigte, was sie mit ihrer Mutter besprochen hatte, fragte ich nicht nach.

Laras Atemzüge wurden ruhiger und sie schmiegte sich noch enger an mich. Nach einiger Zeit musste ich eine Entscheidung treffen. Entweder musste ich sie aufwecken, um ins Bett zu gehen, oder wir schliefen hier draußen auf dem Liegestuhl, der nicht sonderlich bequem war. Für sie offenbar schon, denn sie war problemlos eingeschlafen.

Nachdem ich kurz überlegt hatte, schob ich einen Arm unter ihren Rücken und richtete mich langsam auf. Den anderen Arm unter ihre Oberschenkel gelegt, erhob ich mich und trug sie ins Schlafzimmer.

Mit Lara in meinen Armen aufzuwachen, zeigte mir wieder, wie wichtig sie mir geworden war. Früher war ich immer sofort aus dem Bett gesprungen, wenn ich wach war, und hatte irgendetwas Produktives getan. Jetzt blieb ich einfach liegen und genoss ihr Fliegengewicht auf meiner Brust. Sie bewegte sich nachts kaum, außer wenn sie aufgewühlt war, und so wachte ich immer genauso auf, wie ich eingeschlafen war.

Dieser Moment – okay es gab auch noch einige andere – zeigte mir, dass es schwer werden würde, falls sie irgendwann morgens nicht mehr bei mir sein würde. Wenn ihr der Druck durch ihre und meine Familie zu viel wurde und sie sich wieder zurückziehen würde. Natürlich hoffte ich inständig, dass sie es nicht tun würde, doch ihre Reaktionen in den letzten Tagen und Wochen zeigten mir, dass ich jederzeit damit rechnen musste. Wenigstens ihre Eltern zeigten sich versöhnlich. Aus welchem Grund auch immer.

Ich legte einen Arm unter meinen Kopf, um ihr bequemer beim Schlafen zusehen zu können.

Mit der anderen Hand strich ich über ihre Seite. So dauerte es ungefähr eine Viertelstunde, bis sie wach war. Inzwischen hatte ich Übung darin, sie so aufzuwecken, dass sie nicht so grummelig war.

Nach einiger Zeit murmelte sie verschlafen: »Trav?«

Ich liebte es, wenn sie mich so nannte, denn niemand sonst verwendete die Abkürzung meines Namens.

»Ja, Liebste?«

»Können wir einfach hierbleiben?« Ihre Stimme war noch rau vom Schlaf und hörte sich verdammt sexy an.

»Willst du denn die anderen Orte nicht mehr sehen?«

»Mmhh …« Sie kuschelte sich wieder an mich. Wir würden das Gespräch wohl später fortsetzen. Oder auch nicht, denn manchmal erinnerte sie sich nicht daran, was sie im Halbschlaf gesagt hatte.

»Wir machen, was du möchtest, okay?«

Sie nickte leicht an meiner Brust und wisperte: »Ich liebe dich.«

Mein Körper spannte sich leicht an, doch ich versuchte, es zu unterdrücken. Hatte sie das gerade wirklich gesagt?

Lara

Travis hatte vorgeschlagen, noch zwei Tage in dem Hotel im Nationalpark zu bleiben. Es war so schön hier, dass ich ohne Einschränkungen zustimmte. Wir unternahmen nichts Aufregendes, sondern gingen spazieren oder fuhren mit einem Tretboot über den See. Ganz normale Dinge, die man eben so in seiner Freizeit tat.

Wie immer musste ich jedes Mal lächeln, wenn er meine Hand in seine nahm, egal ob beim Essen oder wenn wir irgendwo hingingen. Oder wenn er mir den Arm um die Schultern legte. Oder um die Taille. Also grundsätzlich einfach immer, wenn er mich berührte. Es fühlte sich so richtig an und zudem wurden wir von niemandem schief angesehen.

Dennoch waren wir in seiner Heimat, er hatte den Urlaub bei seinen Eltern abgebrochen, um mit mir Zeit zu verbringen. Immer wieder versicherte er mir, dass es okay für ihn war. Wenn er nicht in meiner Nähe war, überlegte ich, ob ich in Zukunft damit umgehen konnte, ohne ihn zu sein. Meiner Mutter hatte ich gesagt, dass ich mich verliebt hatte, und es fühlte sich auch irgendwie so an, aber ich war nicht sicher, wie richtig das war.

Travis schien von meinem inneren Zwiespalt nichts zu bemerken. Wenn überhaupt möglich, war er noch aufmerksamer als sonst und las mir jeden Wunsch von den Augen ab. Hatte ich irgendetwas verpasst? Ich wünschte mir, dass wir weiterhin so gut miteinander harmonierten, wenn wir wieder in unseren Alltag zurückkehrten. Wenn das so einfach möglich war. Mit meinen Eltern würde ich schon zurechtkommen, mein Bruder hatte mir aber klargemacht, dass es für ihn keinen Unterschied machte, ob meine Mutter die Beziehung zu Travis guthieß oder nicht. Er hatte mir nur geschrieben: »Sei nicht zu enttäuscht, wenn Mom ihre Meinung wieder ändert, wenn sie ihn kennenlernt.« Auf ihn war eben Verlass. Wenn er sich einmal eine Meinung gebildet hatte, blieb er auch dabei.

Auf dem Weg durch Massachusetts hielten wir zwischendurch nicht an, sondern fuhren weiter bis an die Küste nach Boston. Wir besuchten Fenway Park, das Stadion der Red Sox und sahen uns ein echtes Baseballspiel an. Für Travis war das natürlich nichts Neues, für mich war es aber ziemlich aufregend. Bis es langweilig wurde, weil immer das Gleiche passierte und ich die Regeln nicht verstand.

Trav erklärte, dass es okay war, wenn wir zwischendurch gingen, also nutzten wir die Chance, auch noch die berühmten Boston Cream Cupcakes zu essen. Im Gegensatz zu den letzten Tagen war Boston als Metropole wirklich spannend. Wir hatten uns online ein paar Tipps gesucht, wie wir möglichst viel in zwei Tagen sehen konnten.

Eins meiner Highlights war, als wir nach Harvard fuhren, um Travis' alte Universität zu besuchen. Ich benahm mich wirklich wie ein Tourist. Mein Freund kaufte mir sogar ein Harvard-T-Shirt und fotografierte mich vor allen möglichen Gebäuden. Wir lachten ausgiebig, als er mir Geschichten erzählte, was er und seine Kumpels damals angestellt hatten.

Die Studenten sahen uns etwas seltsam an, aber das war uns egal. Wir hatten eine wunderbare Zeit und das war alles, was zählte.

Obwohl ich New York vom ersten Moment an geliebt hatte, war ich ein bisschen traurig, als wir nach gut zwei Wochen wieder in Manhattan waren. Travis steuerte den Wagen durch die Straßen zu seiner Wohnung, weil ich mich nicht traute, in der Stadt zu fahren. An den Highway hatte ich mich inzwischen gewöhnt, doch die Straßen von New York City waren etwas ganz anderes.

Er stellte den Mietwagen vor dem Haus ab, holte erst meine, dann seinen Koffer und übergab die Schlüssel einfach dem Portier. Es würde wohl jemand kommen, um das Auto abzuholen. Wie einfach das doch alles hier war!

Natürlich ließ er es sich nicht nehmen, auch noch mein riesiges Gepäck zum Aufzug zu ziehen, wieder durfte ich nur meinen Trolley ziehen.

Als wir in seiner Wohnung standen, beschlich mich ein mulmiges Gefühl. Das letzte Mal, als ich hiergewesen war, hatte ich quasi den Entschluss gefasst, ihn zu verlassen. Dass es so weit dann doch nicht gekommen war, war nicht mein Verdienst. Nervös wippte ich auf den Fersen vor und zurück, da ich nicht wirklich wusste, was ich mit mir anfangen sollte.

»Honey, es ist spät. Lass uns ins Bett gehen«, sagte Travis hinter mir.

»Alles klar!« Meine Stimme war eher einen Fiepsen als selbstbewusst, aber er schien es zu ignorieren. Schnell holte ich die wichtigsten Dinge aus meinem

Koffer und folgte ihm ins Bad, um mich bettfertig zu machen. Obwohl wir das in den letzten Tagen ständig gemacht hatten, kam es mir jetzt und hier merkwürdig vor. Absichtlich ließ ich mir mehr Zeit als sonst, bevor ich zu Travis ins Schlafzimmer ging.

»Lara, es ist alles gut, komm ins Bett.« Mein Freund nahm mir die Entscheidung ab, noch länger zu zögern. Ich kuschelte mich an ihn und umschlang ihn wie gewohnt.

»Wir suchen uns morgen einen Flug zurück. Wenn wir wieder in Deutschland sind, vergessen wir alles, was hier passiert ist, außer die schönen Dinge, okay?«

Ich nickte an seiner Brust. »Und solange wir noch hier sind?«

»Solange wir hier sind, musst du mir nur eins versprechen.«

»Und was?«

»Denk dran, was wir die letzten Tage hatten, bevor du dir überlegst, wieder wegzulaufen, okay?«

Ich lachte leise. Damit hatte er mich in der Hand. Selten hatte ich so viel Spaß in so kurzer Zeit gehabt. »Versprochen.«

Kapitel 17

Lara

Unwillig löste ich mich von Travis' Lippen und lockerte meine Finger, die ich in seine Haare gekrallt hatte. Sein Blick huschte über meine Schulter, bevor er mich angrinste.

»Ich glaube, der Kerl hinter dir wäre gerne an meiner Stelle gewesen.« Ich war froh, dass ich den Mann nicht sehen musste, denn ich lief knallrot an. Mein persönlicher Flugbegleiter hatte mich spektakulär von der Landung der Maschine abgelenkt. Travis zog mich an seine Brust, so als ob er Mitleid mit mir hätte, doch ich hörte sein Lachen. Mit meiner freien Hand pikste ich ihn in den Bauch, was ihn wohl kaum beeindruckte, denn ich traf nur auf seine Muskeln.

»Er ist weg«, sagte er nach einiger Zeit leise und ich richtete mich wieder auf.

»Beim nächsten Mal sollten wir etwas dezenter sein, meinst du nicht?«, fragte ich ihn mit hochgezogener Braue.

Er hatte immer noch ein breites Grinsen im Gesicht. »Nein, denke ich nicht. Es soll ruhig jeder Mann sehen, dass du zu mir gehörst.«

Ein warmes Gefühl breitete sich in meinem Bauch aus. Kurz drückte ich meine Lippen auf seine und stand dann auf. Durch den langen Flug waren meine Beine ganz steif, obwohl wir natürlich wieder Businessclass geflogen waren. Wenn ich mir Travis in der Economy vorstellte, war mir auch klar, warum das für ihn sinnvoll war. Der Mann war einfach zu groß für normale Plätze.

Ganz der Gentleman hob er meinen Trolley aus dem Fach über unseren Sitzen und ließ mir den Vortritt. Hand in Hand schritten wir durch die Gänge des Flughafens.

»Ich sollte Alina anrufen, damit sie mich abholt«, meinte ich, als wir auf unsere Koffer warteten.

Travis wirbelte herum und sah mich aus zusammengekniffenen Augen an. »Warum solltest du das tun? Mein Auto steht im Parkhaus!«

»Aber unser Gepäck passt wohl kaum in den Porsche«, merkte ich an.

»Dann kannst du Alina anrufen, damit sie deinen Koffer abholt, aber dich nehme ich mit nach Hause.«

»Ja genau. Das ist doch bescheuert, ich kann doch einfach nachher zu dir kommen.«

»Nein«, war alles, was er antwortete.

Am Ende saß ich im Schneidersitz in Travis' Wagen, weil mein Handgepäck im Fußraum und mein Koffer auf dem Notsitz standen.

»Trav, du kannst mich nicht für immer einfach überallhin mitnehmen«, gab ich zu denken. Natürlich wusste ich, was er vorhatte.

»Mmmh«, brummte er unwillig. Er war wirklich lustig, wenn er sich aufregte.

Immer noch grummelnd lenkte er den Porsche aus dem Parkhaus auf die Autobahn und dann durch die Stadt. Auf dem Weg zu seiner Wohnung rief ich Alina an, um ihr Bescheid zu geben, dass ich wieder im Lande war. Sie stellte am laufenden Band Fragen, verstand aber, dass ich nicht antwortete, weil Travis neben mir saß. Auch meine Mutter unterrichtete ich kurz, sie lud uns zum Essen ein, was ich aber noch nicht gemeinsam mit meinem Freund wahrnehmen wollte. Auf dem Flug zurück hierher hatte ich beschlossen, dass es das Beste war, erst einmal unsere Beziehung zu festigen, bevor wir uns weiteren »Störfaktoren« stellten.

Travis hatte ich meine Entscheidung mitgeteilt, auch er hielt es für eine gute Idee. Also fuhren wir jetzt erst einmal in seine Wohnung, um Pläne für die nächste Zeit zu schmieden. Die Semesterferien dauerten noch mehr als fünf Wochen an, was grob überschlagen fast so lang war, wie ich jetzt schon offiziell mit Travis zusammen war. Schmunzelnd stellte ich mir vor, wie wir diese Zeit am besten nutzen konnten. Vielleicht mussten wir seine Wohnung ja gar nicht verlassen. Den ganzen Tag zusammen im Bett …

»Honey, was geht in deinem Kopf vor?«

Erschrocken drehte ich mich zu Travis um, der gerade in die Straße zu seinem Haus einbog.

»Ich hab mir nur vorgestellt, was wir die nächsten Wochen so machen können.« Schon wieder spürte ich, wie meine Wangen heiß wurden.

»Liege ich richtig, wenn mein Bett in deinen Gedanken eine tragende Rolle spielt?« Er grinste mich anzüglich an.

»Ja, unter anderem …« Ich ließ das einfach mal so stehen. Es gab ja noch mehr Möglichkeiten.

Tatsächlich fanden wir kaum Gründe, die Wohnung für längere Zeit zu verlassen. Ab und zu fuhr er mit in meine Wohnung, da ich immer mal wieder ein paar Sachen holen musste: neue Klamotten, mein Notebook, die Unterlagen für die Uni. Zusätzlich gingen wir Lebensmittel und Küchenausstattung kaufen, denn ich hatte mir vorgenommen, Travis beizubringen, wenigstens ein bisschen zu kochen. Meistens stellte er sich dabei so schlimm an, dass ich dann doch das meiste selbst machte.

Gerade bereitete ich einen Salat zu, den ich zum Abendessen eingeplant hatte, als er von hinten meine Taille umfasste. Er küsste meinen Hals und brummte, als ich protestierte.

»Trav, ich hab ein Messer in der Hand!« Ohne ein Wort nahm er es mir ab und legte es beiseite. Danach setzte er seine Liebkosungen fort.

»Du kannst nicht erwarten, dass ich einfach so zusehe, wenn du nur mein Shirt anhast.« Seine Finger wanderten zu meinen Brüsten und strichen durch den Stoff über die harten Nippel, was mich zum Stöhnen brachte. Mit den Lippen strich er an meinem Hals entlang, die Hände schob er langsam unter sein T-Shirt, dass ich mir auf die Schnelle nach dem Duschen angezogen hatte. Travis' Finger fühlten sich auf meiner Haut noch viel besser an als durch den Stoff. Er widmete sich erst sanft, dann intensiver meinen Brustwarzen.

Mein Hintern drängte sich gegen ihn, sodass ich seine Härte durch seine Jeans spüren konnte. Er strich über meinen Bauch nach unten bis in mein Höschen, das schon feucht war, nur durch seine Berührungen. Mit der Fingerspitze fuhr er um meinen Kitzler, ohne ihn richtig zu berühren. Ich wimmerte, weil ich mich so sehr danach sehnte. Mit zwei Fingern drang er sanft in mich ein, ich stöhnte erst einmal, dann noch einmal, als er begann, rhythmisch in mich zu stoßen. Endlich legte er auch den Handballen auf und massierte so meine Perle.

»Gott, Trav«, keuchte ich, weil er mich in so kurzer Zeit bis an den Rand eines Höhepunktes gebracht hatte.

Plötzlich ließ er von mir ab, ohne dass er mich zum Kommen gebracht hatte. »Was …?«, fragte ich entgeistert, doch er antwortete nicht. Ich hörte den Reißverschluss seiner Hose hinter mir und sah stumm zu, wie er die Küchenutensilien vor mir zur Seite schob. In einer einzigen Bewegung drang er von hinten in mich und drückte meine Brust auf die Arbeitsplatte. Seine Hände legte er auf meine Hüften und führte meine Bewegungen, sodass ich ihm mit jedem Stoß entgegenkam. Die Küche wurde erfüllt von unserem abgehackten Atem, meinem Keuchen und dem klatschenden Geräusch, wenn unsere Körper aufeinandertrafen.

»Trav«, wimmerte ich, weil er mich schon wieder bis kurz vor den Orgasmus gevögelt hatte. Meine inneren Muskeln zogen sich um seinen Schwanz immer und immer wieder zusammen. Er führte seine Hand zu meiner Perle und strich einige Male darüber, bis ich keuchend kam und er mir direkt folgte.

Travis

Der erste Tag nach der vorlesungsfreien Zeit war wie immer der nervigste. Angefangen von den Erstsemestern, die voller falscher Aufregung in der Einführungswoche begrüßt wurden, über Kollegen, die von ihren langweiligen Ferien berichteten, bis zu den Studenten der höheren Semester, die schlecht gelaunt und sichtlich unentspannt in den Hörsälen saßen.

Dieses Mal war der Einstieg noch ungewohnter als sonst, wenn ich nach den Ferien aus den USA zurückkam. Lara und ich hatten die letzten Wochen hauptsächlich in meiner Wohnung verbracht und einen Tagesablauf entwickelt, als ob wir schon jahrelang jeden Morgen miteinander aufwachten.

Die Tage verbrachten wir entspannt, wobei ich teilweise auch in die Uni musste oder zu Hause arbeitete, das passte aber meistens ganz gut. Lara hatte zur Eingewöhnung wieder einige Aufgaben für ihre Schützlinge übernommen, und während sie unterwegs war, arbeitete ich oder ging zum Sport, um nicht alleine in meiner Wohnung zu sitzen.

Am liebsten wäre ich heute mit ihr in ihre erste Vorlesung des neuen Studiengangs gegangen, doch so weit hatte sie es nicht kommen lassen wollen. So blieb mir nichts weiter übrig, als sie vor dem Campus noch einmal mit einem langen Kuss zu verabschieden, damit ihre Kommilitonen auch direkt sahen, dass sie nicht mehr zu haben war. Sie durchschaute meinen Plan natürlich und zwinkerte mir nur kurz zu, bevor sie hineinging.

Ich sah ihr nach, bis sie im Gebäude verschwand. Sie hatte darauf verzichtet, ihre konservativen Klamotten anzuziehen, sondern lief nun herum, wie sie es in ihrer Freizeit tat. Zur Feier des Tages hatte sie eine Jeans ohne Löcher und Risse angezogen sowie das Tour-T-Shirt von »The Strange« eingeweiht, das Josh inklusive Tickets für das nächste Konzert geschickt hatte.

Als ich kurz auf die Uhr sah, rief ich mich selbst zur Ordnung und hörte auf, die geschlossene Tür anzustarren, hinter der meine Freundin soeben verschwunden war, und machte mich auf den Weg in mein Büro.

Schon nach der ersten Woche wusste ich, dass Lara die richtige Entscheidung getroffen hatte. Gerade schwärmte sie von ihren Kursen und vergaß dabei, dass die gebratenen Nudeln noch von ihren Stäbchen herunterhingen. Wie so oft betrachtete ich sie, wie sie nur in einem ihrer riesigen T-Shirts auf dem Teppich in meinem Wohnzimmer saß und eigentlich essen sollte.

»Was?«, fragte sie irgendwann.

»Du wirst noch verhungern, wenn du weiter nur von der Uni erzählst.« Ich lächelte sie an und nickte zu ihren Stäbchen, die sie gekonnt in der rechten Hand hielt. Sie sah herunter und grinste.

»Weißt du, ich hab da diesen Dozenten in Chemie …« Sie grinste mich an, als ich meine Augen zu Schlitzen verengte.

»Wag es ja nicht, schon wieder eine Lehrkraft zu verführen«, knurrte ich. Zwar war mir bewusst, dass sie mich nur ärgern wollte, dennoch machte es mich leicht verrückt, dass ich sie jetzt nicht mehr ständig um mich hatte.

»Und bei dir? Ein paar süße Studentinnen am Start?«, neckte sie mich weiter. Jetzt hatte sie es doch noch geschafft, mich aus der Reserve zu locken. Ich nahm ihr die Stäbchen und die Pappschachtel vom Lieferservice aus der Hand. Mit beiden Händen umfasste ich ihr Gesicht und sagte: »Nur eine, und die sitzt gerade auf dem Boden in meinem Wohnzimmer.«

Laras Blick wurde weich und ich versank in ihren bernsteinfarbenen Augen. Sie schloss leicht die Lider und beugte sich vor, um mich zu küssen.

Lara

Kaum war ich aus dem Hörsaal draußen, klingelte mein Handy. Nicht »Sex on fire«, sondern »Family Portrait« dudelte leise aus der riesigen Tasche, in der alle Sachen steckten, die ich für die Uni brauchte.

»Hallo?«, fragte ich, nachdem ich mein Smartphone endlich gefunden hatte.

»Hallo Kind, wie geht es dir?«, hörte ich die melodische Stimme meiner Mutter. Im Moment hatten wir ein lockeres Verhältnis, also kein Grund, angespannt zu sein.

»Gut, danke, Mom. Und euch?«

»Ach, alles wie immer, bei alten Leuten gibt es selten etwas Neues.« Sie lachte leise und ich fragte mich, wann ich sie das letzte Mal so entspannt erlebt hatte. »Wie läuft es denn mit deinem Freund? Ihr wolltet doch einmal zum Essen kommen«, schnitt sie natürlich das Thema an, das ich immer noch vor mir herschob.

»Ja, also, ich wollte mich ja erst mal an der neuen Fakultät eingewöhnen …«, wich ich aus, um ihr nicht direkt antworten zu müssen.

»Lara, das Semester geht jetzt schon vier Wochen, da wirst du dich doch langsam eingelebt haben.« Was, schon vier Wochen? Ich hatte ernsthaft das Gefühl, die Zeit schien zu rennen, seitdem ich mit Travis zusammen war.

»Mom, ich frag ihn mal, wie er Zeit hat. Ich weiß ja gar nicht, wie seine Pläne sind. Aber ich melde mich noch mal dazu bei dir, okay?«

»Aber tu es auch wirklich dieses Mal, Kind.« Ihr mahnender Unterton war nicht zu überhören, ich beendete das Gespräch jedoch schnell, denn inzwischen war ich draußen angekommen. Mein Blick galt dem riesigen, attraktiven Kerl, der an seinem Porsche lehnte und mich abwartend ansah. Noch immer kribbelte alles an mir, wenn sein Blick mich so gefangen nahm wie jetzt gerade. Fast jeden Tag wartete er nach meinen Vorlesungen auf mich, um mich abzuholen. Fast jeden Tag kam er mir den halben Weg entgegen, um mir meine schwere Tasche abzunehmen, wie jetzt auch. Nachdem ich das Gewicht los war, schlang ich meine Arme um seinen Hals und drückte ihm einen Kuss auf die Lippen.

»Hey«, murmelte ich leise dagegen.

»Hey«, antwortete er ebenso leise.

Ich lächelte ihn an, diese Routine machte mich einfach wahnsinnig glücklich. Am Rande nahm ich wahr, wie die anderen einen Bogen um uns machen mussten und uns entweder abwertend oder belustigt musterten. Nachdem ich meinen Blick wieder von seinem gelöst hatte, schob ich meine Hand in seine und wir gingen zu seinem Wagen. Gentlemanlike hielt er mir die Tür auf und ließ mich einsteigen. Während er sein geliebtes Auto umrundete, sah ich die Blicke der weiblichen Studentinnen – auch wenn es eine verschwindend niedrige Anzahl war: neidvoll, in meine Richtung, neugierig auf das Auto und quasi mit Blicken ausziehend auf meinen Freund. Ich konnte es mir nicht verkneifen, Angelique, mit der ich mich noch in einem Seminar vor ein paar Stunden scharf verbal duelliert hatte, die Zunge herauszustrecken.

»Gibst du gerade mit mir an?«, fragte Travis belustigt.

»Ich … ähm. Ja, natürlich. Du bist heiß und ich darf das!« Travis brach in schallendes Gelächter aus, was uns noch mehr Blicke einbrachte. Er beugte sich zu mir herüber, nahm mein Gesicht in seine Hände und küsste mich: heiß, leidenschaftlich. Meine Finger krallten sich in seinen Nacken und ich drückte mich an ihn. Sodass alle Frauen um uns herum sehen konnten, dass er mir gehörte.

Nachdem wir uns schließlich atemlos voneinander gelöst hatten, kramte ich kurz in meiner Tasche, bis ich fand, wonach ich suchte. Travis startete den Wagen mit röhrendem Motor, während ich das Fenster herunterkurbelte und mir demonstrativ eine »Zigarette danach« anzündete, denn dieser Kuss hätte schon fast als Geschlechtsakt durchgehen können. Normalerweise erlaubte es Travis natürlich nicht, dass ich in seinem Baby rauchte – typisch Mann –, doch dieses Mal ließ er es unkommentiert. Er wusste, dass ich etwas klarstellen wollte, spätestens als er mein dreckiges Grinsen sah, das ich meinen Mitstudenten schenkte.

»Erzähl mir von deinem Traumprinzen!«, forderte mich Alina auf, sobald unsere Drinks vor uns standen. Seit Längerem verbrachten wir einen Abend nicht zusammen, da ich seit Ewigkeiten mal wieder mit Alina verabredet war. Travis traf sich mit ein paar Kumpels aus seinem Boxklub und wollte später zu mir kommen, da meine beste Freundin und ich uns in unserer Lieblingsbar trafen, die nur ein paar Schritte von meiner Wohnung entfernt war.

»Er ist soooo toll! Fast jeden Tag holt er mich nach den Vorlesungen ab, und dann verbringen wir den Abend miteinander. Und die Nächte … Ich bin morgens meistens wirklich noch müde, weil wir die Finger nicht voneinander lassen können. Er ist einfach so heiß …« Alina betrachtete mich mit einem wissenden Blick, während ich weiter schwärmte. Man meinte, ich wäre ein Teenager, dabei war ich eine erwachsene Frau, die zum ersten Mal einen Freund hatte. Da musste selbst ich den Kopf schütteln.

»Und wann stellst du ihn endlich deinen Eltern vor?« Die Frage der Fragen. Und sie wusste es. Das konnte ich an dem Funkeln in ihren Augen sehen.

»Ich weiß nicht, irgendwie ergibt sich nie die richtige Gelegenheit …«, antwortete ich ausweichend. Alina suchte etwas in ihrer Tasche und schob mir schließlich einen Umschlag über den Tisch herüber. Das Papier war fest, cremeweiß und sah teuer aus. Ich warf ihr einen fragenden Blick zu.

»Das ist deine Gelegenheit.« Mehr hatte sie nicht zu sagen, also öffnete ich den Umschlag und betrachtete die Karte.

»Aaron und Louisa heiraten? Ich dachte, das würde noch ewig dauern!«, freute ich mich. Die beiden waren wirklich ein Traumpaar und ihre Zwillinge waren auch noch so putzig.

»Jep. Louisa hatte es plötzlich irgendwie eilig. Die Hochzeit ist an Silvester. Spätestens in sechs Wochen werden deine Eltern also Dr. Hot kennenlernen.« Damit fiel mir mein Lächeln aus dem Gesicht. Klar, Alinas und meine Familie waren seit Ewigkeiten befreundet, da waren meine Eltern wohl auch eingeladen.

»Süße, jetzt tu mal nicht so, als ob deine Eltern so schlimm sind!«

»Nein, aber …« Ich wusste einfach immer noch nicht, wie ich es ausdrücken sollte. »Weißt du, ich hab einfach Angst, dass sie ihn ebenso ablehnen wie seine Eltern mich. Und Tim … Ich meine, irgendwie ist das zwischen Travis und mir etwas Ernstes …«

»Irgendwie etwas Ernstes?! Lara, du liebst den Kerl, und wenn ich bedenke, was er schon vor Wochen für einen Aufstand betrieben hat, damit du erst in die USA fliegst und dann nicht wieder abhaust, liebt er dich auch. Ihr verbringt jede freie Minute miteinander und könnt die Finger nicht voneinander lassen. Wie lang geht das jetzt schon mit euch?«

»Na ja, eigentlich erst ein paar Wochen …«

»Wir haben Mitte November. Deine letzte Prüfung ist jetzt vier Monate her. Und im Grunde wolltet ihr euch schon viel länger.«

»Also gut, dann ein paar Monate. Aber ab wann kann ich denn sagen, dass es etwas Ernstes ist?« Alina nahm ihr Smartphone und tippte hektisch darauf herum.

»Was machst du?«, fragte ich sie, weil sie normalerweise nicht so unhöflich war.

»Ich suche im ultimativen Handbuch für Beziehungen nach einer Antwort auf deine Frage.« Sie zog kritisch die Augenbrauen zusammen. »Ach hier steht's: Wenn du endlich auf dein Herz hörst, du Nuss!« Sie grinste mich an, weil sie mich wie so oft verarscht hatte. Aus Ermangelung einer eloquenten Antwort streckte ich ihr die Zunge heraus und winkte dem Barkeeper, dass er uns neue Drinks brachte.

Den Rest des Abends schnitten wir das Thema

»Wieso stelle ich meinen Freund nicht meiner Familie vor« nicht mehr an, sondern holten all das nach, was wir die letzten Wochen und Monate vernachlässigt hatten. Wegen mir und meinem Traumprinzen. Ich wusste, dass Alina mir nicht böse war, weil sie mich selbst fast zu meinem Glück gezwungen hatte, dennoch merkte ich, dass sie mir gefehlt hatte, und das beruhte auf Gegenseitigkeit. Trotz aller Verrücktheit nach Travis durfte ich meine beste Freundin nicht vernachlässigen.

Genau das sagte ich ihr auch, und wir stießen mit unserem letzten Cuba Libre des Abends miteinander an. Der Barkeeper warf uns schon einen bösen Blick zu und sah zwischendurch immer wieder auf die Uhr. Er hatte längst Feierabend, die Stühle um uns herum standen schon auf den dazugehörigen Tischen. Wir beeilten uns schließlich mit dem Austrinken und gaben ihm ein Trinkgeld, das auch niedriger hätte ausfallen können. Doch wer uns beide so lange ertrug, hatte es verdient.

Vor meiner Wohnung wartete schon Alinas Taxi, das sie nach Hause bringen würde. Ich hatte ihr angeboten, dass sie bei mir schlafen könnte, aber nachdem ich ein paar Geschichten über Travis und mich angedeutet hatte, hatte sie dankend abgelehnt. Wir drückten uns zum Abschied und gerade, als ich die Tür hinter ihr geschlossen hatte, schlenderte Travis um die Ecke. Sofort trat ein Lächeln in mein Gesicht.

»Hey Trav!«, rief ich, als ich mich in seine Arme warf. Er lachte leise, vergrub jedoch seine Nase in meinem Haar und drückte mich an sich.

»Hey Honey. Wie betrunken bist du?«

Ich lehnte mich in seinen Armen ein bisschen zurück, damit ich ihn ansehen konnte. Umständlich befreite ich eine Hand und hielt Daumen und Zeigefinger ein paar Millimeter auseinander. Okay, wenn ich genauer hinsah, waren es ein paar Zentimeter.

Wieder lachend hob er mich kurzerhand auf seine Arme und trug mich erst die paar Stufen zum Hauseingang und, nachdem ich ziemlich umständlich die Tür aufgeschlossen hatte, auch noch zu meiner Wohnung hinauf. Er stellte mich ab und nahm mir die Schlüssel ab.

»Ich kann das selbst!«, empörte ich mich. So betrunken war ich wirklich nicht.

»Honey, deine Nachbarn …«, flüsterte er. Huch, das war wohl etwas zu laut gewesen.

Travis hielt mir die Tür auf und schob mich in Richtung Bad. Meine Schuhe, die Jacke und die Tasche ließ ich auf dem Weg dahin einfach im Flur liegen. Wahrscheinlich würde mein Freund sie hinter mir aufheben und ordentlich an der Garderobe platzieren.

Ich machte mich fertig und legte mich dann in mein frisch bezogenes Bett. Das hatte ich noch gemacht, bevor ich mit Alina losgezogen war, denn ich hatte schon ewig nicht mehr hier geschlafen. Bis Travis aus dem Bad kam, kuschelte ich mich in die flauschigen Kissen. Die Deckenleuchte hatte ich mit Absicht angelassen, damit ich nicht vorher einschlief, meine müden Augen überlisteten mich aber. Im Halbschlaf bekam ich mit, wie das weiche Kissen gegen eine etwas härtere, aber warme Brust getauscht wurde. Wie automatisch schlang ich meine Arme und

Beine um Travis. Das Letzte, was ich spürte, waren seine weichen Lippen auf meiner Stirn.

Schützend legte ich die Hand über meine Augen, da die Sonne, die durch meine geschlossenen Lider drang, einen stechenden Kopfschmerz auslöste. Unter mir vibrierte es und mir wurde klar, dass Travis lachte. Über mich. Und er wusste, dass ich das nicht mochte. Ärgerlich brummelte ich vor mich hin und wollte mich von ihm herunterrollen, doch er ließ mich nicht.

»Du solltest inzwischen wissen, was Alkohol mit deinem Kopf anstellt, Honey.« Ich konnte sein freches Grinsen in seiner Stimme hören.

»Arsch …«, murmelte ich, was ihn noch mehr zum Lachen brachte.

»Willst du mit mir aufstehen, oder möchtest du weiterschlafen?«, fragte er dann doch schließlich, so fürsorglich, wie er immer war.

»Schlafen«, brummte ich. Mein Kopf würde definitiv nicht zulassen, dass ich aufstand.

Travis schälte sich aus meinem Klammergriff, denn ich machte keine Anstalten, mich selbstständig von ihm zu lösen. Das hatte er davon, wenn er mich ärgerte!

Schließlich schaffte er es doch und ich hörte, wie er aus dem Zimmer ging. Nach ein paar Minuten kam er jedoch wieder. Erst wurde es angenehm dämmrig im Zimmer, weil er die Vorhänge zuzog, dann spürte ich seine Lippen an meiner Stirn.

»Honey, nimm eine Aspirin, dann geht's dir besser, wenn du das nächste Mal aufwachst.« Gott, er war so süß! Langsam öffnete ich die Augen und traf sofort auf seinen weichen Blick aus den tiefblauen Augen. Meine Mundwinkel erhoben sich zu einem kleinen Lächeln. Er hielt mir auffordernd eine Tablette und ein Glas Wasser hin, beides nahm ich dankbar entgegen.

Kapitel 18

Lara

Mein weiser, alter Freund hatte recht behalten. Als ich eine Stunde später aufwachte, war ich zwar nicht gerade das blühende Leben, dennoch ging es mir deutlich besser. Nachdem ich halbwegs wach war, stieg ich unter die Dusche, um meinem Körper endgültig zu signalisieren, dass er keinen Grund hatte, einen Kater zu haben.

Für einen Samstag reichten bequeme Klamotten, also zog ich einen Kapuzenpullover und eine Yogahose aus dem Schrank. Halbwegs menschlich aussehend ging ich schließlich in meine Küche, wo mich Travis schon mit einem Kaffee erwartete.

Dankbar nahm ich die Tasse entgegen und ließ mich auf einen Stuhl fallen.

»Hattet ihr Spaß gestern?«, fragte Travis provokant.

»Natürlich hatten wir Spaß. Ich soll dich übrigens vom Barmann grüßen, er hat nach dir gefragt«, erwiderte ich zwinkernd. Das hatte er tatsächlich, obwohl das Spektakel, das Alina und ich vor ein paar Monaten in der Bar veranstaltet hatten, gefühlte Jahre zurücklag. Travis' Gesichtsausdruck wechselte von irritiert zu strahlend.

»Und, was hast du ihm erzählt?«

»Na, dass ich mich erbarmt habe, den alten Mann zu meinem Freund zu nehmen.« Wieder grinste ich ihn an.

»Hoffentlich hast du das auch so laut wie damals verkündet, damit es auch jeder weiß!« Jetzt strahlte er über das ganze Gesicht. Er hob meine Beine an und legte sie über seine Oberschenkel. Abwesend strich er immer wieder darüber, während wir unseren Kaffee tranken.

»Wie war es bei dir gestern?«, fragte ich irgendwann.

»Es war schön, mal wieder mit den Jungs wegzugehen. Obwohl ich dich den ganzen Abend vermisst habe.« Ich lächelte ihn zärtlich an. Er war einfach zu süß! »Also … wir haben nächstes Wochenende so eine Veranstaltung im Klub. Mit den Kids. Sie bringen alle ihre Familien mit. Wenn du willst – also du musst nicht –, könntest du ja mitkommen?«

Er wollte mich mit zu seinen Freunden nehmen? Und mich seinen Schützlingen, die ihm viel bedeuteten, vorstellen?

»Ja, klar. Wenn das normal ist. Also, wenn die anderen auch jemanden mitbringen …« Auf eine Art fühlte ich mich geschmeichelt, weil er mich fragte, dennoch war es eine seltsame Situation.

»Also normal ist das nicht unbedingt, weil ich noch nie jemanden mitgebracht habe. Aber ja, die anderen kommen auch mit ihrer Freundin oder mit ihrer Familie.« Ich versuchte, nicht allzu offensichtlich die Luft, die ich angehalten hatte, entweichen zu lassen. Wenn die anderen eine ganze Familie mitbrachten, würde ich als Freundin wohl nicht sehr auffallen.

Travis

Keine Ahnung, warum es mir sichtlich schwerfiel, Lara zu fragen, ob sie mit zum Familientag kommen wollte. Schließlich war es nichts wirklich Besonderes, aber ich war umso erleichterter, als sie zusagte. Die Jungs wollten die ominöse Freundin kennenlernen, von der ich gesprochen hatte, und ich wollte nicht wieder einen Abend ohne sie verbringen. Außerdem wurde es Zeit, dass wir uns aus unserer Höhle heraus in die Öffentlichkeit wagten. Wir konnten uns nicht für immer verstecken.

Um ihr zu zeigen, wie viel es mir bedeutete, nahm ich ihr ihre Tasse ab und stellte sie auf den Tisch. Anschließend hob ich sie auf meinen Schoß und legte die Arme um sie. Ich liebte es, wenn sie sich an mich schmiegte, ihren Kopf an meine Brust legte und ich einfach ihre Nähe genießen konnte. Oft genug erlebten wir solche Momente, dass ich wusste, dass es ihr ebenso ging.

Jeden Tag wartete ich darauf, bis sie sich über ihre Gefühle klar wurde, also bis sie mir sagte, dass sie mich liebte. Nicht nur im Halbschlaf, obwohl ich es auch dann gern hörte, sondern, wenn sie bei vollem Bewusstsein war. Ich war mir sicher, dass sie sich auch nicht erinnern konnte, dass sie es mir gestern Abend vor dem Einschlafen gesagt hatte.

Sie taute immer mehr auf. Offenbar zeigte sie gerne öffentlich, dass wir zusammen waren, und sie hatte deutlich weniger Zweifel, was ihre Familie betraf. Ich hoffte, dass sie einfach nur Zeit brauchte.

»Trav?«, nuschelte Lara an meiner Brust. Wie immer musste ich lächeln, weil sie das so oft tat.

»Ja, Honey?«

»Können wir frühstücken?«

»Klar, was möchtest du?«

»Also, du kannst den Ahornsirup aus dem Kühlschrank holen und noch mehr Kaffee kochen. Ich mache Pancakes.« Sie feixte mich an, denn bei Frühstück war ich immer aufgeschmissen. Das konnte man nirgendwo bestellen, es sei denn, man war im Hotel.

»Guter Plan«, antwortete ich und küsste sie auf die Lippen. Etwas widerstrebend ließ ich sie los, doch ich hatte auch Hunger, es war schließlich schon fast elf.

Meine Aufgaben waren recht schnell erledigt, weshalb ich fünf Minuten später schon wieder auf meinem Stuhl saß und eine fantastische Aussicht auf Laras Hintern in ihrer engen Hose hatte. Ich riss mich zusammen, sie nicht vom Kochen abzuhalten, doch ich spürte, wie mein Schwanz mal wieder hart wurde, nur weil ich sie betrachtete. Würde das je aufhören? Ich hoffte nicht …

Lara

Zum Ende der Woche wurde ich etwas nervöser, was das Event in Travis' Boxklub anging. Einerseits wusste ich, dass dazu kein Grund bestand, weil Travis mich dabeihaben wollte. Andererseits kannte er alle anderen schon viel länger als ich, und ich wusste nicht, was mich erwartete.

Mein Freund bemerkte meine Unsicherheit natürlich, weil er super aufmerksam war. Ich konnte einfach nichts vor ihm verbergen. Immer wieder erzählte er Geschichten von seinen Kumpels und den Jungs, die er betreute. Er tat das, um den Jugendlichen ein Ventil zu bieten, nicht gegen ihre Mitschüler oder andere gewalttätig zu werden, sondern ihre Aggressionen anderweitig abreagieren zu können. Ihre Familien kamen alle paar Monate in den Klub, um von Travis und seinen Kollegen zu hören, wie ihre Sprösslinge sich machten. Irgendwann hatte sich daraus eine Party entwickelt.

Unschlüssig stand ich vor dem Teil des Kleiderschranks, den Travis mir freigeräumt hatte. Inzwischen waren hier mehr Klamotten als in meinem Schrank in meiner Wohnung verstaut.

Plötzlich griff sich eine Hand einen Pulli und eine Jeans. Ich wirbelte herum und sah in Travis' grinsendes Gesicht.

»Das ist kein Vorstellungsgespräch, sei einfach ganz normal.« Der hatte leicht reden, er kannte ja schließlich schon alle. Mein Freund saß auf der Bettkante und schnürte seine Boots, die er zu Jeans und einem schwarzen Wollpullover kombinierte. Nach einigen Momenten, die ich ihn anstarrte, weil er unglaublich gut aussah, blickte er zu mir hoch.

»Honey, du kannst nicht in Unterwäsche gehen. Erstens ist es draußen zu kalt und zweitens bist du meine Freundin und zu heiß dafür!« Er schenkte mir ein spitzbübisches Grinsen. »Ich will nicht, dass du so mehr ›Aggressionen‹ hervorrufst …« Seine Stimme wurde merklich rauer, als sein Blick immer wieder an mir hinauf und wieder hinab glitt.

Um ihn zu provozieren, bückte ich mich langsam, damit er einen guten Ausblick in mein Dekolleté hatte, stieg in die Jeans und zog sie langsam über meine Beine. Auf halbem Weg drehte ich mich ein wenig, um sie überdeutlich bedächtig über meinen Hintern zu ziehen.

Travis warf gespielt entrüstet seine Arme in die Luft und stöhnte auf. »Honey, so kommen wir nie von hier weg!«

Verwirrt sah ich mich in dem Boxklub um. Ich hatte ihn mir in etwa so wie in alten Rocky-Filmen vorgestellt, doch hier waren hauptsächlich neue Geräte zu sehen. Natürlich war der große Ring in der Mitte nicht zu übersehen. Gänzlich in Kontrast dazu stand jedoch das Büfett, das hier aufgebaut war. Offenbar hatte jede Familie etwas mitgebracht, Salate, Snacks, Kuchen … Und wir hatten – nichts.

»Trav, warum hast du nicht gesagt, dass jeder etwas mitbringt?«

»Weil … na ja, ich hab nicht daran gedacht. Bisher habe ich mich immer aus der Affäre gezogen …« Er strich sich mit der Hand über den Hinterkopf, sichtlich peinlich berührt, weil er nicht daran gedacht hatte, mich zu fragen.

Eine weitere Erklärung wurde ihm erspart, weil er direkt von einer Frau mittleren Alters angesprochen wurde. Ihr Sohn stand mürrisch dreinblickend neben ihr. Er sah genauso aus wie ein Junge, der keinen Ärger ausließ. Travis stellte mich vor, der Junge musterte mich von oben bis unten, während die Frau mich höflich begrüßte. So ging das eine ganze Zeit lang weiter. Immer wieder kamen neue Menschen, die mit Travis sprachen, sich nach den Fortschritten der Jungs erkundigten. Ich sah meinem Freund den Stolz an, wenn er über seine Schützlinge sprach. Offenbar war ihm das hier wirklich wichtig.

Nach einer Weile wurde mir langweilig und ich flüsterte Travis zu, dass ich mich etwas umschauen wollte. Er küsste mich zärtlich auf die Wange und wandte sich wieder seinen Gesprächspartnern zu.

Ziellos lief ich in der Halle herum und wusste nicht, was ich tun sollte. Irgendwie wollte ich bei Travis sein und dieses Ereignis mit ihm erleben, andererseits fühlte ich mich etwas fehl am Platz. Erleichtert machte ich eine Hintertür auf und ging hinaus, um zu rauchen. Vielleicht würde mir dabei etwas einfallen.

Draußen stand ein riesiger, muskulöser Kerl, der ganz offensichtlich auch zum Boxteam gehörte. Ich zündete meine Zigarette an und ging in seine Richtung. Er war gerade fertig mit rauchen, also ging ich davon aus, dass er wieder hineingehen wollte, denn es war schon ganz schön kalt hier draußen.

»Hi! Ich bin Joe! Du musst die berühmte Freundin sein!« Er hielt mir seine Hand hin, doch ich war zu irritiert, um zu reagieren. Er lachte, anscheinend sah er mir an, dass ich nichts mit ihm anfangen konnte. »Lara. Travis' Freundin. Er schwärmt die ganze Zeit von dir.« Wie von selbst bewegte sich mein Kopf auf und ab, bis ich kapierte.

»Joe! Der Joe aus Chicago! Sorry, ich muss gerade wie eine Verrückte wirken!« Endlich schüttelte ich ihm die Hand. Travis hatte mir von ihm erzählt. Die beiden waren schon ein paar Jahre befreundet. Joe lachte leise.

»Na ja, um Travis einzufangen, musst du wohl ein wenig außergewöhnlich sein.« Sein Grinsen entblößte eine Reihe strahlend weißer Zähne.

»Also so schwer war das jetzt auch nicht!« War es wirklich nicht gewesen. Wenn es Probleme gab, waren sie wohl eher bei mir zu finden.

»Auf jeden Fall passt du deutlich besser zu ihm als diese aufgetakelte Tussi!«

»Ähm … wen meinst du?«, fragte ich irritiert. Er hatte erzählt, dass er seit Jahren keine feste Beziehung gehabt hatte.

»Mann, wie hieß die noch? Janet? Jennifer?«

»Julia …« Jetzt klingelte es bei mir.

»Julia! Genau! Wie die sich an Travis rangeschmissen hat, obwohl sie ihm zwei Minuten vorher von ihrer Verlobung erzählt hatte …«

»Rangeschmissen? Wann?«

»Na letzte Woche in der Bar. Unglaublich, wie klein die Welt ist. Da will man nur etwas trinken gehen …« Und schon hörte ich ihm nicht mehr zu. Ich nahm noch einen tiefen Zug meiner Zigarette, schnippte sie auf die Straße und riss die Tür auf.

Drinnen wusste ich jedoch nicht, was ich tun sollte. Joe war mir gefolgt, sah mich mit großen Augen an. Quer durch den Raum sah ich, wie fröhlich sich Travis mit einem der Jungs unterhielt.

»Lara, ist alles okay?«, fragte Joe vorsichtig.

»Ähm … ja. Klar. Kannst du mir verraten, wo ich die Toiletten finde?« Ich bemühte mich, so normal wie möglich zu klingen.

Er erklärte mir den Weg und ich ging, ohne jemanden zu beachten, daran vorbei und schloss mich in einer Umkleidekabine ein. In diesem Moment konnte ich wahrlich keine schnatternden Muttis gebrauchen, die mich auf der Toilette beim Denken stören konnten.

Die Kabine umfasste ziemlich genau acht Quadratmeter. Mit großen Schritten ging ich immer wieder die Wände ab, in der Hoffnung einen Hinweis darauf zu finden, dass ich Joe falsch verstanden hatte.

Ich durchforstete mein Hirn, ob Travis irgendetwas in der Richtung angedeutet hatte. Hatte er mir am gleichen Abend noch erzählt, dass er Julia getroffen hatte? Zwar war ich etwas benebelt gewesen, daran hätte ich mich jedoch erinnert. Und auch als ich ihn am nächsten Morgen gefragt hatte, wie der Abend gewesen war, hatte er nichts gesagt. Zum bestimmt hundertsten Mal ging ich sämtliche Gespräche der letzten Woche durch, denn ich reagierte auf den Namen Julia wie ein pawlowscher Hund. Eins war sicher: Ich würde mich daran erinnern, wenn er auch nur angedeutet hätte, dass er seine Ex gesehen hatte. Doch warum hatte er es nicht gesagt?

Okay, wenn ich ehrlich zu mir selbst war, wusste ich es: wegen mir und meiner wahrscheinlichen Reaktion darauf.

Im Flur hörte ich Stimmen und Gepolter. Letzteres konnte ich nicht zuordnen, eine der Stimmen gehörte jedoch definitiv zu Travis.

»Lara?« Er klang trotz der dämpfenden Tür alarmiert. Ich meldete mich nicht zurück. Er wiederholte seinen Ruf noch einige Male, wobei ich hörte, dass er immer näher kam.

Der Türgriff wurde heruntergedrückt, da ich abgeschlossen hatte, öffnete sich die Tür jedoch nicht.

»Lara, bist du da drin?« Ein kleines Stückchen meines Herzens, das sich nicht verraten fühlte, zog sich bei seinem alarmierten Tonfall zusammen.

»Honey, antworte mir, wenn du hier bist! Ich mache mir Sorgen!« Wütend stapfte ich in seine Richtung und öffnete das Schloss. Ich riss die Tür auf und sah direkt in Travis' Gesicht. Hinter ihm nahm ich Joe wahr, der von einem Fuß auf den anderen trat.

»Du machst dir also Sorgen, ja? Wie nett, dass du mir das mitteilst, wo du doch sonst wichtige ›Details‹ für dich behältst!« Tatsächlich nutzte ich meine Zeigefinger, um Anführungszeichen zu imitieren.

»Honey …«

»Spar dir das! Ich will nach Hause und rufe mir jetzt ein Taxi!« Damit rauschte ich an ihm vorbei, in die Richtung, in der ich den Ausgang vermutete. Allerdings war ich so lange im Kreis gelaufen, dass mein Weg mich nur in eine Abstellkammer führte. Lautlos seufzend schloss ich die Tür wieder von außen und blieb einige Sekunden so stehen. Wenn ich jetzt kehrtmachte, musste ich an Travis und Joe vorbei. Aber ich hatte wohl keine Wahl. Ich straffte meine Schultern und hob das Kinn, bevor ich mich umdrehte. So bestimmt wie möglich stolzierte ich auf Travis zu und vermied es, ihm ins Gesicht zu sehen. Als ich auf seiner Höhe war, machte sich kurz ein Gefühl der Erleichterung breit. Nur sehr kurz, denn dann wurde ich abrupt hochgehoben und in den Raum getragen, aus dem ich gerade erst herausgekommen war.

»Travis, was soll das?! Lass mich sofort runter!«, zeterte ich. Er machte sich nicht die Mühe, mir zu antworten, sondern trat die Tür mit dem Fuß zu, platzierte sich davor und stellte mich dann auf dem Boden ab.

»Was ist hier los?«, fragte er lauernd.

»Du … Du wagst es, mich zu fragen, was hier los ist? Sollte ich nicht eher dich fragen, was am letzten Samstag so los war?« Ich schielte um ihn herum, um herauszufinden, ob ich irgendwie an ihm vorbeikommen konnte. Der Raum hatte keine Fenster, so konnte ich also auch nicht flüchten.

»Lara. Du kommst hier nicht eher heraus, bis du mir sagst, was dein Problem ist!« Sein Gesichtsausdruck war schwer zu deuten. Einerseits musste er wissen, was ich meinte, doch wahrscheinlich wollte er von mir selbst hören, was mich so aufregte.

»Wann wolltest du mir von Julia erzählen?«, fragte ich also so ruhig, wie es mir möglich war.

»Ich hab dir längst von Julia erzählt. Wir waren zusammen und sind es seit Jahren nicht mehr.«

»Und warum erzählst du mir dann nicht, dass du sie getroffen hast? Warum musst du mir das verheimlichen?« Langsam spürte ich die Tränen, die sich in meinen Augenwinkeln sammelten. Natürlich vor Wut, nicht weil ich ein emotionales Mädchen war.

»Weil es nicht wichtig ist. Julia ist Vergangenheit, das habe ich dir schon mal erklärt. Dass ich ihr zufällig begegnet bin, bedeutet gar nichts.« Travis kam langsam auf mich zu mit erhobenen Händen. Ich ging einige Schritte zurück, bis er mich im wahrsten Sinne des Wortes in eine Ecke gedrängt hatte.

Bedächtig atmete ich ruhig ein und aus. Immer wieder, um mich zu sammeln.

»Ich möchte nach Hause«, flüsterte ich schließlich, ohne weiter auf Julia einzugehen.

Travis

Lara ließ sich nicht von mir berühren, auch wenn sie stumm ihr Einverständnis gezeigt hatte, dass wir nach Hause fahren würden. Ich wollte sie am Arm nehmen, doch sie entzog sich mir. Am Wagen angekommen, wollte ich ihr wie immer beim Einsteigen helfen, aber sie ließ mich nicht. Frustriert stieg ich ein und fuhr schweigend Richtung Innenstadt. Irgendwann würde sie aufhören zu schmollen.

Als wir fast bei meiner Wohnung angekommen waren, hob sie ihren Blick. Irritiert sah sie sich um, und ich hatte schon befürchtet, was jetzt kam.

»Travis, ich will zu mir nach Hause. Allein.«

Ruckartig nickte ich, obwohl mir gar nicht wohl bei dem Gedanken war, sie jetzt alleine zu lassen. Ich schlug den Weg zu ihrer Wohnung ein, fuhr absichtlich langsam und ließ jede alte Frau über die Straße gehen, nur damit ich länger mit ihr im Auto sitzen konnte. Natürlich wusste ich, dass ich allein schuld an der Situation war. Alle meine Kumpels hatten Julias Auftritt mitbekommen, es war nur eine Frage der Zeit, bis Lara es herausfand. Leider hatte ich die ganze Woche nicht den Mut aufgebracht, es ihr zu erzählen. Warum das so war, wusste ich auch nicht. Wahrscheinlich hatte ich ihre Reaktion vorhersehen können, denn Lara war für mich inzwischen weitaus berechenbarer als noch vor ein paar Monaten.

Je näher wir der Straße kamen, in der sie wohnte, desto heftiger wand sie ihre Finger in ihrem Schoß. Ihre Kiefer mahlten aufeinander, was mir zeigte, dass sie mit sich rang, ob sie mir ihre Wut zeigen sollte oder nicht. Ich wünschte, sie würde es tun, doch als wir bei ihrer Wohnung ankamen, sah sie mich nur einmal kurz an und stieg dann aus meinem Auto.

»Lara …«, hob ich noch einmal zu einer Erklärung an, doch sie hatte schon die Tür hinter sich zugeworfen.

Mein Magen zog sich unangenehm zusammen, als ich zusah, wie sie die Tür aufschloss und im Haus verschwand, ohne sich umzusehen. Noch einige Minuten blieb ich einfach so sitzen und überlegte, ob ich ihr hinterhergehen sollte.

Mein Smartphone vibrierte und ich zog es aus meiner Hosentasche.

Lara: Fahr!

Kapitel 19

Lara

»Ich hab mich in einen Idioten verliebt!«, schimpfte ich und ließ mich stöhnend auf die Couch fallen.

»Wenigstens gibst du endlich zu, dass du verliebt bist!« Alina war in dieser Situation kaum hilfreich. Ich legte mein Handy, das auf Lautsprecher gestellt war, neben mich auf das Kissen und fuhr mir mit beiden Händen durch das Gesicht. »Erzähl mir, was passiert ist«, forderte sie mich jetzt auch noch auf.

»Er hat sich mit Julia getroffen und ich musste es von seinem besten Freund erfahren.«

»Julia? DIE Julia?« Meine beste Freundin klang entsetzt. »Aber warum hat er sich mit ihr getroffen?«

»Sie sind sich zufällig über den Weg gelaufen … als wir aus waren.«

»Also hat er sich nicht absichtlich mit ihr verabredet?« Jetzt packte sie die Juristenfragen wieder aus.

»Nein, irgendwie war es wohl zufällig. Glaub ich. Keine Ahnung.«

»Glaubst du? Was hat er denn zu seiner Verteidigung gesagt?«

»Wir waren nicht vor Gericht, ich habe einfach nicht weiter nachgefragt!« Weil ich nicht hören wollte, wie es zu dem Treffen gekommen war. Der Punkt war einfach, dass er es mir verheimlicht hatte. Zwar wusste ich nicht, wie ich reagiert hätte, dennoch wäre es wohl besser gewesen, wenn er mit mir darüber gesprochen hätte. Wenn er schon nichts von einem unabsichtlichen Treffen erzählte – was würde er mir sonst noch verschweigen?

Den restlichen Samstag und den Sonntag verbrachte ich damit, meine Wut zu hegen und zu pflegen. Gerade war ich wirklich neidisch, dass ich nicht wie die Jungs im Boxklub einfach auf etwas einschlagen konnte. Die letzten Wochen waren so schön gewesen und jetzt das! Er hätte doch einfach etwas sagen können! Natürlich hätte ich mich aufgeregt, aber ich hätte wenigstens durch ihn von der Begegnung erfahren und nicht von einem Kerl, den ich erst dreißig Sekunden vorher kennengelernt hatte.

Vor lauter Wut, und weil ich sonst nichts im Haus hatte, beschloss ich, Brot zu backen. Daran konnte man während des Knetens wunderbar seine Aggressionen auslassen. Vielleicht war das ein Äquivalent zum Boxen für Mädchen? Ich sollte … nein, ich sollte nicht mit Travis darüber sprechen.

Nachdem das Brot im Ofen war, ließ ich mich auf einen Küchenstuhl sinken. Wie reagierte man richtig in so einer Situation? Bisher hatte ich immer die falschen Entscheidungen getroffen, wenn ich mit einer Situation in unserer Beziehung nicht zurechtkam. Doch dieses Mal hatte ich das Recht, wütend zu sein! Er konnte sich nicht einfach mit seiner Ex und der Frau treffen, die nach Meinung seiner Eltern die Richtige für ihn war, und mir nichts davon erzählen! Er hätte es wenigstens beiläufig erwähnen können, sodass ich mich hätte vor ihm aufregen können!

Bis zum Montagmorgen war mein Ärger immer noch nicht verraucht. Im Gegenteil, er wurde noch größer, als ich vor meinem Kleiderschrank stand und bemerkte, dass ich kaum noch Klamotten hier hatte. Vor allem alle meine Lieblingssachen waren in Travis' Wohnung, wo ich sicherlich nicht hingehen würde. Also zog ich mir einfach irgendetwas an und ging zu meinem Schreibtisch, um meine Sachen zusammenzupacken.

Blöd nur, dass alle Dinge, die ich für die Uni brauchte, bei Travis waren. Frustriert stöhnte ich auf, als ich meine Schuhe anzog und nur mit meiner Handtasche bewaffnet die Wohnung verließ. Mir würde schon einfallen, wie ich an meine Sachen kommen würde, doch jetzt musste ich mich langsam auf den Weg zur Vorlesung machen, wenn ich nicht zu spät kommen wollte.

Im Innenhof stand mein Auto, das ich seit Wochen nicht genutzt hatte, da ich immer mit Travis gefahren war. Ich strich behutsam über seine Motorhaube und entschuldigte mich stumm für die Vernachlässigung. Ja, ich sprach in Gedanken mit Dingen. Aber nur, wenn sie mir wichtig waren!

Meine Tasche warf ich auf den Beifahrersitz und startete den Motor. Er gab ein paar klägliche Geräusche von sich, tat aber nichts weiter. Zwei weitere Versuche brachten dasselbe Ergebnis. Enttäuscht ließ ich meine Stirn auf das Lenkrad fallen, was natürlich auch noch die Hupe betätigte. Wieder einmal spürte ich Tränen der Wut in meinen Augenwinkeln. Was konnte an einem Morgen alles schiefgehen? Einfache Antwort: ALLES!

Es klopfte an meiner Seitenscheibe und ich zuckte vor Schreck zusammen. Draußen winkte mir unser Hausmeister zu, der ein Starthilfekabel in der Hand hielt. Missmutig stieg ich aus und versuchte mich an einem Lächeln.

»Guten Morgen! Offenbar ist Ihre Batterie leer, Sie haben das Auto ja auch schon länger nicht bewegt!« Er grinste mich entschuldigend an. Stalkte er mich etwa?

»Ja … stimmt.«

»Lassen Sie mich mal machen, dann läuft es gleich wieder!« Der Hausmeister, dessen Name ich vergessen hatte, schob sich an mir vorbei, um die Motorhaube zu öffnen. Vermeintlich fachmännisch klemmte er anschließend die Klammern an meine Batterien. Etwas verloren stand ich herum, während er seinen Wagen holte und meinem gegenüberstellte.

Das charakteristische Röhren eines Porsches ließ mich erneut zusammenzucken. Das konnte er nicht tun, oder?

Und ob er konnte. Travis stellte seinen Wagen direkt vor der Einfahrt ab und stieg aus. Demonstrativ drehte ich mich um, damit ich vortäuschen konnte, meinem Autoretter zu helfen. Trotzdem spürte ich seinen Blick in meinem Rücken.

»Hey!«, sagte er leise, dennoch musste er direkt hinter mir stehen. Da ich nicht wusste, was ich tun sollte, reagierte ich gar nicht. »Du musst in die Uni …« Ach echt?! Hätte ich ja gar nicht ohne ihn gewusst! »Deine Sachen waren alle bei mir, also dachte ich, ich bringe sie dir …« Oh. Das war aber … nett. Noch immer stand ich mit dem Rücken zu ihm und sah auf den Boden. Meine Tasche mit all meinen Uni-Sachen kam in mein Blickfeld. Travis stellte sie zu meinen Füßen ab und berührte mich leicht an der Schulter.

»Danke«, flüsterte ich, weil ich meiner Stimme nicht ganz traute. Er sagte nichts mehr, ich spürte nur noch seine Lippen auf meinem Scheitel und dann verschwand seine Wärme, die ich gespürt hatte, obwohl er mich kaum berührt hatte. Wie erstarrt blieb ich einfach so stehen, während der Hausmeister an den Autos herumhantierte. Nur ein paar Sekunden später hörte ich, wie Travis seinen Wagen startete und davonfuhr.

Zum ersten Mal in diesem Semester war ich froh, dass ich Travis nicht zufällig über den Weg laufen konnte oder in seinen Vorlesungen saß. Die ersten drei Tage in der Uni zogen sich wie Kaugummi. Übermüdet saß ich in den Veranstaltungen, weil ich kaum schlief, ich führte missmutige Gespräche mit meinen Kommilitonen, weil mich zwischendurch niemand zum Lachen brachte. Meine beste Freundin war keine große Hilfe, denn sie bestand darauf, dass der einzige Weg der war, mich mit Travis auszusprechen. Insgeheim wusste ich, dass sie recht hatte, doch ich war noch nicht so weit.

Am Mittwoch kam ich nach Hause und warf meine Tasche in die Ecke. Dumpf schlug das kaum gepolsterte Notebook auf dem Boden auf und ich zuckte zusammen. Ich sollte wirklich sorgfältiger mit meinen Sachen umgehen. Müde, wie ich in den letzten Tagen war, ließ ich mich auf mein kleines Sofa fallen und schloss die Augen. Vielleicht würde ein kurzes Nickerchen helfen, damit ich mich anschließend wieder konzentrieren konnte.

Das schrille Klingeln riss mich aus dem Schlaf und glücklicherweise auch aus meinen wirren Träumen.

Schlurfend bewegte ich mich in Richtung Tür und fragte durch die Sprechanlage, wer da war. Außer der Frage, ob ich Lara Kipp sei, bekam ich jedoch keine Antwort. Schließlich betätigte ich den Summer, denn wahrscheinlich würde es nichts bringen, weiter nachzubohren.

Peinlich berührt bedeckte ich mein Gesicht mit den Händen, als ich den riesigen Blumenstrauß sah, der mit seinem Kurier um die Ecke bog. Er bat mich, zu unterschreiben, dass ich die Blumen erhalten hatte, und verabschiedete sich.

Aus Ermangelung an einer so großen Vase stellte ich die Blumen in eine Gießkanne und betrachtete die Karte, die zwischen den Blüten steckte. Ich wusste nicht, wie lange ich einfach nur im Schneidersitz vor dem Strauß saß und überlegte, was ich tun sollte. Schlussendlich entschied ich, dass es kindisch wäre, die Nachricht nicht zu lesen.

Plötzlich hektisch riss ich den kleinen Umschlag auf und starrte auf Travis' ordentliche Handschrift.

»Heute vor vier Monaten hatten wir unser erstes Date. Werde ich irgendwann ein Weiteres bekommen?«

Travis

Der Kurier hatte mir Bescheid gegeben, dass er den Strauß abgegeben hatte und dass Lara persönlich unterschrieben hatte. Seit nunmehr einer halben Stunde starrte ich auf mein Handy und hoffte, dass sie reagieren würde. Wenn sie nur wüsste, wie sehr sie mich damit in den Wahnsinn trieb, wenn sie mich warten ließ!

Resigniert legte ich das Smartphone weg, obwohl ich kurz davor war, es gegen die Wand zu werfen. Ich war auf dem Weg auf den Balkon, trotz des eisigen Windes, der um das Haus herum blies, denn das würde vielleicht meinen Kopf etwas freipusten.

Als ich hörte, wie das Telefon in der Wohnung piepte, warf ich meine gerade angezündete Zigarette in den Aschenbecher und hastete wieder hinein.

Lara: Die Blumen sind wunderschön! Danke!

Das war alles? Keine Antwort auf meine Frage? Diese kleine Frau würde mich wirklich irgendwann in den Wahnsinn treiben!

Travis: Gerne. Ich könnte jetzt noch einen plumpen Spruch bringen, aber ich weiß, dass dich das nicht beeindruckt.

Die App zeigte an, dass Lara online war und die Nachricht gelesen hatte. Nach ein paar Sekunden wechselte ihr Status auf »schreibt …«, dann wieder auf »online« und wieder schrieb sie irgendwas. Gott, es machte mich verrückt!

Travis: Beantwortest du meine Frage?

Lara: Ja. :)

Travis: Ja, du beantwortest sie oder, ja, wir gehen mal wieder zusammen aus.

Lara: Beides.

Ich ließ die Luft, die ich angehalten hatte, aus meinen Lungen entweichen. Es half bei ihr wirklich, sie zur richtigen Antwort zu nötigen.

Lara

War es richtig, Travis Hoffnungen zu machen, obwohl ich maßlos enttäuscht war? Denn das war die richtige Beschreibung für die Gefühle, die unser »Nicht-Streit« hinterlassen hatte. Wenn es ein Streit gewesen wäre, hätten wir die Geschichte ausdiskutiert, doch ich hatte seine Argumente nicht hören wollen. Er hatte mir die Situation vorgeführt, die ich seit dem Besuch bei seinen Eltern gefürchtet hatte: Julia war wieder in sein Leben getreten.

Und er hatte es nicht für nötig befunden, es mir zu erzählen. Ich war abwechselnd wütend, traurig und resigniert. Noch lange nach unserem kurzen Chat saß ich auf dem Boden, mit dem Rücken an mein Sofa gelehnt und betrachtete die Blumen, die in der Gießkanne auf meinem Couchtisch standen. Daneben hätte nicht einmal mehr eine Tasse Platz gefunden, so umfangreich war der Strauß.

Er wusste, dass er mich mit Worten nicht beeindrucken konnte, aber mit Taten. So wie er es auch schon vor einigen Wochen geschafft hatte, mich in die USA zu locken: entgegen meiner Entscheidung, entgegen dem Willen meiner Eltern und entgegen meinem gesunden Menschenverstand.

Was würde er also noch versuchen, um mich aus meinem selbst gebauten Schneckenhaus zu locken? Der direkte Weg half bei mir wenig, das wusste er. Gegen meinen Dickkopf kam er nicht an, indem er mich mit der Situation konfrontierte. Vielleicht war ein bisschen Abstand voneinander einfach das Beste?

Schließlich waren wir die letzten Wochen fast jede freie Minute zusammen gewesen.

Als es fast Mitternacht war und ich immer noch zu keinem abschließenden Ergebnis gekommen war, ging ich ins Bad, machte mich fertig und legte mich dann in mein kaltes Bett. Mein Smartphone, das mir auch als Wecker diente, lag auf dem Nachttisch und warf plötzlich ein helles Licht an die Decke (fast wie bei Batman, aber leider nur rechteckig).

Mein Herz begann in meiner Brust herumzuhüpfen, weil es nur einer sein konnte, der mir um diese Uhrzeit schrieb.

Travis: Schlaf gut, Honey.

Als ich seine kurze Nachricht las, stahl sich ein kleines Lächeln auf meine Lippen.

Jeden Morgen und jeden Abend erhielt ich eine Mitteilung von Travis, die mir zeigte, dass er an mich dachte. Mir war klar, dass er sehen konnte, wann ich sie gelesen hatte. Manchmal schlich ich deshalb einige Minuten um mein Handy herum oder las sie nur auf dem Sperrbildschirm, damit er nicht merkte, wie gierig ich jedes Zeichen von ihm in mich aufsog.

Ich wusste, dass ich mich verhielt wie eine Fünfjährige. Ja ehrlich. Und ich wusste, dass einige Menschen nur den Kopf über mein Verhalten schütteln würden. Doch ich konnte einfach nicht aus meiner Haut, und das wusste er.

Nachdem ich schließlich ein unfassbar langweiliges Wochenende alleine verbracht hatte, war ich kurz davor, Travis um eine Aussprache zu bitten. Während der Vorlesungen am Montagmittag nahm ich mir vor, ihm zu schreiben, wenn ich zu Hause war.

Kaum war ich wieder in meiner Wohnung, klingelte es. Wie immer fragte ich, wer unten war, denn ich erwartete niemanden. Dunkel erinnerte ich mich an die Stimme des Blumenkuriers und ließ ihn heraufkommen. Dieses Mal hatte er jedoch nur ein kleines Päckchen dabei. Wieder quittierte ich ihm den Erhalt und warf ihm dann die Tür vor der Nase zu. Ich machte mir nicht die Mühe, eine Schere zu holen, sondern versuchte, das Packband mit den Fingern zu lösen, was jedoch keinen Erfolg, sondern nur einen eingerissenen Nagel mit sich brachte.

Fluchend ging ich in die Küche und schlitzte den Karton mit einem Küchenmesser auf. Zuerst erkannte ich nur schwarzen Stoff mit einem roten Aufdruck. Ich zog ihn heraus. Es war das Shirt, das Josh mir von seiner Band geschickt hatte. Mit einem mulmigen Gefühl öffnete ich das Päckchen vollständig und fand noch einen Umschlag darin. Er enthielt die beiden VIP-Karten für das Konzert und einen Zettel.

»Gehst du mit Alina zum Konzert? Josh hatte die Karten für euch beide geschickt.«

Natürlich erkannte ich Travis' Schrift augenblicklich. Aber was sollte das heißen? Würde er da sein? Oder wollte er nicht mit mir hingehen? Das Konzert war schon in fünf Tagen und ich hatte es völlig verdrängt. Hätte er mir nicht wenigstens einen Hinweis geben können?

Travis würde wohl kaum das Konzert verpassen, weil er so stolz auf seinen kleinen Bruder war. Die Frage war in Wirklichkeit: Wollte ich ihn dort sehen?

Alina und ich standen zwischen der Bühne und dem Publikum bei dem Konzert von »The Strange«. Natürlich hatte ich mich schon in dem Augenblick entschieden zu kommen, als ich die Karten in der Hand hielt. Dennoch versuchte ich, mit Alina zu erörtern, ob es der richtige Zeitpunkt war, nach fast zwei Wochen wieder auf Travis zu treffen. Meine beste Freundin hatte mich an dem Punkt, dass Josh und seine Freunde nichts für den Streit zwischen Travis und mir konnten.

Man merkte den Jungs an, dass sie inzwischen deutlich sicherer auf der Bühne waren als noch vor ein paar Monaten. Jedes Set war gut geplant und strukturiert. Nach ein paar ruhigeren Songs kündigte Ben einen Gastbeitrag an. Ein guter Kumpel von ihm wollte eine Frau beeindrucken, indem er sich seit Jahren wieder einmal auf die Bühne wagte. Zwangsläufig hielt ich die Luft an, denn ich ahnte, was jetzt kommen würde.

Ich beobachtete, wie Travis auf die Bühne ging und sich von seinem Bruder eine Akustikgitarre reichen ließ. Die anderen Bandmitglieder traten in den Hintergrund. Ein einzelner Spot tauchte den Mann, in den ich mich verliebt hatte, in ein weiches Licht. Die ersten Takte von »Wonderwall« erklangen, nach dem Intro setzte Travis mit dem Gesang ein. Eine Gänsehaut überzog meine Arme, als er die erste Strophe mit seiner tiefen, rauen Stimme sang.

Als er das Lied, das Oasis unvergesslich gemacht hatte, unplugged interpretierte, traten mir die Tränen in die Augen. So etwas Gefühlvolles und Rührendes hatte ich in meinem ganzen Leben noch nicht erlebt. Er sah mir die ganze Zeit in die Augen, wahrscheinlich sah er auch die Tränen darin. Ich spürte am Rande die feuchten Spuren, die über meine Wangen liefen. Meine Konzentration war fast vollständig auf Travis gerichtet, die rund tausend Leute hinter mir hatte ich komplett ausgeblendet. In diesem Moment war diese Verbindung zwischen uns so intensiv, dass ich nichts anderes wahrnehmen konnte. Am Ende des Songs setzten die Jungs von »The Strange« mit den Keyboard-Akkorden und Backgroundgesang ein. Als die letzten Töne verstummt waren, brandeten Applaus und Pfiffe hinter mir auf. Travis unterbrach unseren Blickkontakt und verließ ohne viel Aufhebens die Bühne. Josh und Ben sahen vielsagend zu mir hinunter, während Alina beruhigend über meinen Arm strich.

Als er dann endlich vor mir stand und ich in seinen dunkelblauen Augen, die in dem schummrigen Licht fast schwarz wirkten, versank, wurde mir eins klar: Travis war der Mann für mich. Keine flüchtige Affäre, keine halb gare Beziehung. Er war einfach der Richtige. Er schien die Veränderung in meinem Gesicht zu sehen, denn langsam wandelte sich meine Verblüffung über seine Show in ein leichtes Lächeln.

»Ich liebe dich«, sagte ich leise, doch ich wusste, dass er es gehört hatte. Kurzerhand hob er mich hoch und küsste mich stürmisch. So als hätte er seit Wochen darauf gewartet.

Ich drückte mich fest an ihn und erwiderte seinen Kuss genauso leidenschaftlich. Denn ich sehnte mich seit Tagen genau danach. Wieder nahm ich am Rande Klatschen und Gejohle wahr. Travis löste sich von mir, ich sah mich verwirrt um. Der Spot, der vor ein paar Minuten noch auf die Bühne gerichtet war, erleuchtete nun uns beide.

Wir grinsten uns an, als ob nie etwas gewesen wäre. Travis stellte mich wieder auf dem Boden ab. Er trat hinter mich und zog mich an sich, sodass ich das gesamte restliche Konzert mit dem Rücken an seine Brust geschmiegt genoss.

Meine beste Freundin sah abwechselnd zufrieden zu uns herüber und schmachtend auf die Bühne. Sie war im Bad-Boy-Himmel, ich wusste es ganz genau. Ihr Blick huschte zwischen den Bandmitgliedern hin und her und blieb immer wieder am Bassisten hängen. Grinsend verfolgte ich ihre Beobachtungen, bis sie wieder zu uns blickte und mein Grinsen erwiderte.

Josh hatte versprochen, dass wir noch mit auf die After-Show-Party durften, doch eigentlich hatte ich keine große Lust dazu. Travis und ich hatten einiges nachzuholen. Nach dem Konzert gingen wir zwar mit, wobei mein Freund mich keine Sekunde losließ, ich spürte aber, dass auch er nicht lange hierbleiben wollte.

Ganz der Gentleman stellte er mich als seine Freundin und Alina als »die Prinzessin« vor, egal ob sein Gegenüber es gerade hören wollte oder nicht. Ich kannte die anderen Bandmitglieder nur flüchtig und war froh, dass sie sich auch noch einmal vorstellten. Außer Shane, der Bassist, von dem ich insgeheim glaubte, dass er nie auch nur ein Wort sagte.

Wieder bemerkte ich Alinas schmachtende Blicke, glaubte aber nicht daran, dass sie bei dem Eisklotz Erfolg haben würde.

Wir unterhielten uns eine Zeit lang mit einigen Menschen, doch ich konnte mich kaum darauf konzentrieren, was sie sagten. Ich spürte nur Travis'

Hand an meiner Taille und seine Fingerspitzen, die sanft auf und ab fuhren. Langsam wurde ich ganz kribbelig und wollte nur noch weg.

Travis richtete gerade das Wort an Alina: »Möchtest du noch bleiben, oder sollen wir dich mitnehmen?«

»Ich komm schon klar, geht ihr mal. Ihr habt es nötig«, erwiderte sie mit einem schelmischen Grinsen und zwinkerte mir kurz zu.

»Kommst du mit zu mir?«, fragte mich Travis, irgendwie wirkte er etwas unsicher. Ich stellte mich auf die Zehenspitzen und küsste ihn kurz auf den Mund.

»Natürlich, wo soll ich denn sonst hingehen?«, antwortete ich mit einer Gegenfrage.

Travis

Erst als Lara wirklich wieder in meiner Wohnung war, fiel mir ein Felsbrocken vom Herzen. Mehrmals hatte ich auf dem Weg hierher angehoben, um den Streit aus dem Weg zu räumen und die Situation mit Julia zu erklären, doch sie ließ mich nicht zu Wort kommen. Jedes Mal winkte sie ab und erklärte, dass es nicht der richtige Zeitpunkt war. Nachdem ich das vertraute Knistern gespürt hatte, als wir im Aufzug standen, wusste ich, dass wir heute Nacht wohl nicht mehr viel zum Reden kommen würden.

Bevor sie es sich auf der Couch bequem machen konnte, dirigierte ich sie in mein Schlafzimmer. Lara sah mich mit einem lasziven Lächeln an, bevor sie sich ihr Shirt über den Kopf zog und direkt im Anschluss das Gleiche mit meinem tun wollte. Okay, sie hatte es ähnlich eilig wie ich.

In Windeseile hatte ich uns beide ausgezogen und sie auf der Mitte des Bettes platziert. Einen Augenblick genoss ich einfach nur den Anblick meiner nackten Freundin in meinem Bett. Obwohl ich das schon hundert Mal gesehen hatte, zogen mich ihre Kurven und ihre makellose Haut wieder in ihren Bann.

Lara wand sich unter mir und wimmerte, als ich meine Hände um ihre Brüste legte. Ich rieb leicht über ihre Nippel, die sich sofort fröhlich aufstellten. Ich konnte nicht anders, ich musste sie wieder küssen, ihren Geschmack in meinem Mund haben, um zu realisieren, dass sie tatsächlich wieder bei mir war. Sie teilte ihre Lippen für mich und ließ mich mit ihrer Zunge spielen. Gerne hätte ich den Kuss weiter ausgeweitet, doch sie biss mir leicht in die Unterlippe. Unwillig ließ ich von ihr ab und sah ihr tief in die Augen.

»Trav, bitte …«, flehte sie und bei ihrem Tonfall wurde mein Schwanz noch härter, als er schon vorher war.

»Was willst du, Honey?«, provozierte ich sie absichtlich.

»Bitte, nimm mich endlich!« Das war dann wohl mein Stichwort.

Mit einem harten Stoß versenkte ich mich in ihr, was sie zum Stöhnen brachte. Dieses schöne Geräusch wollte ich öfter und lauter hören, weshalb ich in einem stetigen Rhythmus immer und immer wieder tief in sie stieß, bis sie sich in meinen Nacken krallte und nur noch keuchen konnte. Sie reckte mir ihre Titten entgegen und ich knabberte leicht an ihren Knospen, ohne mein Tempo zu unterbrechen. Ich spürte ihre Muskeln, die sich um meinen Schaft zusammenzogen – ein sicheres Zeichen, dass sie bald kommen würde. Mit Lippen und Zähnen bearbeitete ich weiterhin ihre Nippel, als sie mit einem spitzen Schrei kam.

Meine Bewegungen wurden langsamer, ich hörte jedoch nicht auf, in sie zu stoßen, obwohl ich mich wahrlich zusammenreißen musste, um nicht mit ihr zusammen zu kommen. Als sie sich kurz erholt hatte, begann ich erneut mit einem harten Rhythmus. Gleichzeitig führte ich ihre rechte Hand zu ihrem Kitzler. Lara riss die Augen auf, verstand, dass sie einen zweiten Höhepunkt haben würde.

Mit einer schnellen Bewegung drehte ich uns um, sodass Lara auf mir saß. So hatte ich einen fantastischen Ausblick auf ihre Brüste und sie konnte das Tempo vorgeben. Trotzdem legte ich meine Hände an ihre Hüften und kontrollierte vorsichtig ihre Bewegungen. Laras Brüste hüpften aufreizend auf und ab, die Brustwarzen hart vor Erregung. Als sie schließlich die linke mit ihren Fingern reizte und gleichzeitig wieder ihre Klit massierte, war es vorbei mit meiner Geduld.

Immer schneller stieß ich von unten in sie, während sie mir jedes Mal entgegenkam. Stöhnend und mit geschlossenen Augen, kurz vor dem Orgasmus war sie beinahe unfassbar schön. Ich konnte mich nicht länger zurückhalten.

»Komm, Honey!«, bat ich mehr, als ich forderte.

Und wieder zog sie sich um mich herum zusammen, keuchte meinen Namen bei ihrem zweiten Höhepunkt in dieser Nacht. Dieses Mal ließ ich mich gehen und kam im selben Augenblick.

»Ich liebe dich«, hauchte sie an meine Brust, als sich ihr Atem wieder beruhigt hatte und sie auf mir lag.

»Ich liebe dich auch, Honey«, antwortete ich leise. »Ich hoffe, dass du dich morgen daran erinnerst, dass du es endlich gesagt hast.«

Träge richtete sie sich auf und sah mich mit immer noch leicht verschleiertem Blick an. »Wie meinst du das?«, fragte sie schließlich.

Ich lachte leise, weil sie sich tatsächlich nicht bewusst war, wie oft sie mir schon ihre Liebe gestanden hatte.

»Du erinnerst dich selten daran, was du im Halbschlaf sagst.«

Kapitel 20

Lara

Leise ging ich durch Travis' Wohnung in die Küche. Er hatte mich – wie immer vorsichtig – geweckt, war dann aber vor mir aufgestanden. Am Sideboard im Flur stutzte ich. Ich kannte die Fotos, die hier standen gut, doch eins war neu. Ich erkannte es, auch wenn ich es nie vorher gesehen hatte. Es zeigte mich in dem Pusteblumenfeld in Ohio. Die Sonne ging hinter mir unter und ich war umgeben von einem Schwarm der Pusteblumensamen, die um mich herumschwebten.

Wie hypnotisiert betrachtete ich das Bild, das hier vorher nie gestanden hatte, doch jetzt nahm es einen nicht unwichtigen Platz neben den anderen Fotos ein. Es war größer als die anderen und in einem schlichten silbernen Rahmen in der Mitte platziert.

Ich spürte Travis hinter mir, mehr als dass ich ihn gehört hatte.

»Es zeigt das Schönste und Wichtigste in meinem Leben in genau dem richtigen Augenblick.«

Mein Herz schmolz und schlug gleichzeitig schneller bei seinen geflüsterten Worten. Mit gesenktem Blick drehte ich mich um, schlang die Arme um ihn und schmiegte mich an seine Brust. »Wehe du sagst jetzt, dass du eine Idiotin bist«, drohte er mir, was mich kichern ließ. Die Situation erinnerte so sehr an die in seiner New Yorker Wohnung, dass es fast unheimlich war.

Mit dem Zeigefinger hob Travis mein Kinn an, sodass ich ihn zwangsläufig anschauen musste.

»Ich liebe dich. Und ich lasse dich nicht noch einmal gehen«, sagte er und seine Stimme war so fest, dass sie keine Zweifel meinerseits duldete. Kurz schloss ich die Augen, um mir den Moment einzuprägen und mir selbst einzugestehen, dass es genau das war, was ich wollte.

»Ich liebe dich auch«, flüsterte ich. Seine Lippen streiften zart über meine und unterstrichen seine Worte.

»Gut. Dann lass uns frühstücken. Ich hab Pancakes gemacht«, verkündete er stolz. Ich lachte über den Themenwechsel, dann stutzte ich.

»Pancakes? Du?«, fragte ich ungläubig nach, als ich jetzt auch den verführerischen Duft wahrnahm.

»Ich hatte Zeit zum Üben«, erklärte er schulterzuckend.

Keine Ahnung, wie er das gemacht hatte, aber die Pfannkuchen waren fantastisch! Ich aß ungefähr alle, während Travis mir lächelnd zusah. Nach dem letzten Bissen ließ ich mich auf dem Stuhl zurücksinken und streichelte über meinen gut gefüllten Bauch.

»Wirst du mich jetzt mästen, damit ich nicht mehr so schnell weglaufen kann?«, fragte ich halb im Ernst, halb zum Spaß.

»Wenn du den ganzen Tag nur Pancakes essen willst, dann schon. Für mehr reicht es bei mir noch nicht.« Sein Lächeln wurde noch breiter. Wenigstens konnte er jetzt Frühstück und eine richtige Mahlzeit kochen, wenn man ein Steak als solches bezeichnen wollte. Ich beugte mich über den Tisch, um meinen

Freund zu küssen – so lange, wie ich das nicht getan hatte, würde ich wohl noch eine Weile zum Aufholen brauchen. Travis leckte über meine Unterlippe und als sich seine Zunge in meinen Mund schob, schmeckte ich den süßen Sirup.

Unwillig löste ich mich nach einer Weile von ihm und überlegte, wie ich meinen nächsten Schritt angehen wollte.

»Lara, was willst du fragen?«, kam Travis mir zuvor.

»Woher willst du wissen, dass ich was fragen will?«, hakte ich skeptisch nach. Er grinste einfach nur und antwortete mir nicht. »Okay. Hast du an Silvester schon etwas vor?«

»Nope. Normalerweise bin ich über Weihnachten und Neujahr in den Hamptons, aber das wird dieses Jahr ausfallen.«

Es versetzte mir einen kleinen Stich, dass er wieder einmal seine Familie wegen mir vernachlässigte. Aber er hatte es so selbstverständlich ausgesprochen, dass es dieses Gefühl etwas abmilderte.

»Also … willst du vielleicht … aber nur, wenn du willst, mit mir auf eine Hochzeit gehen?« Meine Stimme wurde zum Ende des Satzes immer leiser, weil ich mir selbst nicht sicher war.

»Natürlich, ich begleite dich gerne. Warum bist du so nervös?« Er sah forschend in mein Gesicht, als ob er hinter meiner Stirn die Antwort lesen könnte.

»Na ja, es ist die Hochzeit von Alinas Bruder und meine Eltern werden auch dort sein …« Der nachdenkliche Blick wurde von einem breiten Grinsen abgelöst.

»Dann begleite ich dich noch lieber! Oder soll ich sie nicht doch eher vorher kennenlernen?« Auch das hatte ich mir überlegt.

»Sie fahren heute auf eine Kreuzfahrt und kommen erst kurz vor der Hochzeit wieder. Sie werden also über Weihnachten nicht da sein und ich sehe sie erst dann wieder«, gab ich zu. Ich hatte das Zusammentreffen absichtlich so lange verschoben. Obwohl, die letzten beiden Wochen waren keine Absicht gewesen, sondern durch andere Umstände bedingt.

Travis nahm meine Hand in seine und strich beruhigend über meine Haut.

»Honey, es wird schon alles gut gehen«, versicherte er mir mit einem eindringlichen Blick. Ich nickte leicht und atmete tief durch. Zwar war ich mir nicht so sicher wie er, doch konnte ich ihn wohl kaum bis zu unserer eigenen Hochzeit vor meinen Eltern verstecken. Huch? Hier lagen eindeutig zu viele Hochzeitsvibes in der Luft.

Es war eindeutig leichter, die Vorlesungen zu überstehen, wenn ich wusste, dass Travis mich danach wieder abholte. Wir hatten zwar nicht mehr wirklich über die Geschichte mit Julia gesprochen, aber Travis hatte mir versichert, dass er mir so etwas nicht mehr verheimlichen würde, egal, wie meine Reaktion ausfallen würde. Ich hingegen versprach ihm, nicht wieder davonzulaufen. Auch wenn es mir schwerfiel, denn offensichtlich hatte ich diese Form der Auseinandersetzung in den letzten Monaten optimiert.

Die verbleibenden Wochen vor den Weihnachtsferien verbrachten wir so selbstverständlich miteinander wie vor unserem Streit. Zwischendurch überlegte ich sogar schon, ob ich meine eigene Wohnung überhaupt noch brauchte, denn ich wahr maximal einmal in der Woche dort und dann auch nur kurz. In Travis' Appartement war genug Platz für uns beide und wir waren irgendwie immer dort, obwohl wir nie darüber gesprochen hatten. Ich hatte sogar schon die Lieferadresse von Amazon und Co. geändert, sodass all meine Päckchen bei ihm ankamen.

Heute war ich ganz besonders aufgeregt, nach Hause zu kommen. Mein erstes Weihnachtsgeschenk für Travis müsste heute eintreffen und ich hoffte inständig, dass er es nicht mitbekam, denn ich wollte ihn unbedingt damit überraschen.

Nachdem er mich abgeholt hatte und wir im Aufzug zu seiner Wohnung standen, hibbelte ich so lange herum, bis er mir einen mehr als genervten Blick schenkte.

»Honey, was zur Hölle ist los mit dir?«, fragte er mich, als wir ausstiegen und ich fast zu seiner Tür sprintete. Auf der Fußmatte lagen einige Päckchen, darunter auch ein großes, flaches, auf dem mein Name stand. Schnell steckte ich es in meine Tasche und fing mir daraufhin einen wissenden Blick von meinem Freund ein.

»Nichts«, antwortete ich etwas verspätet und stellte mich auf die Zehenspitzen, um ihn kurz auf den Mund zu küssen. Er sammelte die restlichen Pakete ein, während ich die Tür aufschloss. Ich hatte nämlich einen eigenen Schlüssel, den mir Travis vor ein paar Tagen wie selbstverständlich überreicht hatte.

Wie immer spulten wir den gleichen Rhythmus ab, den wir zusammen entwickelt hatten. Ich ging zum Kühlschrank und suchte Zutaten für unser Abendessen heraus, während Travis ins Schlafzimmer ging und sich umzog. Heute war Donnerstag und es waren nur noch zwei Tage bis Heiligabend. Summend lief ich durch die Küche und organisierte alles, was ich für das Essen benötigte, als Travis mich mit den Händen um meine Taille einfing. Er küsste mich auf die Wange und verabschiedete sich, da er heute zum letzten Boxtraining des Jahres ging.

Bevor er aus der Küche verschwand, bekam ich noch einen Klaps auf den Hintern mit dem Hinweis: »Koch was Anständiges, Weib, ich hab nachher bestimmt Hunger!«

Travis

Auf dem Weg zum Training fuhr ich noch bei dem Juwelier vorbei, bei dem ich das Geschenk für Lara in Auftrag gegeben hatte. Kritisch musterte ich das Schmuckstück und befand es für gut. Obwohl Lara in ihrer Freizeit so gut wie nie Schmuck trug, passte es zu ihr. Und ich hoffte, dass es ihr auch gefiel.

Lächelnd stieg ich wieder in meinen Wagen und fuhr zum Training. Früher hatte ich mich darauf gefreut, doch inzwischen freute ich mich noch mehr, wieder nach Hause zu kommen.

Joe erwartete mich schon zum Sparring und nachdem ich mich aufgewärmt hatte, powerte ich mich richtig aus. Seit Lara quasi bei mir wohnte, machte ich weit weniger Sport als vorher, weil ich lieber meine Zeit mit ihr verbrachte. Immer noch grinsend stieg ich in den Ring und machte mich auf die erste Provokation meines Kumpels gefasst.

»Na, wie geht's deiner feurigen Freundin?«, fragte er und spielte wie immer auf das erste und letzte Zusammentreffen der beiden an.

»Steht zu Hause am Herd und kocht, wie es sein sollte!«, antwortete ich ein bisschen stolz, aber mehr scherzhaft, denn ich vertrat nicht die Meinung, dass Frauen nur in die Küche gehörten.

Fluchend verließ ich den Boxklub, weil ich es hasste zu fahren, wenn es frisch geschneit hatte. Nicht weil ich mit den Straßenverhältnissen nicht umgehen konnte, sondern die meisten anderen nicht.

Bevor ich den Motor startete, wollte ich Lara noch Bescheid geben, dass ich später kommen würde, doch sie war mir zuvorgekommen.

Lara: Fahr vorsichtig und pass auf die Idioten auf. Essen wartet auf dich. Ich liebe dich.

Wieder lächelte ich in mich hinein, weil diese normale Situation mich so unglaublich glücklich machte. Die Vorstellung, dass Lara in meiner Wohnung auf mich wartete, ließ ein warmes Gefühl in meiner Brust zurück. Diese kleine Frau machte mich so glücklich, wie ich es nie für möglich gehalten hatte.

Während ich vorsichtig zu meiner Wohnung fuhr, überlegte ich, wie wir die Feiertage am besten verbringen konnten, weil wir bis jetzt noch nicht darüber gesprochen hatten. Am besten gefiel mir die Vorstellung, einfach nicht die Wohnung zu verlassen, damit ich meine Freundin nicht teilen musste. Ihren Eltern gegenüber hatten wir keine Verpflichtungen, denn die waren nicht da. Und meine Familie würde ich dieses Jahr zum ersten Mal seit vierunddreißig Jahren nicht an Weihnachten sehen.

Als Lara mir förmlich in die Arme sprang, nachdem ich die Tür geöffnet hatte, war es für mich klar. Ich küsste sie ausgiebig, obwohl wir uns nur zwei Stunden nicht gesehen hatten, und hielt sie fest an mich gedrückt.

In ihrem Blick erkannte ich Verlangen, als ich mich wieder von ihr löste.

»Was hältst du davon, wenn wir an Weihnachten einfach nur hier bleiben und keine Verpflichtungen haben?«, fragte ich und sah schon ihre Freude, bevor sie antwortete.

»Beste Idee ever!«

Lara

Eng umschlungen lagen wir auf der Couch und betrachteten die Schneeflocken, die dicht und schwer vor dem Fenster vorbeirieselten. Dieses Weihnachten war das schönste gewesen, das ich je erlebt hatte. Ohne Familie, ohne ständig irgendwo hinzumüssen, einfach mit dem Mann, den ich liebte.

Nachdenklich strich ich über den Armreif, den Travis mir geschenkt hatte. Er war zwar fast einen Zentimeter breit, dennoch schlicht, sodass ich ihn nie ablegen musste. Die Oberfläche war wie geflochtene Kordeln gearbeitet, obwohl der Reif aus Silber gefertigt war. Doch das, was mir die Tränen in die Augen getrieben hatte, war auf der Innenseite graviert: Zwischen zwei stilisierten Pusteblumen stand in Travis' Schrift »Deine Liebe erfüllt den einzigen Wunsch, den ich je hatte«.

»Warum so nachdenklich, Honey?«, fragte Travis leise hinter mir.

»Mir kommt mein Geschenk dagegen so wenig vor …« Ich kaute auf meiner Unterlippe herum.

»Lara, ich hab es dir in den letzten drei Tagen schon hundert Mal gesagt: Eine signierte Platte von »The Clash« freut mich mehr als andere, vor allem weil sie von dir ist. Woher wusstest du das eigentlich?«

»Was? Dass du dir eine wünschst?«, fragte ich irritiert nach. Ich spürte sein Nicken an meinem Rücken. »Du hast es erwähnt, als wir in der Rock 'n' Roll Hall of Fame waren.« Seine Brust vibrierte und ich wunderte mich darüber, was er so lustig fand.

»Du hast mir die Platte geschenkt, weil ich das vor Monaten in einem Halbsatz erwähnt habe, und denkst, es ist nicht genug?« Er drehte mich herum, sodass ich in sein belustigtes Gesicht sah. »Manchmal bist du wirklich bescheuert«, zog er mich auf und küsste mich. Seine Zunge schob sich in meinen Mund und ich stöhnte auf, weil Travis mich an sich drückte und spürte, wie hart er schon wieder war. Nach einer Ewigkeit löste er sich von mir, meine Lippen fühlten sich geschwollen an und mein Gehirn ganz benebelt.

»Josh kommt morgen Abend mal vorbei. Ist das okay?«, fragte er mich. Als ob ich etwas dagegen haben könnte.

»Klar! Ist er auch nicht in den Hamptons?«

»War er, aber nur über die Feiertage. Er ist über Silvester in Deutschland und kommt eben morgen vorbei, weil wir unsere Geburtstage immer gemeinsam feiern.«

Ruckartig setzte ich mich auf. »Josh hat morgen Geburtstag? Aber ich hab gar kein Geschenk …« Ich brach ab, weil Travis mich belustigt ansah.

»Honey, Josh hat erst im März Geburtstag.« Aha. Dann … Ich schlug Travis leicht gegen die Schulter.

»Trav, du hast mir nicht gesagt, dass du Geburtstag hast?! Bist du irre?! Jetzt muss ich morgen alles …«

»Du musst morgen gar nichts. Du bist hier bei mir, das ist alles, was ich will.« Er hypnotisierte mich mit seinem eindringlichen Blick, bis ich wie von selbst nickte. Ein Lächeln stahl sich auf seine Lippen und er strich mir leicht über die Wange.

»Dann sag mir wenigstens, was ich für dich kochen soll!«, bat ich, denn etwas wollte ich doch für ihn tun.

Travis

Obwohl ich Lara gesagt hatte, dass ich mir nichts von ihr wünschte, hat sie innerhalb von vierundzwanzig Stunden eine kleine Feier organisiert und mich den halben Tag aus meiner eigenen Wohnung geworfen.

Das erste Geschenk hatte ich allerdings schon am Morgen erhalten, als sie mich mit einem Blowjob weckte. Der entschädigte mich dafür, dass wir den Tag nicht gemeinsam verbrachten.

Als ich wieder vom Fitnessstudio nach Hause kam, hatte sie das Wohnzimmer mit Girlanden geschmückt. Mir fielen fast die Augen aus dem Kopf, als ich das Büfett sah, das sie gezaubert hatte. Hinter ihr standen Josh, Ben und Joe, die ich wohl als engste Freunde in Deutschland bezeichnen konnte.

Die Jungs gratulierten mir, bevor wir anfingen zu essen. Lara hatte scheinbar die doppelte Menge an Menschen für das Essen zugrunde gelegt, da wir das niemals aufessen konnten. Wir alle hätten uns anschließend am liebsten auf die Couch geworfen, weil wir so vollgefressen waren.

»Eine gute Frau hast du dir ausgesucht, großer Bruder!«, befand Josh, der sich über den Bauch strich.

»Finde ich auch«, grinste ich und legte meine Hand auf Laras Bein. Sie strahlte mich an und stand dann beschwingt auf.

»Geschenke!«, rief sie fröhlich. Sie lief ins Schlafzimmer und kam mit einem kleinen Päckchen zurück. Völlig selbstverständlich nahm sie auf meinem Schoß Platz, so als würden nicht noch Gäste am Tisch sitzen.

»Honey, ich wollte doch gar kein Geschenk von dir«, flüsterte ich in ihr Ohr.

»Mach es einfach auf, Trav«, antwortete sie gespielt genervt.

Ich wickelte das bunte Papier vorsichtig ab und hielt drei Bilderrahmen in der Hand. Vorsichtig legte ich sie auf dem Tisch ab und betrachtete die Fotos. Lara hatte die schönsten Momente unseres Roadtrips gerahmt. Wir beide vor der »Alice im Wunderland«-Skulptur im Central Park, vor der Rock 'n' Roll Hall of Fame, vor meinem alten Fakultätsgebäude in Harvard. Also im Prinzip die wichtigsten Stationen meines Lebens mit ihr zusammen. Gerührt nahm ich ihr Gesicht in meine Hände und küsste sie hingebungsvoll. Die abfälligen Bemerkungen meiner Kumpels ignorierte ich. Dennoch war ich jetzt noch ein bisschen genervter, dass wir nicht alleine waren.

»Danke, Honey, das ist das beste Geschenk der Welt«, flüsterte ich, nachdem ich unseren Kuss beendet hatte.

Kapitel 21

Lara

Ich war froh, dass ich noch ein angemessenes Geschenk für Travis organisiert hatte. Neben der kleinen Party befand ich die Bilder als eine schöne Überraschung. Travis stellte gerne Fotos von Freunden und Familie auf und gerade diese drei erinnerten mich an eine schöne Zeit. Ihn offenbar auch, wenn ich seine Reaktion richtig deutete.

Die Party war nicht besonders lang gewesen, die Jungs hatten sich vor Mitternacht verabschiedet. Am nächsten Tag wollte ich Alina noch helfen, die Hochzeit ihres Bruders vorzubereiten, doch Louisa hatte alles im Griff. Sie heirateten im Elternhaus von Aaron und Alina, denn dort gab es einen Festsaal. Die Floristen, Caterer und Dekorateure waren schon dabei, alles zu schmücken, Stühle und Tische aufzustellen, und hatten die Küche in Beschlag genommen.

Unverrichteter Dinge fuhr ich also wieder zu Travis, um ihn auf den nächsten Tag vorzubereiten. Also prinzipiell war das nicht nötig, ich musste mich eher selbst darauf vorbereiten, dass er endlich auf meine Eltern treffen würde. Natürlich war ich weiterhin nervös deswegen, allerdings mischte sich auch ein Hauch Vorfreude dazu. Immerhin bestand die Chance, dass meine Eltern anders reagierten als seine und auch als mein Bruder. In den letzten Monaten hatte mich meine Mutter immer wieder mit ihren Reaktionen zu meinen Entscheidungen überrascht.

Travis war ziemlich entspannt, was das Zusammentreffen betraf. Immer wieder versicherte er mir, dass alles gut gehen würde, und wenn meine Familie nicht ausnahmslos positiv auf ihn reagierte, würden wir eine Lösung finden.

Heute, am »großen Tag« sprang ich förmlich aus dem Bett, als Travis sich das erste Mal unter mir regte. Ich duschte, machte Frühstück und versuchte, mich zu beschäftigen. Um so wenig wie möglich darüber nachzudenken, was heute noch passieren würde. Ich freute mich auf die Hochzeit, denn ich mochte Louisa und Aaron sehr gern. Sie würde bestimmt wie immer fantastisch aussehen und Aaron konnte sowieso nichts dagegen tun, dass er so attraktiv war. Okay, vielleicht sollte ich so etwas nicht denken, doch Aaron, der Herzog, war so gar nicht mein Typ. Und ich durfte ja wohl noch ehrlich sein, oder?

Der Mann, der zu hundert Prozent meinem Typ entsprach, umschlang mich von hinten, als ich gerade Eier und Speck briet.

»Honey, du musst nicht nervös sein. Ich bin einfach so charmant wie immer und deine Eltern werden mich lieben!« Ich hörte das Grinsen in seiner Stimme und war froh, dass wenigstens einer von uns seiner Sache sicher war. Er verteilte Küsse auf meinem Hals und lenkte mich sehr effektiv von meinen Gedanken ab.

»Trav, die Eier …«, flüsterte ich, denn ich konnte nichts tun, da er meine Finger mit seinen verschränkt hatte. Er lachte in sich hinein, stellte aber die Pfanne aus, um sich weiterhin meinem Hals und dann auch noch meinen Brüsten zu widmen. Sanft strich er durch den Stoff über meine Nippel, die sich unter seiner Berührung sofort aufgestellt hatten. Travis schob eine Hand unter mein Shirt und die andere in mein Höschen. Ihm entfuhr ein leiser Laut der Zustimmung, als er zwei Finger in mich schob und merkte, wie feucht ich schon war. Gemächlich knetete er meine Brust und stieß immer wieder mit seinen Fingern in mich. Ich ließ mich gegen seine Brust fallen und genoss seine Berührungen. Als er seine Finger aus mir herauszog, stöhnte ich gequält auf, weil sie mir sofort fehlten. Aber er ließ nicht von mir ab, sondern massierte meinen Kitzler mit genau dem richtigen Druck. Ich konnte nur noch keuchen, als er mich so immer weiter in Richtung meines Höhepunktes brachte.

Um Travis noch näher zu sein, legte ich einen Arm um seinen Nacken und zog ihn zu meinem Mund, um einen Kuss anzufordern. Meine andere Hand legte ich über seine in meinem Höschen und ließ selbst zwei Finger in mich gleiten. Ich spürte sein Stöhnen in meinem Mund und wusste, wie sehr er darauf stand. Seine Bewegung wurde immer schneller und ich passte meine daran an. Der Orgasmus überrollte mich mit ungeheurer Wucht, sodass ich froh war, dass Travis mich hielt.

Mit einem dankbaren Lächeln drehte ich mich zu ihm um und umfasste seinen knackigen Hintern mit beiden Händen. Ich drückte mich gegen ihn und spürte seine Härte an meinem Bauch.

»Wir sind hier noch nicht fertig«, sagte er mit rauer Stimme und dirigierte mich zu einem Stuhl. Bedächtig zog er mir mein Oberteil und das Höschen aus. Da er nur Boxershorts trug, war er noch schneller nackt als ich. Er setzte sich auf den Stuhl und zog mich zu sich. Wir stöhnten synchron auf, als ich mich auf seinen Schwanz setzte, der mich sofort komplett ausfüllte. Langsam begann ich, ihn zu reiten, während er sich wieder mit meinen Brustwarzen beschäftigte. Er leckte darüber, sog abwechselnd an ihnen, zwirbelte sie leicht mit den Fingern. Mein Rhythmus wurde immer schneller, ungeduldiger. Travis ließ sich nicht lange bitten, sondern umfasste meine Taille und stieß von unten zu. Ich sah das Begehren in seinen Augen, als ich meine Brüste knetete und er mich dabei beobachtete. Sein Schwanz zuckte in mir und ich wanderte mit einer Hand über meinen Bauch zu meiner Perle, um sie zu reiben. Travis' Stöße wurden immer schneller und härter, bis er meinen Namen stöhnte und in mir kam. Ich folgte ihm sofort, während ich noch spürte, wie er sich in mir ergoss.

Zufrieden lehnte ich gefühlte Stunden an seiner Brust und malte seine Tattoos mit der Fingerspitze nach.

»Besser?«, fragte Travis leise, als ich Anstalten machte, mich von ihm zu lösen.

»Mmh ja, viel besser«, erwiderte ich lächelnd und stand auf. Als ob nichts passiert wäre, briet ich die Eier fertig und servierte sie meinem Freund.

Die Trauung fand am Nachmittag statt, sodass wir uns entsprechend früh fertig machen mussten. Ich stand nur mit Unterwäsche und meinem Morgenmantel im Bad, als Travis mit einem Smoking hinter mir auftauchte. Mir fielen beinahe die Augen aus dem Kopf.

»Wow«, sagte ich, als unsere Blicke im Spiegel aufeinandertrafen . Ein kleines Lächeln umspielte seine Lippen.

»Nimmst du mich so mit?«, fragte er amüsiert.

»Aber nur, damit ich mit dir angeben kann!«, gab ich zurück. Ich steckte mir noch schnell die Ohrstecker an, der elegante Chignon und mein pastellfarbenes Make-up waren bereits fertig. Travis umarmte mich von hinten.

»Ich bin gespannt auf dein Kleid«, raunte er mir ins Ohr, bevor er einen Kuss auf meinem Hals platzierte.

Das Kleid hatte ich ohne ihn gekauft, weil ich es hasste, mit anderen Leuten einkaufen zu gehen. Dafür war ich dann doch zu ungeduldig, obwohl ich es mit Travis als Shoppingberater mal versuchen sollte.

»Warte hier, ich sag dir Bescheid, wenn ich fertig bin«, befahl ich ihm. So konnte sich die Wirkung weit besser entfalten.

Ich holte die Kleiderhülle aus dem Schrank und hoffte, dass er Wort gehalten und nicht vorher nachgeschaut hatte, was sich darin befand. Vorsichtig befreite ich den Traum aus goldenem Satin aus seiner Schutzhülle und stieg schnell herein. Glücklicherweise war der Reißverschluss an der Seite, sodass ich es alleine schließen konnte.

»Fertig!«, rief ich, nachdem ich alles richtig arrangiert hatte. Mein Freund trat aus dem angrenzenden Bad und musterte mich von unten nach oben. Meine Füße steckten in goldfarbenen Pumps, die man nur deshalb sehen konnte, weil die untere Lage des Kleides nur bis zu den Knien reichte. Der obere Rock öffnete sich so weit, dass man meine Beine sehen konnte, und endete in einer kleinen Schleppe.

Die breiten Träger hielten den Wasserfallausschnitt, der zwar tief, aber nicht obszön war. Travis sagte eine ganze Weile gar nichts und ich verlagerte mein Gewicht von einem Bein auf das andere.

Als er sich aus seiner Starre löste, war er mit drei Schritten bei mir und strich über meinen nackten Arm.

»So wirst du wohl kaum mit mir angeben können, Honey. Keiner wird mich auch nur eines Blickes würdigen, weil du so traumhaft schön bist.«

Mein Herz überschlug sich beinahe bei seinen Worten, wie jedes Mal, wenn er mir ein Kompliment machte. Strahlend lächelte ich ihn an, weil ich wusste, dass es nicht stimmte. Travis war riesig und kaum zu übersehen, zusätzlich sah er in seinem Smoking wahnsinnig heiß aus.

Wir fuhren natürlich mit dem Porsche zum Anwesen von Alinas Familie, auf dem die Trauung und die Feier stattfanden. Auf dem Weg dorthin machte sich wieder einmal ein flaues Gefühl in meinem Magen breit, was aber dadurch überlagert wurde, dass ich mich mit Travis an meiner Seite unglaublich wohlfühlte.

Er parkte den Wagen in der Nähe des Eingangs, obwohl schon mindestens dreißig Autos im Hof standen. Das herzogliche Anwesen war eben riesig. Meistens zwar nicht zweckmäßig, doch bei solchen Anlässen durchaus hilfreich.

Die Brautmutter schwebte durch die Eingangshalle. Ines stieß einen kleinen Freudenschrei aus, als sie mich sah, und kam direkt auf uns zu.

»Lara, wie schön, dass ihr da sein!« Sie küsste mich auf

beide Wangen und stellte sich dann Travis vor. »Alina ist in ihrer Wohnung und hilft Louisa noch bei den letzten Vorbereitungen. Als ich eben oben war, waren die beiden hoffnungslos überfordert.« Ich bemerkte den leicht gestressten Unterton in ihrer Stimme.

»Soll ich eben nachschauen gehen?«, bot ich mich an. Schnell warf ich noch einen Blick zu Travis, schließlich kannte er hier niemanden. Er nickte mir wie selbstverständlich zu und ich ging zu den anderen Mädels.

»Aber sie haben doch vorgestern noch gepasst!«, hörte ich meine beste Freundin schon vor ihrer Wohnungstür.

»Und jetzt sind wohl meine Füße geschrumpft!«, rief Louisa. Ich grinste, weil sie es jetzt noch nicht sehen konnten, und ging in die Wohnung. Schließlich war ich schon tausend Mal hiergewesen.

»Lara! Gott sei Dank!«, stieß Alina hervor. »Louisas Schuhe sind zu groß, so kann sie die Treppe nicht runtergehen!« Wenn es sonst nichts war.

Ich musterte natürlich erst die Braut, denn sie war strahlend schön. Louisa steckte in einem Traum aus cremefarbener Wildseide und Tüll, was ihr ausgezeichnet stand. Stella, Louisas beste Freundin, wuselte um sie herum und zupfte das Kleid an allen möglichen Stellen zurecht. Schnell begrüßte ich Alina und Stella mit einem Kuss auf die Wange und schloss dann Louisa in die Arme.

»Du siehst wunderschön aus, Süße«, sagte ich, als ich sie in die Arme schloss. »Zeig mir mal deine Schuhe!«

Sie drückte mir ein paar Pumps in die Hand, die mit dem gleichen Stoff bezogen waren wie das Kleid.

»Ohne Scheiß, sie haben bei der Anprobe perfekt gepasst! Und die waren wahnsinnig teuer! Da kann man doch erwarten, dass sie nicht einfach ihre Größe ändern! Und außerdem, welcher Idiot hat sich ausgedacht, dass ich die Treppe alleine runtergehen soll?! Mann … das ist doch alles …«

»Louisa, alles wird gut«, unterbrach ich sie beschwichtigend. Glücklicherweise glaubte sie mir offenbar, denn sie ließ sich nur stöhnend auf einen Hocker fallen. Alle anderen Stühle konnten die Fülle ihres Kleides nicht aufnehmen.

Grinsend ging ich in Alinas Küche und zog meine Schuhe aus. Die Geleinlagen konnte ich einfach herausnehmen und kurz abspülen. Ich klebte sie in Louisas Schuhe, zusätzlich platzierte ich noch zwei Blasenpflaster an den Fersen und zog meine Pumps wieder an. So würden zwar meine Füße später höllisch wehtun, aber hey! Alles für die Braut!

Im Wohnzimmer kniete ich mich vor Louisa und ließ sie in die Schuhe schlüpfen. Sie stand auf und ging einige Schritte. Alina und Stella klatschten Beifall, als ob sie einen Catwalk hinuntergehen würde.

»Wow! Das ist, wie auf Zuckerwatte zu gehen!« Sie strahlte mich glücklich an. »Danke, Lara, du bist die Heldin des Tages!« Sie umarmte mich und ich wehrte jedes Lob ab.

Ich ließ die beiden wieder alleine, alle Krisen waren bewältigt. Wieder unten angekommen suchte ich den großen, umwerfend geschmückten Saal nach meinem Freund ab. Wie nicht anders zu erwarten, fand ich ihn recht schnell. Und neben ihm: meine Eltern. Fuck.

Ich setzte mein bestes Lächeln auf und ging auf die drei zu.

»Lara, Liebes! Schön dich zu sehen!« Meine Mutter drückte mich, als ich vor ihr stand. »Und sieh nur, wen wir gefunden haben! Travis Reek!« Sie drehte sich kurz zu meinem Freund um, der mir ein verschwörerisches Grinsen zuwarf. »Er ist der Beste auf seinem Gebiet. Ach Pardon, Dr. Travis Kipp! Oder kennt ihr euch schon aus der Uni?« Meine Mom kriegte sich gar nicht mehr ein. Der Gesichtsausdruck meines Vaters zeigte Freude, aber auch Unverständnis darüber, dass seine Frau so schwärmte. »Ach, und wir kennen seine Eltern schon seit Ewigkeiten! Sehr nette Leute! Seine Mutter kommt aus Deutschland ...« Zeit zu intervenieren.

»Ähm, ja, Mom. Travis und ich kennen uns. Also, er ist mein Freund, von dem ich erzählt hatte.« Jetzt war es raus. Und ich erntete lediglich verwirrte Blicke meiner Eltern.

»Dein Freund ist TRAVIS?« Die Situation erinnerte etwas an die in der Bar, in der jetzt alle seinen Namen kannten. Verschiedene Leute in unserer näheren Umgebung drehten sich zu uns um. Ich nickte noch einmal, um die Sache klarzustellen. Travis legte mir seinen Arm um die Taille. Ich sah ihm an, wie er sich diebisch freute.

Mein Vater ergriff als Nächstes das Wort: »Lara, schäm dich, dass du uns das so lange vorenthalten hast! Ein herausragender Wissenschaftler ist praktisch unser Schwiegersohn und wir wussten es nicht!« Seine Empörung war hauptsächlich geschauspielert, dennoch war ich froh darüber. Mein Bruder Tim musste natürlich jetzt gerade auf der Bildfläche erscheinen. Ich fühlte mich wie in einem schlechten Sketch.

»Travis«, stellte Tim eisig fest.

»Tim! Wie geht's?«, fragte mein Freund, weil er einfach unglaublich war. Ob positiv oder negativ unglaublich, sei dahingestellt.

»Ach, ihr kennt euch auch schon! Das ist ja toll! Nur wir wussten wieder nichts davon!« Meine Mutter fand auch immer etwas Neues.

»Also ich denke, wir sollten unsere Plätze suchen. Die Trauung müsste gleich losgehen«, entschied ich, weil ich mir das Theater nicht länger mit ansehen wollte.

Entschlossen ergriff ich Travis' Hand und schob ihn weiter.

»Du bist unfassbar!«, zischte ich, als wir außer Hörweite waren.

»Es ist doch alles gut gegangen, Honey! Deine Eltern mögen mich!«, lachte er.

»Ja, das hab ich auch bemerkt, Captain Obvious!« Und was machte mein Freund? Er lachte natürlich. Scherzkeks.

Als wir unsere Plätze erreicht hatten, war meine Aufregung verpufft. Ich lehnte mich an ihn und strich über seinen Oberschenkel.

»Danke!«, flüsterte ich ihm zu, weil schon die Musik einsetzte, zu der Louisa die große Treppe herunterschweben würde.

Travis

Ich hatte Lara überlistet und fühlte mich halb schlecht und halb überragend dabei. Mir war klar, dass sie nicht lange sauer auf mich sein würde, und das Ergebnis war es allemal Wert, dass sie fünf Minuten lang schmollte.

Zu Hause hatte ich ihre Eltern gegoogelt und mich dann bei der ersten Gelegenheit ganz dreist vorgestellt. Als Lara wiederkam, waren wir in ein Fachgespräch verwickelt gewesen, zusätzlich hatte ich schon die Information erhalten, dass meine Eltern und sie seit Jahren befreundet waren.

Schon als wir unsere Plätze eingenommen hatten, war Laras Wut verraucht gewesen. Das Einzige, was mich fuchste, war, dass wir schon seit Monaten auf diesem Stand hätten sein können. Doch das war jetzt ziemlich egal. Alles, was zählte, war, dass ihre Eltern mich mochten und nicht schockiert darüber waren, dass wir ein Paar waren.

Die Hochzeit verlief etwas anders als normalerweise, da Aaron und Louisa eine freie Trauung hatten und nicht das übliche religiöse Gerede zum Tragen kam. Immer wieder sah ich zu meiner wunderschönen Freundin herunter, die mit schimmernden Augen der Zeremonie folgte. Ab und an bemerkte sie meinen Blick und erwiderte ihn liebevoll.

Passend zum Jawort fingen die Zwillinge der beiden an zu heulen und der ganze Saal lachte. Aarons Mutter versuchte sie zu beruhigen, was einige

Zeit in Anspruch nahm. Insgesamt war es keineswegs eine steife Veranstaltung, wie ich sie erwartet hatte, sondern eine schöne Hochzeit. Natürlich auch vor dem Hintergrund, dass ich Laras Familie endlich auf meiner Seite hatte.

Wir unterhielten uns nach der Trauung weiter in der Eingangshalle, während wir Champagner tranken. Einige andere bekannte Persönlichkeiten waren anwesend, die Lara natürlich kannte. Sie war in dieser Umgebung groß geworden. Die Promis interessierten mich weniger. Einzig wichtig war die Frau in meinen Armen, die sich so entspannt gab wie selten. Zumindest, wenn wir uns öffentlich bewegten. Sonst war sie immer leicht angespannt, doch jetzt plauderte sie fröhlich mit ihren Eltern über die Kreuzfahrt, von der diese gerade wiedergekommen waren.

Kurz bevor der Saal wieder freigegeben wurde, verzogen wir uns noch einmal nach draußen, was uns von ihrem Dad einen kritischen Blick einbrachte.

»Wie hast du das gemacht?«, fragte mich Lara, als sie sich ihre Zigarette angezündet hatte.

»Also zuerst habe ich studiert, dann promoviert und als Dozent gearbeitet, damit ich kritische Eltern von mir überzeugen kann!« Meine Erklärung entlockte ihr ein Lachen.

»Trav, du bist echt unglaublich«, gab sie immer noch grinsend zu.

»Ich weiß.« Ich beugte mich zu ihr und küsste sie auf die Lippen.

»Das hätten wir schon viel früher machen sollen.«

»Hab ich dir doch gesagt!« Ja, ich goss Öl ins

Feuer, ab und zu musste ich das wohl. Ihre eloquente Antwort war, dass sie mir die Zunge herausstreckte.

Lara

Travis wirbelte mich über die Tanzfläche und ich musste zwangsläufig lachen. Nach dem Essen, das viel zu viel, aber superlecker gewesen war, hörten wir uns genau eine kurze Rede von Stella an, die als Louisas Trauzeugin die lustigsten Geschichten zu berichten hatte, und dann ging es sofort auf das Parkett. Ich hatte keine Chance gehabt, mit jemand anderem zu tanzen, weil Travis mich den ganzen Abend in Beschlag genommen hatte. Worüber ich mich natürlich nicht beschweren wollte.

Immer wieder kamen wir am Brautpaar vorbei, wo Louisa mir dankbare Blicke zuwarf, die ich mit einem wissenden Lächeln erwiderte. Zwar hatte ich meine Wohlfühl-Schuheinlagen geopfert, doch der Schmerz, den meine Füße verursachten, konnte mir heute rein gar nichts anhaben. Ich war einfach nur fröhlich und erleichtert, dass es endlich raus war. Alle wussten, dass Travis und ich zusammen waren. Dass er um ein paar Jahre älter war oder sonst irgendetwas, was mich vorher beschäftigt hatte, war völlig egal! Am nächsten Tag würde ich wahrscheinlich sauer auf mich selbst sein, weil ich so lange Zweifel gehabt hatte, die sich manchmal auch auf unsere Beziehung ausgewirkt hatten, aber das rückte heute in den Hintergrund.

Travis war einfach DER Mann für mich. Wir tanzten und lachten und alberten herum. Manchmal spürte ich die Blicke meiner Mutter. Wenn ich zu ihr sah, entdeckte ich aber immer ein Lächeln auf ihren Lippen.

Kurz vor Mitternacht versammelten wir uns alle auf dem Hof. Schließlich gab es zwei Dinge zu feiern: Es war Silvester und wir hatten eine wunderschöne Hochzeit gefeiert.

Meine Familie gesellte sich zu uns, als Travis sich hinter mich stellte, um mich zu wärmen. Es war immer noch irre kalt in einem Abendkleid am 31. Dezember.

»Tim, woher kennst du Travis?«, fragte mein Vater.

»Bin ihm einmal über den Weg gelaufen. Übrigens war er Laras Dozent und hat sie verführt, als sie seine Studentin war.«

Plötzlich waren drei Augenpaare auf uns gerichtet.

»Wie bitte?«, fragte meine Mutter.

Die erste Rakete stieg mit ohrenbetäubendem Lärm auf und explodierte in den schillerndsten Farben am Nachthimmel.

Kapitel 22

Travis

Lara schnappte neben mir nach Luft. Ich spürte es mehr, als dass ich es hörte, weil das Feuerwerk um uns herum so laut war. Beruhigend strich ich ihr über beide Arme und ließ sie dann los.

»Tim, ich weiß nicht, was du für ein Problem mit mir hast. Aber ich hab sie keinesfalls verführt, und wir sind erst zusammen, seitdem sie nicht mehr meine Studentin ist.«

»Also hat sie wegen dir das Studienfach gewechselt?«, fragte Laras Mom mit aufgerissenen Augen.

»Wenn du das wirklich glaubst, dann kennst du deine Tochter schlecht. Ich habe sie lediglich darin bestärkt, zu tun, was sie gerne möchte.«

»Gut«, meldete sich nun auch ihr Vater zu Wort.

»Gut?« Laras Stimme neben mir klang verwirrt. Sie legte ihre Hand in meine und stellte sich neben mich.

»Junge, es ist doch in Ordnung. Lara ist glücklich, das ist das Wichtigste.«

Tims Blick war unbezahlbar. Er war derartig empört, dass seine Eltern es nicht waren, dass es geradezu unfreiwillig komisch war. Mit großen Schritten stapfte er jetzt davon. Laras Eltern sahen dafür sehr gelassen aus. Offenbar hatte meine verrückte Freundin völlig umsonst Angst vor dieser Konfrontation gehabt. Ihren Bruder würde ich wohl nie als Freund gewinnen können, doch auch das war jetzt zweitrangig. Ich zog Lara wieder in meine Arme, sodass wir in einträchtigem Schweigen das spektakuläre Feuerwerk betrachten konnten. Sie kuschelte sich in meine Arme. Offenbar zufrieden mit der Gesamtsituation.

Lara

Natürlich hätte ich heute gute Vorsätze aufschreiben können, für das Jahr, das gerade begonnen hatte. Aber ich tat es nicht. In meinem Leben war nämlich gerade fast alles so, wie ich es mir wünschte. Wie jeden Morgen lag ich auf Travis' Brust und hinderte ihn am Aufstehen. Seine Fingerspitzen strichen an meinem Arm und meiner Seite entlang.

»Ich liebe dich, Trav«, sagte ich einfach nur.

»Das ist schöner als ein ›Guten Morgen‹, Honey«, antwortete er mit vom Schlaf noch rauer Stimme. Lächelnd blieb ich einfach auf ihm liegen.

»Meinst du, ich brauche meine Wohnung noch?«, fragte ich ihn nach einer Weile. Seine Arme schlossen sich fest um mich, er atmete tief ein.

»Nein. Ich hätte dich gern immer bei mir.«

»Dann sollte ich sie wohl kündigen, oder?«

»Mmmhh«, machte er und ich nahm es als Zustimmung. Vor allem, weil es sich anhörte, als ob er schon länger darüber nachgedacht hatte. Ich küsste seine Brust und bereitete mich mental darauf vor, aufzustehen.

»Bekomme ich Pancakes?« Ich grinste ihn an und er erwiderte es.

»Klar, Honey. Immer, wenn du willst.« Daran könnte ich mich durchaus gewöhnen.

Der süße Duft wehte mir aus der Küche entgegen und mein Magen knurrte schon aufgeregt, als ich aus dem Schlafzimmer kam. Travis war immer noch schneller wach als ich, obwohl er mich jeden Tag zärtlich aufweckte. Und er konnte fantastische Pancakes machen. Ich überlegte mir schon, ihn für immer zu behalten, damit er mir Frühstück machen konnte. Und damit ich ebenso fantastischen Sex mit ihm haben konnte. Und weil er mich zum Lachen brachte und … Okay, das führte jetzt zu weit, aber es war ein grandioser Anblick, wie er spärlich bekleidet in der Küche stand und kochte.

Der dicke Wollpullover, den ich angezogen hatte, half nicht viel, wenn die Beine nackt waren, aber das war mir egal. Ich zog die Füße auf meinen Stuhl und die Knie unter den Pulli. Travis stellte eine dampfende Tasse Milchkaffee vor mir ab und lächelte mich zärtlich an. Hach!

»Also kommst du nächste Woche mit zu meinen Eltern?«, fragte ich kauend, als Travis am Tisch saß und ich meine Pfannkuchen verputzte.

»Klar, dein Dad besteht darauf, dass ich zu seinem Geburtstag komme!«

»Er will bloß vor seinen Arztfreunden mit dir angeben«, brummte ich.

»Liegt wohl in der Familie.« Er grinste mich an. Ich streckte ihm die Zunge heraus. »Ich habe am Freitag aber noch einen Termin, der etwas länger dauert. Können wir uns dort treffen?«

»Klar«, meinte ich. Alleine schon die Vorstellung, dass er auch dort sein würde, ließ mein Herz schneller schlagen.

Freitagabend hätte ich ihn für diese Idee umbringen können. Tim und ich hatten ausgemacht, dass er mich mitnehmen würde, sodass Travis und ich mit einem

Auto nach Hause fahren konnten. Und hier stand ich nun vor Travis' Wohnung, in einem Cocktailkleid und fror mir den Arsch ab. Auch meinen Dad hätte ich erwürgen können. Wer erwartete schon Abendgarderobe bei einem Geburtstag?

Ich fluchte vor mich hin, während ich wartete, und überlegte, ob ich wieder nach oben gehen sollte. Aber dann würde Tim wahrscheinlich gerade um die Ecke biegen. So war es doch immer. Meine dünnen Pumps waren absolut nicht für Schnee geeignet, daher waren meine Füße längst Eisklötze. Und der Mantel, den ich für den Weg vom Auto ins Haus angezogen hatte, entsprach auch nicht der Norm, wenn es minus fünf Grad waren.

Genervt zündete ich mir eine Zigarette an, obwohl die mich wohl kaum warm halten würde. Als ich nach rechts sah, kam eine Gestalt auf mich zu. Es war so dunkel, dass ich nur Umrisse erkennen konnte, so war ich mir nicht sicher, ob es sich um einen von Travis' Nachbarn handelte. Ich sah in die andere Richtung. Auch von dort kam jemand. Normalerweise war um diese Uhrzeit hier schon alles wie ausgestorben.

Zitternd legte ich die Arme um mich, weil mich ein seltsames Gefühl beschlich. Verstohlen sah ich immer wieder nach links und nach rechts. Die beiden näherten sich mir auffallend langsam. Sie waren noch in etwa zehn Meter von mir entfernt. Ich warf meine Zigarette auf den Boden und fischte meinen Schlüsselbund aus der Handtasche.

»Nicht so schnell, Süße!«, hörte ich eine Stimme direkt hinter mir. Nervös versuchte ich, den Schlüssel ins Schloss zu stecken, als mir der Arm auf den Rücken gedreht wurde.

»Ganz ruhig. Sei leise, und dir passiert nichts!«, zischte eine andere Stimme. Witziger Typ, er hatte seine Hand über meinen Mund gelegt, sodass ich keinen Mucks von mir geben konnte.

Am Rande spürte ich, wie mir meine Tasche von der Schulter gezogen wurde. Der schmale Lederriemen riss bei der Gewalteinwirkung. Ich hörte, wie der, der mich nicht festhielt, wegrannte. Der andere wartete noch einen Moment und ließ mich dann so abrupt los, dass ich gegen die Hauswand taumelte und mir auch noch den Kopf anstieß.

Schöne Scheiße. Jetzt stand ich hier, ohne Schlüssel, ohne Geld, ohne Handy. Dabei musste ich doch zu meinen Eltern!

Bevor ich irgendeine Entscheidung treffen konnte, ließ ich mich auf die eisigen Stufen vor der Tür sinken und rieb über meine Stirn. Ich spürte kein Blut, sondern nur eine kleine Beule. Glücklicherweise. Ein paar Minuten lang saß ich einfach nur da und wartete, dass Tim kam. Oder Travis. Oder irgendjemand.

Travis

Nach der Sitzung mit dem Dekan fuhr ich direkt zu Laras Eltern. Noch in der Uni hatte ich mich umgezogen, weil ihr Dad wenigstens einen Anzug bei solchen Anlässen erwartete. Und da ich »neu« war, passte ich mich eben an.

Das Navi führte mich zu einem großen Haus in einer noblen Wohngegend und unwillkürlich fragte ich mich, ob Lara schon immer hier gewohnt hatte. Ich freute mich, mehr aus ihrer Vergangenheit zu erfahren.

Ihre Mutter öffnete mir auf mein Klingeln hin die Tür und ich überreichte Blumen für sie und guten Whiskey für ihren Mann. Sie freute sich offenbar, mich zu sehen, und winkte mich direkt weiter in den Wohnbereich. Es waren schon ungefähr zwanzig Leute anwesend, von denen ich ein paar von Aarons und Louisas Hochzeit erkannte. Ich war relativ früh dran, Lara würde mit Tim wohl bald eintreffen.

Ich hatte gerade ein Gespräch begonnen, da klingelte es schon wieder. Mit einem entschuldigenden Lächeln ließ mich die Hausherrin stehen. Weitere Menschen trafen ein und ich suchte mir einen Beobachtungsposten.

So ging es ungefähr eine halbe Stunde, wobei ich immer unruhiger auf meine Uhr blickte. Lara hatte schon längst hier sein wollen, aber auch von ihrem Bruder fehlte jede Spur.

Erst als ich schon geraume Zeit an meinem Glas Rotwein genippt hatte, sah ich endlich Tim in den

Raum kommen. Er gratulierte seinem Vater und stellte sich gleich zu einer Gruppe von Ärzten, wie ich mitbekommen hatte. Irritiert sah ich immer wieder zur Tür, doch Lara war ihm nicht gefolgt.

Mit einigen Schritten war ich bei Tim, packte ihn beim Arm und wirbelte ihn herum. »Wo ist Lara?«, fragte ich ohne Begrüßung, ohne freundliche Ansprache.

»Lara?«, fragte er irritiert. »Fuck, ich kam direkt von Lucy …« WAS?

»Und da hast du deine Schwester vergessen?« Ich bemerkte, wie laut ich geworden war, doch das war mir gleich.

Sofort zog ich mein Handy aus der Tasche und versuchte, meine Freundin anzurufen. Es antwortete nur die Mailbox. Mindestens zehn Mal versuchte ich es, doch immer wieder erscholl nur ihre fröhliche Stimme aus dem Lautsprecher, die mich darum bat, eine Nachricht zu hinterlassen. Was war jetzt der beste Plan? Losfahren, um sie abzuholen oder zu warten, bis sie selbst hier auftauchte?

Tim stand neben mir mit einem betretenen Gesichtsausdruck. Es war ihm spürbar unangenehm, dass er seine Schwester wegen einer Frau sitzen gelassen hatte. Gerade als ich den Entschluss gefasst hatte, in Richtung meiner Wohnung zu fahren, klingelte es wieder und Lara trat über die Türschwelle. Sie hatte mich direkt gesehen, doch sie warf erst einmal ihrem Bruder einen bitterbösen Blick zu.

Ich scannte sie von oben bis unten. Ihre Haare waren zerzaust, an ihren Fingerknöcheln waren blaue Flecken zu sehen. An ihrer Stirn prangte eine tiefrote

Beule. Als ich mich endlich aus meiner Starre gelöst hatte, flog ich förmlich zu ihr.

»Honey, was ist passiert?«, fragte ich sie lauter als beabsichtigt.

»Kannst du vielleicht den Taxifahrer bezahlen?« Sie klang erschöpft. Tim sprang an uns vorbei und ging nach draußen.

»Was ist passiert?«, wiederholte ich meine Frage, da ihr Bruder offenbar meine Aufgabe übernahm.

»Ich hab auf Tim gewartet, als irgendwann zwei Idioten kamen und meine Tasche geklaut haben«, grollte sie mit zusammengebissenen Zähnen. »Jetzt hab ich weder Schlüssel noch Handy oder Geld.«

»Geht's dir gut? Ist dir etwas passiert?« Gott, Tim war so ein Idiot! Lara war in größter Gefahr gewesen, weil er nur mit seinem Schwanz gedacht hatte!

»Trav, du musst die Schlösser in der Wohnung austauschen lassen!«

»Die Wohnung ist scheißegal«, brachte ich wütend hervor. »Ist dir etwas passiert?«

Inzwischen verfolgte die komplette Gästeschar unsere Unterhaltung, inklusive Tim, der neben der Tür herumlungerte. Jetzt besaß er auch noch die Dreistigkeit, in unsere Richtung zu kommen.

»Lara, es tut mir leid …«, setzte er an. Doch sie unterbrach ihn, bevor er irgendwelche Gründe anführen konnte.

»Tim, halt die Klappe! Ich hab mir den Arsch abgefroren und hab wegen dir jetzt noch mehr Ärger! Ich muss alle Schlösser austauschen lassen, mein Auto …« Jetzt war ich es, der sie unterbrach.

»Honey, jetzt lass doch mal das ganze Zeug sein, wie es will. Sag mir endlich, dass es dir gut geht!« Die

Frau war wirklich unfassbar! Sie lehnte sich an mich und nahm meine Hand.

»Ja, Trav, alles ist gut. Ich hab nur eine kleine Beule, sonst ist nichts.« Ich merkte, dass sie versuchte, mich zu beschwichtigen. Wieder funkelte sie ihren Bruder an, dem offensichtlich die Worte fehlten.

»Tim, ganz ehrlich, das war das erste und einzige Mal, das ich dir Lara anvertraut habe!« Damit wollte ich gehen und Lara mit nach Hause nehmen, als es schon wieder klingelte. Wir standen direkt vor der Haustür und Laras Mom, die offenbar unsere Situation nicht begriff, schwebte an uns vorbei zur Tür.

Lara

Mein Kopf tat weh, mir war kalt und ich war unglaublich müde. Aus all diesen Gründen reagierte ich nicht auf Travis' Machospruch, denn es war mir schlichtweg egal.

»Helena, Victor! Wie schön, dass ihr es geschafft habt!«, hörte ich meine Mutter flöten. Moooment. Ich drehte mich zur Tür und sah Travis' Eltern, die direkt auf mich zusteuerten. Mein Freund versteifte sich neben mir.

»Was machen sie hier?«, zischte ich Travis zu.

»Keine Ahnung«, raunte er zurück. Was ein grandioser Abend!

»Wir dachten, wir könnten euch überraschen!« Jetzt kam auch noch mein Dad. Er musterte zuerst seine Tochter, offenbar verwirrt über ihren derangierten Zustand und sah dann zwischen uns und seinen Eltern hin und her. Seine Mom und sein Dad standen etwas zerknirscht immer noch in der Tür und warteten ab, was passieren würde.

Ich zupfte an Travis' Ärmel, um auf mich aufmerksam zu machen. Es dauerte einen Moment, aber dann sah er mich an.

»Können wir einfach nach Hause?«

»Klar, Honey. Lass uns gehen.« Ohne ein weiteres Wort führte er mich an allen vorbei zu seinem Auto, das vor dem Haus stand. Wir sprachen kaum während der Fahrt. Ich legte meine Beule gegen die kühle Autoscheibe.

Als ich aufwachte, spürte ich nur das weiche Bett unter mir. Aus dem angrenzenden Bad hörte ich die Dusche, die in dieser Sekunde abgestellt wurde. Travis kam ins Schlafzimmer, nur mit einem Handtuch bekleidet und legte sich zu mir.

»Was ist mit dem Schloss? Wenn die heute Nacht …«

»Alles okay, Honey. Der Schlüsseldienst war gerade noch da und auch in deiner Wohnung. Schlaf einfach weiter.« Ich platzierte mich auf ihm und umschlang ihn fest. Heute hatte er mir wieder einmal gezeigt, dass ich seine höchste Priorität war. Er hatte einfach seine Eltern stehen gelassen, die er seit Ewigkeiten nicht gesehen hatte, um mich nach Hause zu bringen. Er hatte alles organisiert, damit ich mich sicher fühlen konnte, ohne das geringste Aufheben.

»Ich bin so froh, dass es dir gut geht«, flüsterte er und schloss mich fester in seine Umarmung.

»Ach, das waren nur zwei Idioten, die mein iPhone wollten«, wiegelte ich ab.

»Quatsch. Dir hätte alles Mögliche passieren können!«

»Ist es aber nicht. Danke, dass du da warst.« Ich küsste seine Brust, weil ich seinen Mund so nicht erreichen konnte. »Muss ich jetzt noch mal mit deinen Eltern reden?« Sie waren ja offenbar auch wegen uns nach Deutschland geflogen.

»Nur wenn du willst. Schlaf erst mal, das können wir morgen noch entscheiden.«

Da ich kein Handy mehr hatte, rief ich am nächsten Nachmittag mit dem Festnetztelefon bei meinen Eltern an. Bis dahin hatte ich mich davor gedrückt und Müdigkeit vorgetäuscht. Travis hatte mich natürlich durchschaut, aber mir die Entscheidung darüber gelassen.

»Lara!«, rief meine Mom aus, als ich mich bei ihr gemeldet hatte. »Was ist denn nur passiert? Tim meinte, du bist überfallen worden? Warum hast du denn nichts gesagt? Und Travis' Eltern habt ihr auch einfach stehen gelassen!«

»Mom, mach mal halblang. Ich hatte einfach keine Kraft für eine Auseinandersetzung mit ihnen!«

»Warum Auseinandersetzung? Sie sind doch so nette Leute!« Ich lachte trocken auf. »Ja klar. Als ich sie das letzte Mal getroffen habe, haben sie mir klargemacht, dass ich nicht gut genug für ihren Sohn bin.«

»Was meinst du? Warum sollten sie das tun?«

»Gute Frage! Interview sie doch mal dazu!«, empfahl ich ihr immer noch aufgebracht. Travis beruhigte mich etwas, indem er meinen Nacken streichelte.

»Würdet ihr vielleicht trotzdem noch einmal vorbeikommen? Sie hatten so einen weiten Weg …«

Ich atmete tief durch. Einige Male. »Okay. Wir sind in einer Stunde bei euch.«

Nach ungefähr einer halben Stunde, in der wir im Auto vor dem Haus saßen, in dem ich meine Kindheit verbracht hatte, stieg ich endlich aus. Travis folgte mir auf dem Fuße. Offenbar hatte meine Mutter uns beobachtet, denn sie riss die Tür auf, noch bevor ich klingeln konnte. Sie zog mich in ihre Arme, darauf bedacht, meine lädierte Stirn nicht zu berühren.

»Kind, bitte gib ihnen eine zweite Chance«, flüsterte sie mir zu, bevor sie mich wieder losließ, und schenkte Travis ein entschuldigendes Lächeln. Der hatte eine eisige Miene aufgesetzt. Ich wusste nicht genau, auf wen er alles sauer war, doch der erste Grund kam uns schon entgegen.

»Lara, bitte, ich hab dich nicht mit Absicht stehen gelassen …«

»Ist in Ordnung, Tim.« Ich drückte kurz seine Hand und hörte hinter mir ein Grollen. Travis fand das offenbar gar nicht in Ordnung.

»Sorry, Mann«, sagte er jetzt in seine Richtung gewandt. »Auch für die Nummer am Flughafen. Und auf der Hochzeit.«

Travis antwortete nur mit einem kurzen Nicken, obwohl das gar nicht seine Art war.

Im Wohnzimmer angekommen, wurde ich direkt von Helena bestürmt. Auch sie entschuldigte sich, wie sie mich behandelt hatten. Victor hielt sich im Hintergrund, aber hatte wenigstens eine betretene Miene aufgesetzt. War das wirklich so einfach? Nur weil unsere Familien sich kannten, mochten sich plötzlich alle? Verrückt.

Während wir Kaffee zusammen tranken, war ich anfangs sehr reserviert. Travis hielt die ganze Zeit meine Hand. Ich bemerkte, dass seine Eltern auch um seine Gunst bemüht waren, denn er hatte sie bei seinem letzten Besuch ja einfach stehen gelassen. Travis' Eltern waren noch immer nicht so richtig mit mir warm geworden, doch ich spürte nicht mehr so sehr ihre Ablehnung. Mit keinem Wort erwähnten sie Julia, was mich wahnsinnig erleichterte. Ich versuchte mich in Fröhlichkeit, aber es wollte mir nicht richtig gelingen. Jeder im Raum konnte die Anspannung spüren.

Irgendwie taten die beiden mir leid, sodass ich versprach, dass wir sie im Frühjahr besuchen würden. Alle Augenpaare waren ungläubig auf mich gerichtet, doch Travis drückte zustimmend meine Hand und nickte. Seine Eltern waren offenbar erleichtert und sahen sich glücklich an.

Irgendwann hielt ich es nicht mehr aus und wir fuhren heim. Travis schloss die Wohnungstür auf und im Flur standen haufenweise Kartons herum. Ich stockte irritiert und warf Travis einen fragenden Blick zu.

Er sah mich seltsam an. »Das sind die restlichen Sachen aus deiner Wohnung. Ich hab sie heute Nacht zusammenpacken lassen.«

Ich schwankte zwischen Freude und Beleidigtsein, weil er das über meinen Kopf hinweg entschieden hatte. Als ich mich in seine Arme warf, war er sichtlich verwirrt.

»Danke, Trav«, hauchte ich in sein Ohr. Die Entscheidung, bei ihm einzuziehen, war längst überfällig gewesen.

»Du bist mein größter Wunsch. Deshalb möchte ich dich immer in meiner Nähe wissen«, sagte er leise und küsste mich schwindelig.

– *Ende* –

Du möchtest die Geschichte von
Louisa und Aaron lesen?

June Herald

ADDICTIVE

Berauschende Begierde

Louisa hat ihr altes Leben satt: Sie will nicht mehr in einem langweiligen Kaff leben, deshalb zieht sie in die Stadt. Sie möchte nicht mehr in einer kleinen Agentur arbeiten, deshalb sucht sie sich einen neuen Job, in dem sie sich selbst verwirklichen kann. Eines gibt es, was sie nicht ändern möchte: Sie will keinen Mann im Leben, denn Männer enttäuschen – so gut wie immer.

Als gebildete und selbstbewusste Frau beginnt sie ein neues, eigenständiges Leben. Doch was passiert, wenn der Mann den sie durch Zufall kennenlernt, auch genau weiß was er will? Und sein Ziel ist, sie zu bekommen. Denn er bekommt was er will – immer.

ADDICTIVE ist ein sinnlicher Liebesroman voll Humor, Höhen, Tiefen und Überraschungen. Und natürlich expliziten erotischen Szenen.

Die Geschichte ist in sich abgeschlossen.

ADDICTIVE
Berauschende Begierde
JUNE
HERALD

17025014R00216

Printed in Poland
by Amazon Fulfillment
Poland Sp. z o.o., Wrocław